Mirjam Gräve · Hendrik Johannemann · Mara Klein (Hg.)

KATHOLISCH UND QUEER

Eine Einladung zum
Hinsehen, Verstehen und Handeln

Mirjam Gräve ist Lehrerin für die Fächer Pädagogik, Geschichte, Katholische Religion an einer Gesamtschule im Rheinland, Kinder- und Jugendlichenpsychotherapeutin und Sprecherin des *Netzwerks katholischer Lesben e.V.* (NkaL).

Hendrik Johannemann ist Promovend und wissenschaftlicher Mitarbeiter an der Freien Universität Berlin. Er engagiert sich seit Langem in der Initiative *Homo Cusanus*, dem Zusammenschluss queerer Stipendiat*innen des Cusanuswerks.

Mara Klein ist Student*in an der Martin-Luther-Universität Halle-Wittenberg für die Fächer Katholische Religion und Englisch (Lehramt) und U30-Mitglied der Synodalversammlung.

Die Herausgeber*innen sind Mitglieder im Forum *„Leben in gelingenden Beziehungen – Liebe leben in Sexualität und Partnerschaft"* des Synodalen Wegs.

Mirjam Gräve · Hendrik Johannemann
Mara Klein (Hg.)

KATHOLISCH UND QUEER

Eine Einladung zum
Hinsehen, Verstehen und Handeln

BONIFATIUS

Bibliografische Information der Deutschen Nationalbibliothek:
Die Deutsche Nationalbibliothek verzeichnet diese Publikation in der Deutschen Nationalbibliografie; detaillierte bibliografische Daten sind im Internet über http://dnb.d-nb.de abrufbar.

Klimaneutrale Produktion.
Gedruckt auf umweltfreundlichem, chlorfrei gebleichtem Papier.

MIX
Papier aus verantwortungsvollen Quellen
FSC® C083411

Umschlaggestaltung: Weiss Werkstatt München, werkstattmuenchen.com
Satz: Bonifatius GmbH, Paderborn
Druck und Bindung: CPI books GmbH, Leck
Printed in Germany

ISBN 978-3-89710-915-5

Weitere Informationen zum Verlag:
www.bonifatius-verlag.de

FÜR
ALLE
VON
DISKRIMINIERUNG UND GEWALT
BETROFFENEN MENSCHEN
IN DER
KATHO-
LISCHEN
KIRCHE,
DEREN
STIMMEN
(NOCH)
NICHT
GEHÖRT
WERDEN.

Inhalt

Berufung

Glaubensverlust

Der Bund fürs Leben

Äußerer Zwang, innere Zerrissenheit

Teil 3

Perspektiven aus der Theologie

Am Ende: Perspektiven für einen notwendigen Wandel in der Kirche

Anhang

Zum Buch

Inhaltswarnung

Die folgenden Lebenszeugnisse von queeren Menschen enthalten stellenweise Beschreibungen von emotionaler, psychischer und verbaler Gewalt und spirituellem Missbrauch, Erwähnungen von sexueller Übergriffigkeit, Selbstverletzung und Suizidversuchen, sowie Wiedergaben queer-feindlicher Rhetorik. Weiterhin werden Diskriminierung auf Grundlage von sexueller Orientierung und/oder geschlechtlicher Identität sowie daraus entstehende psychische Folgen beschrieben.

Glossar und Leseschlüssel

Um den Leseprozess zu unterstützen und zu erleichtern, werden viele Begriffe im *Glossar* (S. 298) erklärt. Ebenfalls im Anhang befindet sich ein *Leseschlüssel*, der es ermöglicht, gezielt Texte nach bestimmten Themen und Stichworten auszusuchen.

Die Herausgeber*innen

Vor dem Anfang: Eine Einladung

Der Funke für dieses Buch wurde entzündet, als wir drei uns im Forum *„Leben in gelingenden Beziehungen – Liebe leben in Sexualität und Partnerschaft"* im Rahmen des Synodalen Wegs kennenlernten. Von Alter, Herkunft, Beschäftigung und Geschlecht her verschieden hatten wir doch eine Gemeinsamkeit: Alle drei waren wir aufgrund unseres Engagements gegen die Diskriminierung queerer Menschen in der katholischen Kirche und aufgrund unseres eigenen Queer-Seins ins Synodalforum berufen.

„Queer" ist ein Sammelbegriff und eine Selbstbezeichnung für Menschen, die nicht heterosexuell sind und/oder deren Geschlechtsidentität oder Geschlechtsauftreten nicht mit den gesellschaftlichen Vorstellungen, z. B. nicht mit dem bei Geburt zugeordneten Geschlecht, übereinstimmt.

Queer-Sein in der katholischen Kirche bedeutet: nicht im System vorgesehen sein.

Während die Gesellschaft in Deutschland langsam inklusiver wird und 2017 mit der „Ehe für alle" ein klares Zeichen für Gleichberechtigung setzte, ist in der katholischen Kirche auch 2021 sogar die Segnung gleichgeschlechtlicher Paare ausdrücklich untersagt. Die Sakramente der Ehe und des Priesteramtes, aber auch das Sakrament der Eucharistie bleiben queeren Menschen, die ihre Sexualität leben, versagt.

Genauso verhält es sich mit dem katholischen Arbeitsrecht: viele Mitarbeiter*innen der katholischen Kirche, insbesondere in Berufen der Verkündigung und der Jugend- und Kinderarbeit sehen sich gezwungen, ihre Familie und ihr Privatleben im Rahmen des Arbeitsverhältnisses und vor Kolleg*innen und Freund*innen zu verschweigen und zu verheimlichen. Oft leben sie in ständiger Angst und Sorge, aufgrund ihrer Beziehungen ihren geliebten Beruf und ihre existenzielle Grundlage zu verlieren.

Um die schwerwiegenden Folgen dieser Diskriminierung in der Lebensrealität queerer Menschen in der katholischen Kirche für die Menschen im Synodalforum zu verdeutlichen, starteten wir 2020 einen Aufruf: Queere Menschen sollten sich bei uns mit ihren Erfahrungen in der katholischen Kirche melden. Diese Lebenszeugnisse wollten wir dann als Problemanzeigen im Forum einbringen. Aus vielerlei Gründen erwies sich die Umsetzung unseres Plans als schwierig. Aber wir wollten die bewegenden und wichtigen Zeugnisse, die auf diese Weise den Weg zu uns fanden, nicht aufgeben.

Dem Vorbild von Sr. Philippa Rath folgend, die 2020 die Berufungsberichte von 150 Frauen als Buch veröffentlichte („ … weil Gott es so will“ – Frauen erzählen von ihrer Berufung zur Diakonin und Priesterin, Herder), entschieden wir uns mithilfe des Bonifatius Verlags Paderborn schließlich zur Veröffentlichung in Buchform.

Dabei war von Anfang an klar, dass in diesem Buch nicht zur Diskussion steht, *ob* Veränderung nötig und möglich ist – im Gegensatz zum Synodalen Weg, wo wir das „Ob“ über die Notwendigkeit unserer Grundrechte diskutieren müssen. Für das Konzept dieses Buches orientieren wir uns deswegen an der Idee des Wandels, die eine Problemanzeige, Forderung nach und Hoffnung auf Veränderung in sich vereint. Die drei Teile unseres Buches versuchen dabei Prozesse der Ver-Wandlung nachvollziehbar zu machen und zu ermöglichen. Mit Wandel meinen wir in erster Linie inneren Wandel, der alle drei Gruppen von Erfahrungsberichten durchzieht.

Im *ersten Teil* finden sich mit wenigen Ergänzungen die Lebenszeugnisse, die uns auf unseren ersten Aufruf hin erreicht haben. Lesbische, schwule, gleichgeschlechtlich liebende, bisexuelle, sowie trans, inter, nichtbinäre und andere queere Menschen berichten aus ihrem Leben, von ihren Glaubens-, Glücks- und Leiderfahrungen. Ihre Zeugnisse eröffnen Einblicke in die Situation von queeren Gläubigen in verschiedenen Bereichen der katholischen Kirche. Viele der Zeugnisse sind durchzogen von innerem Wandel – weg von den erniedrigenden Vorgaben der kirchlichen Sexuallehre hin zu Selbstannahme und Selbstliebe. Dabei bleibt auch nicht verschwiegen, dass für manche dieser Weg aus der Kirche und mitunter auch aus dem Glauben heraus führt.

Um das ganze Spektrum aufzuzeigen, haben wir die Lebenszeugnisse sortiert. Rubriken wie *Familie, Berufung, Glaubensverlust u. a.* bilden Schwerpunkte der darin enthaltenen Zeugnisse ab. Nicht alle Texte waren leicht zuzuordnen, denn viele Erfahrungen haben mehrere Schnittmengen. Die Rubriken sind deswegen mehr eine Lese- und Orientierungshilfe als eine klare Kategorisierung. Sie sollen aber auch Momente des Durchatmens ermöglichen. Denn alle Texte sind äußerst persönlich, intensiv und oft auch schmerzhaft zu lesen. Wir möchten dazu ermutigen, sie in Ruhe zu lesen und sich die Zeit zu nehmen, die beschriebenen Situationen wirklich aktiv wahrzunehmen und zu versuchen, die Tragweite bestimmter kirchlicher Strukturen für das Leben vieler Menschen zu verstehen. Dazu gehört auch, auf das zu achten, was zwischen den Zeilen steht und unaussprechbar bleibt.

Viele Berichte sind aus verschiedenen Gründen anonymisiert, etwa weil die Verfasser*innen bei der Verwendung des Klarnamens mit arbeitsrechtlichen Konsequenzen zu rechnen hätten oder weil in kirchlichen Umfeldern bereits so viel Übergriffigkeit und Schmerz erfahren wurde, dass das persönliche Zeugnis geschützt werden muss.

Einige Berichte lassen Erfahrungen von Machtmissbrauch in der katholischen Kirche bewusst aus, (u. a.) um den Fokus aufs Queer-Sein zu setzen.

Auch haben es einige Lebensgeschichten nicht in dieses Buch geschafft, weil der Schmerz nicht in Worte zu fassen war. Umso wichtiger ist es, sich immer wieder ins Gedächtnis zu rufen, dass die beschriebenen Situationen und Strukturen zu einer besonderen Vulnerabilität queerer Menschen für Machtmissbrauch durch Amtsträger*innen in der katholischen Kirche führen. Allein die Anonymisierung aufgrund existenzieller Not verdeutlicht diesen Umstand.

Einen Perspektivwechsel enthält der *zweite Teil*, in dem Menschen aus dem Nahbereich queerer Personen zu Wort kommen. Geschwister, Eltern, Seelsorger*innen und weitere Personen berichten aus ihrer Perspektive von den Schwierigkeiten, mit denen ihre Lieben und Nächsten in Kirche und Glauben zu kämpfen hatten und haben. Aber sie erzählen auch von ihrem eigenen Wandel und innerem Prozess.

Der *dritte Teil* eröffnet die Perspektive von Menschen mit Verantwortung für Wandel und Fortschritt in der katholischen Kirche. Verantwortungsträger*innen aus Amtskirche, Theologie, Verbänden und Seelsorge berichten von Wandel auf persönlicher und institutioneller Ebene. Dabei geht es nicht nur um vollzogenen Wandel, sondern auch um Zukunftsperspektiven, Voraussetzungen und Notwendigkeiten.

Alle drei Teile des Buches sind eine Einladung, sich bewusst auf die beschriebenen Erfahrungen und Situationen einzulassen. Es soll ein Raum der Begegnung sein: mit Lebensgeschichten, mit Geschwistern im Glauben, zwischen Familien, zwischen Mitmenschen. Die Bereitschaft zu dieser Begegnung, zum Hinsehen auf die Nöte und Wirklichkeiten anderer Menschen ist für uns der erste Schritt zu Wandel und Veränderung – sowohl individuell, als auch in der Kirche.

Bewusstes Hinsehen fordert Mut und Überwindung und kann schmerzhafter sein als vermutet. Dass neben Lebenszeugnissen auch Perspektiven von Verantwortungsträger*innen genau diesen Prozess beschreiben, ist uns wichtig. Die Botschaft lautet: Du gehst diesen Weg nicht allein. Und als dieses Buch entstand, war es für uns eine unglaublich bereichernde und berührende Erfahrung zu sehen, dass Bischöfe, katholische Verbände, Einzelpersonen und Seelsorgende diesen Weg mit und für uns gehen.

Mirjam Gräve, Hendrik Johannemann, Mara Klein

Teil I

LEBENS-ZEUGNISSE

von queeren Menschen in der katholischen Kirche

Am Anfang Katholisches Arbeits(un)recht
Familie Scheinheiligkeit Berufung
Glaubensverlust Der Bund fürs Leben
Äußerer Zwang, innere Zerrissenheit

Am Anfang

1. „Das alte Gefühl, genau dort mit genau dieser Liebe richtig zu sein, ist trotzdem noch da"

Maria Fixemer, geb. 1991

Das erste Mal verliebt habe ich mich in der Kirche. Ich war Messdienerin, elf Jahre alt und hatte mir das Verliebtsein immer ganz anders vorgestellt. Denn als ich mich verliebte, war das so unerwartet, und es passierte an einem unwahrscheinlichen Ort: Die Messe war schon fast vorbei, wir saßen auf kleinen roten Stühlen an der Seite des Hochaltars und warteten auf das letzte Lied. Und währenddessen lehnte sich Elisabeth zu mir rüber und fragte: „Glaubst du an Gott?"

Vielleicht war ich überrumpelt, vielleicht wollte ich auch nachdenklicher oder rebellischer scheinen, als ich war, jedenfalls antwortete ich: „Ich weiß es nicht." Und sie sagte: „Ich mag dich."

In dem Moment habe ich mich verliebt. Das Einzige, woran ich mich von diesem Abend noch erinnern kann, ist, wie ich in die Küche meiner Eltern stürmte, dort herumtanzte und immer wieder sagte: „Die Elisabeth mag mich, die Elisabeth mag mich!"

In den Wochen und Monaten danach nannte mich der Küster „unsere treuste Messdienerin", und meine Mutter sagte: „Oh, oh, wenn der wüsste, warum du so oft in die Kirche gehst!" Vielleicht war es nicht so, aber damals war mir dieser Einwand unverständlich. Ich war die treuste Messdienerin, und es gab überhaupt keinen Zweifel daran, dass diese Liebe an ihrem richtigen Ort war.

Heute weiß ich, wie viel Kraft und Energie dafür eingesetzt wird, einen Platz für die Liebe zwischen Männern und Männern und Frauen und Frauen in der Kirche zu schaffen. Und ich verstehe diese Kirche, die irgendwie auch meine ist, oft nicht mehr in ihren winzigen Schritten und ihrer oft verletzenden und gefährlich selbstgerechten Haltung in der Frage, wer wen lieben darf. Aber das alte Gefühl, genau dort mit genau dieser Liebe richtig zu sein, ist trotzdem noch da. Das ist meine Hoffnung, für die Kirche, vor allem aber für die Menschen, die in ihr leben und sich lieben: Dass sich beide – Kirche wie Menschen – trauen, sich zu öffnen und offen sind gegenüber der Liebe zwischen Menschen egal welchen Geschlechts, für die die Kirche der Ort dieser Liebe ist – ob nun aus Zufall, weil sie es so wollen oder weil es einfach so sein soll.

2. „Ich fiel aus meiner Kirche in ein bodenloses Loch“

Ben, geb. 1995

Mein Leben als Katholik begann in der Messe, in der auch meine Großeltern G*tt anlässlich ihrer Goldhochzeit für ihre Ehe und ihre sechs Kinder dankten, in einem weißen Kleid. Dasselbe weiße Kleid, das meine fünf Cousinen bei ihrer Taufe trugen, dasselbe weiße Kleid, das meine Schwester trug. Es war auch dasselbe weiße Taufkleid, das mein Cousin trug, nur hatte es bei seiner Taufe blaue Schleifchen und bei meiner rosafarbene.

Bei der Anmeldung zur Taufe hatten meine Eltern die gleichen Angaben gemacht wie beim Standesamt – zu dem Namen, den sie mir geben wollten, und dem Geschlecht, das vermutet wurde. Die Kirche übernahm diese Daten.

Seit meiner Taufe war ich also Katholik. In meiner Heimatkirche und um sie herum verbrachte ich viel meiner Zeit; ich fühlte mich dort zu Hause. Sie war ein Ort, an dem ich lebte und lernte. Fast alle Menschen, die mir in meinem sozialen Umfeld wichtig waren, gehörten zur aktiven Gemeinde. Kirchengemeinde und Kleinstadtgesellschaft waren stark miteinander verwoben, sodass die Kirche in die Gesellschaft um mich herum hineinwirkte. Ich besuchte eine katholische Grundschule und später ein katholisches Gymnasium. Bis zu meinem Abitur war die Kirche bei jedem wichtigen Lebensereignis dabei.

Ich wusste mich an jedem bedeutsamen Tag in meinem Leben begleitet und von G*tt geliebt, konnte mein Leben vor G*tt betrachten und für alles Gute darin danken. Auf dem Lebensweg, den die Kirche mir durch die Sakramente vorzeichnete, fühlte ich mich immer sicher. Auch wenn ich wie etwa bei der Erstkommunion für ein wenig Aufsehen sorgte, als ich mich weigerte, ein weißes Kleidchen anzuziehen als die anderen Kinder zu diesem Ereignis wie kleine Brautleute ausstaffiert wurden. Die Grenze zwischen den Erwartungen der Kirche und den Erwartungen der erwachsenen Leute, die die Kirche für mich verkörperten, zu ziehen, war manchmal schwer, doch ich sah die Kleiderfrage nie als Problematik innerhalb meines Glaubens an. Schließlich ging es in den Feiern immer um etwas ganz anderes: meine Beziehung zu G*tt.

Als sich meine Perspektive verschob und ich als Heranwachsender anfing, mich nach meinem weiteren Lebensweg und meinem eigenen Erwachsenenleben zu fragen, wurden die Dinge schwieriger. Ich wollte den Pfad meines christlichen Lebens weiterverfolgen, aber dieser hörte unvermittelt auf.

Die Kirche sah verschiedene Wege vor, wie Menschen ihr Leben verbringen sollen, doch keiner davon stand mir offen. Denn als ich mich auf die Suche begab und nach den Lebenswegen fragte, die vorgesehen waren, lernte ich nach und nach, dass das Betreten all dieser Pfade plötzlich an mein Geschlecht geknüpft sein sollte. Und ich spürte, dass ich in den Erzählungen der Kirche nicht vorkam, lange bevor ich den Begriff „Transidentität" kennenlernte. Zwar passte ich in all die biblischen Geschichten hinein, denn ich verstand sie alle als Geschichten von Menschen, doch irgendwo war da ein Bruch zwischen dem, was ich von ihnen verstand und dem, was die Kirche aus ihnen für mein Leben ableiten wollte.

Ich fühlte mich einsam inmitten der Menschen. Ich wusste nicht, wo ich anfangen sollte, nach mir und meinem Platz zu fragen. Niemals erwähnte irgendjemand in der Kirche einen Menschen, der so war wie ich. Und so fragte ich

G*tt. Immer wieder: *Wer soll ich sein? Was willst du, dass ich tue? Was hast du dir dabei gedacht, mich so zu machen; mit all dieser Einsamkeit, dem Schmerz?*

In der Kirche hatte ich nicht nur etwas über Gemeinschaft erfahren, dort wurde auch Leiden erhöht sowie Aufopferung und Demut. Ich versuchte mit all meiner Macht, ein gutes, ein g*ttgefälliges Leben zu führen. Ich rang mit G*tt. Jahrelang. Mal versuchte ich sehr ernsthaft mit Frömmigkeit, mal mit Rebellion, meinen Pfad wiederzufinden. Doch ich hörte immer nur ein leises Raunen: *Woanders*. Irgendwann dachte ich, G*tt hätte keinen Platz für mich vorgesehen; als hätte G*tt mich vergessen.

Während ich immer mehr zu mir selbst fand und kennenlernte, wer ich war; als ich gesehen habe, dass ich nicht anders leben konnte als als Mann, wusste ich nicht, ob ich noch nah bei G*tt war. Aber ich vermisste es, mich in der Musik, in der ich die Heimat meiner Kirche immer bei mir trug, ihm nah zu fühlen. Und in der Musik, in einem Konzert, durch „RUAH“ (hebräisch: Geist/Lebensatem), was auch der Titel eines Albums von Michael Patrick Kelly ist, fand ich meine Nähe zu G*tt schließlich wieder. Aber ich schämte mich und fühlte mich fremd. Ich spürte, dass ich unaufrichtig vor mir selbst lebte.

Als ich ein Wort für mich gefunden hatte („trans“) – eines, nach dem ich fragen und suchen konnte –, las ich alles, was die Kirche dazu zu sagen hatte. Nirgendwo stand ein Wort von G*tt. Es ging um Ehefähigkeit, um Priester:innentum, darum, ob ein Mensch, der „in objektiver Sünde verharrt“ einem Kind ein Vorbild im Glauben, ein:e Pat:in sein kann und sogar darum, ob jemand wie ich überhaupt die Eucharistie empfangen durfte.

Während ich also an meinem Schreibtisch saß, in der Uni, in der Bahn; überall, wo ich nach Antworten suchte, fiel ich aus meiner Kirche in ein bodenloses Loch. Denn als ich alles gelesen hatte, stellte ich fest, dass es in der ganzen schriftlichen und für mich erreichbaren Kirche offensichtlich niemanden gab, der:die mir etwas Liebendes zu sagen hatte. Da lief ich im Regen nach draußen unter den freien Himmel, an den Ort, wo ich gern betete. Dort war ich äußerlich endlich so einsam wie innerlich und wo ich allein war mit G*tt. Ich weinte und schrie zu G*tt.

Dann ließ ich meine Kirche los. Ich ließ alle Schilde fallen. Ich ließ die Erwartungen der Menschen los. Ich fuhr alle Ansprüche herunter, die ich an mich selbst hatte, bis zu den Grundfesten meines Glaubens. Dort fand ich die Sendung, die ich in mir trage: den Menschen Gutes zu tun.

Ich betete, ließ alle Pläne ziehen und fand am Tiefpunkt meines Lebens einen neuen Weg. Und ich versprach G*tt: *Wenn das der Mensch ist, der ich sein muss, um Gutes in der Welt tun zu können, dann werde ich dieser Mensch sein, auch wenn ich den Weg, den ich betrete, nicht kenne, und wenn ich ihn ohne meine Kirche gehen muss.*

Ich wusste, ich würde keine Hilfestellung haben, denn dieser Weg war nicht vorbereitet. Und auch, dass ich G*tt zwischendurch missverstehen könnte, aber es gab nichts außer meiner Vereinbarung mit G*tt.

Ich versuche jetzt, stets offen zu bleiben. Nachzufragen. Hinzuhören. Damit eines Tages, wenn ich vor G*tt stehe, mein Gewissen klar ist.

Ich bin jetzt im Reinen mit G*tt.

Ich bin verletzlich, weil ich aus meiner Kirche herausgefallen bin und weil die mittlerweile vielen Menschen, die Kirche mit mir zusammen sein wollen, so oft nicht sichtbar sind.

Ich habe keinen sicheren Platz in meiner Kirche. Ich bin oft dort und solange ich nützlich erscheine oder namenlos bin, bin ich geduldet. Aber im Angesicht lehramtlicher Kirche, wenn sie diese Seite von sich hervorkehrt, hört spontan ein jedes Mal meine Existenz auf. Ich entschwinde mir. Dann muss ich hinausgehen und mich suchen. Vielleicht komme ich noch mal zurück.

Mir wird nicht getraut. Schon nicht bei meiner Existenz, wo denn dann? Manchmal höre ich auf zu sprechen.

Doch selbst, wenn ich mich ganz vergrabe, muss ich doch immer wieder hervorkommen. Denn G*tt hat *so viele wunderbare queere Menschen* gemacht. Und ich will nicht, dass davon auch nur eine Person ihren Glauben verlieren muss, weil wir so kleingläubig sind und kein Vertrauen in G*tt haben.

Katholisches Arbeits(un)recht

3. „Meine Seele hat gestreikt“

Manuela Sabozin-Oberem, geb. 1969

Ich bin 51 Jahre alt und lebe gemeinsam mit meiner Frau in Bochum. Ich wurde als Kind katholisch getauft und bin zur Erstkommunion gegangen, obwohl ich in einer kirchenfremden Familie aufgewachsen bin. Das „machte man eben so“.

Später wurde ich dann noch als junge Erwachsene gefirmt, weil ich seinerzeit als Jugendliche aus dem Firmunterricht geflogen bin. Meine Firmung „benötigte“ ich aber für mein Studium als Religionspädagogin im Essener Seminar für das Bistum Essen.

Ich beschreibe meinen Werdegang so genau, da ich in der Reflexion festgestellt habe, dass mein Glaube groß war und ist, meine Zugehörigkeit zur katholischen Kirche aber eine eher zufällige darstellt.

Nach dem Studium habe ich dann 20 Jahre als Gemeindereferentin gearbeitet, zuerst in der Gemeinde und dann als Krankenhausseelsorgerin.

Beruflich war ich am richtigen Ort angekommen!

Ich habe mich immer in Frauen verliebt. Das hat sich immer gut und richtig angefühlt. Im Studium, Ende der 80er-Jahre, wurde ich dann mit der katholischen Morallehre konfrontiert. Überall habe ich nachgelesen, was die Kirche zu Homosexualität sagt. Da fing auch der Schmerz an. Ein Schmerz, über den ich mit niemandem sprechen konnte, denn schnell habe ich verstanden: Über manche Dinge spricht man am besten nicht in der katholischen Kirche.

Ich habe es nicht miteinander vereinen können: auf der einen Seite die Lehre der Kirche. Die Kirche, die mich als Angestellte beschäftigte, meine Arbeit für gut befand und für mich ein Zuhause und eine Heimat geworden war. Und auf der anderen Seite meine Identität, meine Gefühle und Gedanken. Ich habe mich nicht schuldig und sündig gefühlt, weil ich die war, die ich bin. Ich fühlte mich von Gott so gewollt und geliebt. Dieser Schmerz war immer da, aber oft im Hintergrund des Alltagsrauschens.

Ich hatte mich „gut" eingerichtet, mein Doppelleben zu führen. In der Gemeinde war ich die Seelsorgerin und zu Hause die Partnerin.

Der Wendepunkt war meine Verabschiedung aus der Gemeinde. Ein großes Fest, ein großer Gottesdienst. Es war fast perfekt, aber eben nur fast. Denn meine Frau und eine ihrer Töchter saßen nicht da, wo sie hingehörten: neben mir! Sie saßen ein paar Reihen hinter mir und ab diesem Moment brach der Schmerz sich Bahn.

Fast täglich stellte ich mir selbst die Frage: Warum ist das so? Warum kann ich nicht so sein, wie ich bin *und* meinen Beruf ausüben? Von da an hatte ich auch eine große Angst, geoutet zu werden und meinen Beruf zu verlieren. Mein „nicht kirchliches" Umfeld konnte diese Angst kaum verstehen. „Was ist denn daran so schlimm, dass du lesbisch bist?" – „Hat doch den Arbeitgeber nichts anzugehen!" Doch in meinem beruflichen Umfeld, wo ich nicht geoutet war, konnte ich über diese Angst nicht sprechen.

In den darauffolgenden Jahren fand ich einige Kolleginnen und Mitarbeiterinnen, denen ich mich anvertrauen konnte. Sie nahmen mich an; es ging gut. Die Angst blieb trotzdem und vor jedem Gespräch wuchs sie ins Unermessliche. Was ist, wenn die Kollegin mich nun doch beim Bischof anzeigt? Und jede Äußerung der Kirche über Homosexualität traf mich bis ins Innerste!

In vielen Gottesdiensten saß ich und dachte, was mache ich, wenn der Priester etwas gegen Homosexualität in seiner Predigt sagt? Ich träumte davon, dann aufzustehen und allen zu sagen, wer ich bin.

Mein Heimathafen war und ist seit 1998 das *Netzwerk katholischer Lesben* (NkaL)! Hier lernte ich Frauen kennen, die lesbisch *und* gläubig sind. Das, was nicht miteinander vereinbar schien, ging doch zusammen, und es war gut so! Ich traf dort andere Frauen, die die gleichen Ängste und Nöte kannten, die ich jahrelang erlebt hatte! Ich wurde aufgefangen und konnte auch andere Frauen auffangen.

Beim NkaL und auch in den anderen christlichen schwullesbischen Netzwerken wird gelebt, was uns ausmacht: Wir sind christliche gleichgeschlechtlich liebende Menschen und wir sind Kinder Gottes!

Mit den Jahren und meiner Tätigkeit im Bistum lernte ich immer mehr Menschen kennen. Auch erfuhr ich mehr interne Informationen. Ich lernte beispielsweise Priester kennen, die eine Freundin hatten. Doch viel öfter hatten Priester einen Freund.

Das war der Punkt, an dem ich mit einer anderen Realität meiner Identität konfrontiert wurde: Ich bin eine Frau!

Schon bei meiner Sendungsfeier 1996 war mir bewusst, bereits am Ende meiner beruflichen Karriere angekommen zu sein. Über mir war die gläserne Decke des geweihten Amtes.

Viele denken, dass homosexuelle Menschen solidarisch sind. Wir Homos auf der einen und drüben auf der anderen Seite die Heteros. Ja, es gibt sie. Doch die Solidarität, die ich im NkaL und in dessen Umfeld erlebt habe, erlebte ich oft nicht, wenn es um schwule Priester ging. Diese waren zuerst Priester und genossen damit ihre Privilegien. Ihr Schwul-Sein, das zum Teil sehr offen gelebt wurde, wurde von „den Oberen“ toleriert.

Meine Zweifel an der katholischen Kirche wurden immer größer: Warum hatte ich fast täglich Angst, dass meine Liebe zu meiner Frau entdeckt wird und ich meinen geliebten Beruf verliere, während es schwulen Priestern möglich war, so sicher zu leben? Warum bin ich als Frau in der katholischen Kirche weniger wert als ein Mann?

Es war ein langer Prozess. Über 20 Jahre hat er gedauert. Dann hat meine Seele gestreikt: Ich wurde krank.

Nach langen Monaten mit Therapie und Klinikaufenthalt wurde mir klar: Ich will leben, und zwar so, wie Gott mich erschaffen hat: als Frau, die eine Frau liebt. Das bedeutete für mich, die katholische Kirche zu verlassen, meinen Beruf aufzugeben und auszutreten. In dieser Zeit hatte ich existenzielle Ängste: Angst vor der Zukunft und vor allem Angst, Gott zu verlieren.

Ich habe daraufhin die Kirche, die Menschen darin und den Glauben getrennt. Ich bin Christin und das bin ich nun als Teil der evangelischen Kirche. Meine Frau und ich haben kirchlich geheiratet, es war uns beiden wichtig, uns vor Gott und der Gemeinde zu verbinden.

Was bleibt?

Es bleibt der Schmerz, mich in über 20 Jahren in der Kirche nicht ganz eingebracht zu haben, es fehlte immer ein Teil von mir. Ich bin traurig, verletzt und wütend über die Erfahrungen, die ich mit einzelnen Menschen im Bistum gemacht habe. Und ich bin entsetzt über die Schere, die sich in der Kirche auftut zwischen der Lehre und dem, wie die Menschen konkret leben. Ich bin wütend darüber, dass die Kirche mir vorschreiben will, wie ich zu leben habe und dass dieselben Menschen, die dies zum Teil von der Kanzel verkündigen, genauso „sündig" leben!

Was fehlt?

Mir fehlt eine katholische Kirche, die authentisch ist. Mir fehlt eine Kirche, die im Hier und Jetzt lebt und das hier Beschriebene als Realität wahrnimmt. Ich will eine Kirche, die die Männermacht aufgibt und Menschen nach ihren Gottesgaben einstellt und bezahlt. Und ich wünsche mir eine Kirche, die ihre dunklen Seiten offenlegt und über ihren Missbrauch spricht.

4. „Zwischen Geringschätzung und Wertschätzung“

Gerhard Wachinger, geb. 1966

Aufgewachsen bin ich im Münchner Umland. Dort habe ich wiederholt eine homophobe Welt erlebt. Ich kann mich erinnern, dass ich in der vierten Klasse zu einem Mitschüler zärtlich war. Da wurde ich vor der Klasse bloßgestellt. Dass man nicht schwul sein darf, war also nicht nur in der Kirche so, sondern in der ganzen Gesellschaft. Später dann nach München zu ziehen und dort zu studieren, war für einen 20-Jährigen eine vielversprechende Aussicht.

Im Priesterseminar habe ich viel unterschwellige Homosexualität erlebt, die sich mir aber oft erst in der Reflexion erschloss. Explizit habe ich nichts erlebt. Mein Coming-out habe ich dann zum Anlass genommen, das Seminar zu verlassen und erst im Zivildienst, anschließend im Hauptstudium meine Identität zu entwickeln. Nachdem dies vorläufig geklärt war, habe ich die Ausbildung zum Pastoralassistenten abgeschlossen. Und während dieser erhielt ich bereits vereinzelt Unterstützung, zum Beispiel vom Ausbildungsleiter, der mich bestärkt hat, mit meinem Weg weiterzumachen. Der christliche Glaube hat mich immer in meinem „So-Sein“ bestärkt; homophobe Äußerungen hingegen haben mich nie vom Gegenteil überzeugt.

In den ersten Dienstjahren war es mir sehr wichtig zu spüren, dass ich auch als schwuler Mann willkommen bin. Deshalb habe ich Signale ausgesendet, die manche richtig gedeutet haben. Zum Beispiel hat ein Jugendlicher sich mir gegenüber geoutet, weil er sich von mir verstanden fühlte. Gleichzeitig wurde mir klarer, dass ich im kirchlichen Dienst nicht die Anerkennung finde, die ich brauchte. Ich musste und wollte sie mir dort suchen, wo dies ohne Verletzungen möglich war. Es brauchte integrierende Erfahrungen, die mich überhaupt im kirchlichen Dienst gehalten haben.

Seit meiner Aussendung 1994 bis zu ihrer Auflösung etwa sechzehn Jahre später war ich in einer Gruppe schwuler pastoraler Mitarbeiter, größtenteils Priester. Für mich war es sehr gut, dort zu spüren, wie das Ganze geht, welche Grenzen und Nöte es gibt. Das war immens wichtig, ein Teil dieser Gruppe zu sein. Ich habe die großen Ängste der Priester gespürt, einige sind sogar psychisch krank geworden. Mich hingegen hat diese Erfahrung ermutigt, einen *queerGottesdienst* zu gründen.

Im August 2000 war ich begeistert von der Queergemeinde in Münster und suchte bald darauf Mitstreiter für ein Projekt in München. Nach einigem Anklopfen wurde ich fündig, und so bereiteten wir 2001/02 vor, was im März 2002 zum ersten *queerGottesdienst* in München führte.

Dass anfangs um die 60 Leute, größtenteils schwule Männer, monatlich an den Stadtrand pilgerten, um an einer Abendmesse teilzunehmen, obwohl uns die Möglichkeiten fehlten, sie groß zu bewerben, war überaus ermutigend. Daneben war für mich die Erfahrung sehr wertvoll, wie die Kirchenleitung mit dem Thema umging. Statt Verboten gab es Gespräche mit Vertretern der Bistumsleitung, die ohne diesen konkreten Anlass wohl mit mir und mit uns nie stattgefunden hätten. Ich persönlich habe da eine Wertschätzung erlebt, die manches von der erlittenen Geringschätzung kompensiert hat.

Als nach sieben Jahren der *queerGottesdienst* infolge des räumlichen Zusammenlegens mit einer homophoben Nachbargemeinde aus dem Stadtteil vertrieben wurde, erlebten wir den Umzug in die Innenstadt als eine Aufwertung unseres Projekts. Die Gastfreundschaft in St. Paul und die „Approbation“ des Namens *queerGottesdienst* sind weitere Schritte zur Integration von LSBTI-Menschen in der Kirche.

Mittlerweile fühle ich mich als schwuler Mitarbeiter schon fast akzeptiert. Ich fremdele selbst noch etwas damit, wie sehr ich meine geschlechtliche Identität zum Thema machen soll. Noch immer fehlen mir Vorbilder. Ich schwanke zwischen „das ist mir zu persönlich“ und „alle dürfen es wissen“. So gehe ich einen etwas krummen Weg, von dem ich noch nicht recht weiß, was er noch bringen wird. Diese Unsicherheit ist aber eine wichtige Triebfeder, weiterzuarbeiten an einer Kirche, in der das Schwulsein zwar nicht „normal“, aber akzeptiert ist.

5. „Ich weiß einfach, dass Gott mich so liebt“

Eva, geb. 1977

Ich habe immer viel Glück gehabt. Meine Eltern haben mir das Gefühl gegeben, dass sie mich lieben, egal, wie gut ich in der Schule bin, egal, was für Spielkamerad*innen ich nach Hause bringe, egal, wie ich meine Freizeit verbringe, egal, welche Ausbildung ich wähle, … Das hat sicherlich meine Gottesbeziehung am meisten beeinflusst. Ich habe bis heute das Gefühl, dass Gott den Menschen liebt, egal, was er tut (solange er niemandem schadet) und dass Gott sich wünscht, dass jeder Mensch glücklich ist, mit sich glücklich ist.

Bis zum sechsten Schuljahr war ich auf katholischen Schulen; weniger weil mein Elternhaus besonders religiös ist, sondern weil es die Schulen mit dem kürzesten Schulweg waren.

In der 5. Klasse wurde das Wort „schwul" von Mitschülern als Schimpfwort benutzt. Das war das erste Mal, dass ich das Wort gehört habe. Meine Eltern haben mir in Ruhe die Begriffe heterosexuell, lesbisch, schwul und bi erklärt und zwar so, dass ich es als „normal" verstand, eins davon zu sein. Die Klassenlehrerin hat ähnlich gesprochen. Damals habe ich mir noch keine großen Gedanken über meine Sexualität gemacht.

In Klasse 11 hatte ich dann evangelischen Religionsunterricht. Bei uns wurde nicht immer streng nach Konfessionen getrennt. Eine Unterrichtseinheit beschäftigte sich mit Liebe und Partnerschaft. In einer Doppelstunde hatte die Lehrerin junge Leute von der HuK und der LuK (*Homosexuelle und Kirche* bzw. *Lesben und Kirche*) eingeladen. Zu dem Zeitpunkt war mir schon klar, dass ich lesbisch bin. Ich fand die Stunde sehr positiv.

Von der 4. Klasse an war ich Messdienerin und das bis zum Abitur. Ein Mitministrant (ein Jahr älter) war der erste homosexuelle Mensch, den ich persönlich kannte (abgesehen von den Buchhändlerinnen im Frauenbuchladen, die ich eher nur vom Sehen kannte). Trotzdem habe ich mich ihm gegenüber nicht wirklich geoutet. Ich wollte mit meinem Outing warten, bis ich meine erste Freundin hatte. Das hat bedauerlicherweise etwas länger gedauert. Aber indirekt habe ich mich schon geoutet, da ich beispielsweise ins schwule Café ging. Es war aber nicht wirklich Thema. Durch meinen Mitministranten habe ich Homosexualität weiter als etwas Normales kennengelernt.

Ein für mich und meine Beziehung zum Thema Homosexualität prägendes Ereignis war der Fastenbrief des Bischofs. (Ich denke, es war etwa 1994, vielleicht aber auch nicht der Fastenbrief, vielleicht auch nicht vom Bischof, aber irgendetwas in der Art). In diesem wurde Homosexualität (zumindest ihr Ausleben) als schlecht und nicht den katholischen Werten entsprechend bezeichnet. Das Schreiben sollte vom Pfarrer in der Messe vorgelesen werden. Ich hatte schon vorher von seinem Inhalt mitbekommen und mir war zu dem Zeitpunkt bewusst, dass die vorherrschende katholische Lehre Homosexualität ablehnt. Das passte natürlich überhaupt nicht zu meinem Verständnis, dass Homosexualität ganz normal ist. Ich war an dem Sonntag Messdienerin und hatte mir vorgenommen, dass das mein Ende mit der katholischen Kirche bedeuten würde, sollte der Pfarrer den Brief vorlesen und die Meinung des Bischofs vertreten. Mein Plan sah vor, dass dies mein letzter Einsatz als Messdienerin sein und dass ich der Kirche den Rücken zuwenden würde.

Doch dann passierte etwas Überraschendes: Statt den Brief vorzulesen, sagte unser Pfarrer, dass er diesen zwar vorlesen solle, dass er aber sicher sei, dass es in unserer Gemeinde viele schwule und lesbische Mitglieder gäbe und dass diese es oft ohnehin schon schwer hätten, akzeptiert zu werden, nur weil sie jemanden lieben würden, und dass er es einfach nicht richtig fände, sie jetzt auch noch weiter zu verurteilen. Deswegen werde er diesen Brief nicht vorlesen. Ich weiß noch, wie ich dachte: Na toll, jetzt muss ich also doch in der Kirche bleiben!

Dass ich lesbisch bin – damit habe ich eigentlich *nie* schlechte Erfahrungen gemacht. Diskutieren musste ich nur mit meiner polnischen Austauschschülerin. Sie ist sehr streng katholisch (kein Sex vor der Ehe, keine künstliche Verhütung usw.) und wollte von mir wissen, warum ich glaube, Homosexualität sei keine Sünde.

Bei diesem Gespräch habe ich gemerkt, welches Glück ich habe: Ich *weiß*, dass es keine Sünde ist, und dieses Wissen habe ich vielleicht gerade, weil ich lesbisch bin. Ich weiß einfach, dass Gott mich so liebt. Ich habe quasi durch mein Lesbischsein einen Wissensvorsprung.

Nach meinem Lehramtsstudium absolvierte ich mein Referendariat an einer katholischen Mädchenschule. Dort habe ich mich vor den Schülerinnen zwar nicht geoutet, aber später haben mir einige Schülerinnen erzählt, dass es Gerüchte gab. Zugegeben, ich sehe vielleicht schon ein wenig aus wie eine „Klischee-Lesbe", aber ich hatte den Eindruck, dass die Schülerinnen das eher als positiv aufnahmen. Jedenfalls habe ich auch dort keine negativen Erlebnisse gehabt. Einzig im Lehrer*innenzimmer empfand ich es als komisch, dass Sexualität überhaupt noch ein Thema war. Dass Kolleg*innen überhaupt denken konnten, das Sexualleben könne den Job gefährden, fand ich absurd. Schließlich ging es dabei ja nicht um etwas Verwerfliches wie Sex mit Kindern oder Schüler*innen, sondern um einvernehmliche Beziehungen unter gleichberechtigten Erwachsenen.

Entsprechend entspannter fand ich dann meinen anschließenden Start an einer „normalen" staatlichen Schule. Hier war Sexualität im Lehrer*innenzimmer kein Thema mehr.

Vor allen Schüler*innen oute ich mich nicht, einfach weil es sich selten anbietet. Auch meine Beziehung und meine eigene Position zu Sexualität thematisiere ich nur gelegentlich im Unterricht. Ich verheimliche sie auch nicht oder leugne sie gar – selbst nicht im Fach Religion. Das fände ich unehrlich und damit auch unchristlich. Als Schülerin hätte ich mir damals selbst eine lesbische Lehrerin als Vorbild gewünscht, wobei ich den Eindruck habe, dass das heute nicht mehr so wichtig ist.

Seit ich allerdings mit meiner Frau verpartnert bin, spreche ich schon manchmal auch den Schüler*innen gegenüber von „meiner Frau“. Auch hier habe ich noch nie schlechte Erfahrungen gemacht. Nur manchmal neugieriges Nachfragen erlebt. Aber bei den meisten Schüler*innen habe ich das Gefühl, dass sie das als genauso normal und „langweilig“ empfinden wie ich. (An der Stelle protestiert meine Frau: „Natürlich ist unsere Beziehung nicht langweilig, sondern unfassbar aufregend; jeden gemeinsamen Tag erlebe ich wie ein Wunder. Nur für Außenstehende hat unser Glück wahrscheinlich nicht mehr Bedeutung als jede andere Beziehung.“)

Nach meinem Verständnis führe ich ein Leben gemäß christlicher Werte. Ich weiß, dass es in der katholischen Kirche Stimmen gibt, die das anders sehen. Nur kann ich einfach nicht glauben, dass an einvernehmlicher Liebe, bei der man füreinander da ist, sich stützt und gegenseitig glücklich macht, etwas schlecht sein kann. Ich erfahre und fühle das anders.

Eine kirchliche Segnung war im Rahmen unserer Verpartnerung im Grunde kein Thema: Meine Frau kann mit Kirche nur wenig anfangen und auch ich gehe nur noch unregelmäßig in den Gottesdienst. Es hätte nicht zu uns gepasst. Im Rahmen einer kleinen Feier, einer Zeremonie, hat aber ein guter Freund, der Pfarrer ist, zusammen mit uns unsere Ringe gesegnet, und eine Freundin hat einen von uns ausgewählten Bibeltext vorgelesen. Insofern könnte man sagen, dass es eine Segnung unserer Beziehung gab. Wir sind aber froh, dass der Ort keine Kirche war. Und nicht weniger bedeutsam waren an diesem Tag die Reden unserer Eltern und guter Freund*innen.

Nachdem nun vom Vatikan deutlich gesagt wurde, dass Segnungen homosexueller Paare durch die katholische Kirche nicht möglich sind, bin ich umso glücklicher, dass unsere Segnung nicht in einer Kirche stattgefunden hat und dass der Pfarrer für uns in erster Linie ein Freund und nur in zweiter Linie Pfarrer ist. Auf die Segnung einer Institution, die unsere Liebe nicht als gleichwertig erkennt, kann ich verzichten. Ich brauche keine halbherzige Erklärung, in der mir zwar Verständnis und Begleitung angeboten werden, aber in der meine Beziehung als „in der Heiligen Schrift nicht vorgesehen" abgetan wird. Ich verstehe die Botschaft der Heiligen Schrift anders.

Insgesamt kann ich sagen, dass ich gute Erfahrungen gemacht habe, dass ich von Anfang an von meinen Eltern gestärkt wurde und dass mich wahrscheinlich vor allem Letzteres in meiner Gottesbeziehung geprägt hat. Begriffe wie „Sünde" passen nicht in mein Gottesbild, zumindest nicht im Zusammenhang mit Sexualität. Im Gegenteil, ich halte es für Sünde, anderen Menschen einzureden, dass ihre Liebe eine Sünde sei. Wer sagt, dass der homosexuelle Mensch zwar kein Sünder sei, dass Gott ihn genauso liebe wie seine heterosexuelle Schwester, ihm aber gleichzeitig erklärt, dass das Ausleben seiner Sexualität Sünde sei, der liebt ihn eben doch nicht. Eine Partnerschaft kann einem Menschen so viel geben. In diesem Sinne ist sie für mich Sakrament: Ich kann dort so viel Liebe erfahren, die die Liebe Gottes spiegelt. Und dieses Sakrament nicht allen

Menschen zuzugestehen, das halte ich für Sünde und für zutiefst unchristlich.

Natürlich erhoffe ich mir von der Kirche, dass das irgendwann alle verstehen. Ich habe große Hoffnung, weil es für die Jugendlichen, die ich erlebe, größtenteils heutzutage kein Thema mehr ist. Aber wenn ich sehe, wie viele hohe Würdenträger immer noch behaupten, Homosexualität, außerehelicher Sex, Selbstbefriedigung, … (alles Dinge, die ich für normal, gesund, wichtig oder uninteressant halte) wären Sünde und dass es der Kirche und der Gesellschaft schaden würde, sie als normal zu bezeichnen, habe ich wieder nur sehr wenig Hoffnung. Und auch, wenn ich sehe, wie sich Würdenträger mit Menschen umgeben, die ihnen einfach nur blind nach dem Mund reden. So ist keine Entwicklung, Weiterbildung möglich. Ich kann darüber nur den Kopf schütteln. Für mich ist das nicht einmal mehr traurig. Es zeigt doch nur, wie viel Angst sie offenbar vor bzw. um ihre eigene Sexualität haben müssen, wenn sie sich in die Sexualität anderer einmischen müssen.

Als Lehrerin versuche ich meine Schüler*innen so zu erziehen, dass sie lernen, mündige Christ*innen und Bürger*innen zu werden, die ihre Nächsten lieben wie sich selbst. Und dazu gehört für mich auch das Annehmen der jeweiligen Sexualität. Sie sollen sich dabei von niemandem unter Druck setzen lassen und selbst niemanden unter Druck setzen.

Dass die katholische Kirche überhaupt noch über Themen wie Homosexualität, Ehescheidung, Masturbation diskutiert, zeigt eigentlich nur, wie weit sie sich schon vom wirklichen Leben, von wirklicher Bedeutung entfernt hat. Als ob das noch Themen wären, über die man reden muss!

Klimakrise, Armut, soziale Ungleichheit, Egoismus, Rassismus, Angst vor Fremden, Verschwörungstheorien – das sind Themen, um die es heutzutage gehen muss, für die wir Lösungen brauchen. Hier kann und muss man etwas bewegen. Hier können wir christliche Werte gebrauchen!

6. „Die katholische Kirche forderte mich auf, die Scheidung einzureichen"

Interview[1] mit Maria, geb. 1983

Maria, bitte erzähle kurz von deiner Verbindung zur katholischen Kirche: Bist du katholisch aufgewachsen? Und welche Rolle spielen Glauben und Kirche in deinem Leben?
Als Kind und vor allem als Jugendliche waren mir die Kirche und der Glaube immer sehr wichtig. Die Kirche war für mich ein Zuhause. Ein Ort, an dem ich vieles bekam, was ich sowohl zu Hause, als auch in der Schule nicht bekommen habe.

Meine Eltern haben sich scheiden lassen, als ich mitten in der Pubertät war. Dadurch hatte ich weder in der Schule noch zu Hause eine gute Zeit. Ich hatte sie aber in der Kirche. Dort war mein Freundeskreis ein völlig anderer. Das war alles ganz anders als in der Schule, wo ich immer nur gesagt bekam, wie schlecht ich bin und wie wenig ich weiß. In meiner Gemeinde war ich wirklich sehr angesehen, selbst

1 Gekürzte und überarbeitete Fassung auf Grundlage des Interviews.

bei den erwachsenen Gemeindemitgliedern, die mir ihre Kinder anvertrauten, um mit ihnen Kinder- und Jugendarbeit zu machen. Letztlich rührten mein Selbstvertrauen und Glaube aus all diesen kirchlichen Erfahrungen. Ich wusste immer, wohin ich gehen konnte, wenn es mir nicht gut ging, ich mich allein fühlte und sonst keinen Ort hatte.

Als es dann später darum ging, was ich eigentlich mal machen möchte, war für mich relativ schnell klar, dass ich das weitermachen wollte, worin ich gut war und was mich erfüllte: kirchliche Jugendarbeit. Und da mir nicht nur der Sozialraum Kirche unfassbar wichtig war, sondern auch mein Glaube, war für mich relativ schnell klar, dass ich Theologie auf Diplom studieren wollte.

Zu der Zeit war mir aber schon klar, dass ich, wenn ich eine partnerschaftliche Beziehung eingehen würde, diese gerne mit einer Frau leben würde, und dass das wahrscheinlich zu Problemen führen könnte. Doch mit meinen 17 oder 18 Jahren hatte ich da noch so meine Visionen. Ich ging beispielsweise ins Studium mit der Gewissheit: Na ja, entweder ich werde irgendwann gekündigt oder ich habe die Möglichkeit, die Kirche von innen zu verändern.

Als Angestellte in der Jugendarbeit der katholischen Kirche – wie war dein Privatleben mit dem Arbeitsverhältnis vereinbar?

Ich war von 2013 an bei der katholischen Kirche angestellt. Zunächst in einem Diaspora-Bistum, dort habe ich im Bereich der Jugendpastoral gearbeitet, und dann bin ich in ein West-Bistum gewechselt, wo ich in der Jugendarbeit und Katechese tätig war. 2019 wurde mir gekündigt.

Ich habe meine Arbeit sehr geliebt und mich gerne mit den Jugendlichen über die Kirche, Gott, die Welt und ihren

Glauben ausgetauscht. Ich wollte ihnen einen Ort schaffen, an dem sie offen und ohne Angst oder Scham ihre Fragen stellen konnten. Gleichzeitig waren diese Gespräche für mich nie einfach. Denn redet man über seinen Glauben, redet man immer auch über sich selbst. Darüber, wer man ist. Das geht immer an die Substanz.

Irgendwann habe ich für mich entschieden: Ich werde niemals vor Jugendlichen lügen. Ich wollte, dass die Jugendlichen genau das von mir bekommen, was ich auch von ihnen bekomme – nämlich Ehrlichkeit. Mir war immer klar, ich muss ich selbst sein. Aber auch, dass ich immer einen Teil von mir ausklammern muss, weil den die Kirche nicht toll findet. Doch dann wurde mir bewusst: Ich will den Jugendlichen nicht aufbürden, dass sie mein Geheimnis, was dazu führen kann, dass ich gekündigt werde, mittragen müssen. Weil, wenn sie darüber reden, kann es ja passieren, dass ich gekündigt werde. Und dann fühlt sich vielleicht am Ende irgendjemand schuldig für etwas, für das die Person überhaupt nichts kann.

Das hat mir mein Arbeiten teilweise sehr schwer gemacht und mir in vielen Gesprächen nicht erlaubt, in die Tiefe zu gehen, obwohl ich wusste, dass es nötig gewesen wäre – vor allem für die Jugendlichen. Gleichzeitig hatte ich die ganze Zeit auch immer befreundete Priester, die selbst schwul waren. Bei ihnen war das dann kein Problem, denn häufig wussten wir es einfach; wie so eine Subkultur innerhalb der katholischen Kirche. Und das fand ich immer sehr schräg, dass es das gibt, und wir sprechen hier nicht von einer kleinen Gruppe. Schon im Studium haben wir geunkt: Wenn alle Menschen, die homosexuell sind, aus der katholischen Kirche aussteigen, dann hat die Kirche bald kein Personal mehr.

Also der Spannungsbogen ist irgendwann vonseiten der Kirche gebrochen und das hat dazu geführt, dass dir gekündigt wurde?

Genau. Als ich im Diaspora-Bistum kurz davor war, dass es hätte in Richtung Kündigung gehen können, habe ich selbst gekündigt. Das war insgesamt sehr unschön. Ich hatte einen Chef, der immer hinter mir und noch einem anderen Kollegen, der schwul ist, her war. Er hat uns in meiner Erinnerung keine Woche in Ruhe gelassen. Immer hat er Andeutungen gemacht und war sowieso sehr übergriffig in seinem Gebaren. Die Situation, die mich dann dazu gebracht hat zu kündigen, war während einer öffentlichen Veranstaltung mit Jugendlichen und Eltern, als irgendein Wort fiel. Ich war aber gerade unterwegs und er rief mir nur hinterher: „Dich hätte man im Mittelalter auf dem Scheiterhaufen verbrannt!" Danach war mir klar: Okay, ich muss hier weg. Das geht nicht mehr.

Ich wechselte in das West-Bistum. Das war eine andere Welt. Während man in der Diaspora als gläubige Christin jemand Besonderes ist, eine von ganz wenigen, ist man im Westen eine von vielen – in einer Millionenstadt. Nachdem ich meine Frau kennengelernt habe, sind wir in der Stadt händchenhaltend herumgelaufen. Das hätte ich mich in dem Diaspora-Bistum nie getraut, da hätte man mich sofort erkannt.

Mein Privatleben entwickelte sich dann plötzlich in großen Schritten weiter. Und uns war klar: Wir wollen eine Familie gründen, Kinder haben. Und damit auch: Wenn ich die Kinder austrage, muss meine Frau sie adoptieren, und das ist ein Grund, warum wir heiraten müssen – ganz abgesehen davon, dass wir es sowieso sehr gern wollten. Ich habe mich dann durch einen Rechtsanwalt beraten lassen.

Als ich schwanger war, haben wir einen Hochzeitstermin festgelegt, der sechs Wochen vor dem Geburtstermin und damit schon im Zeitraum des Mutterschutzes lag. Wir wollten auf Nummer sicher gehen: dass ich im Mutterschutz bin, in der Hoffnung, dass sie sich dann nicht trauen würden, mich zu kündigen, aber auch, damit ich genügend Zeit habe, eine neue Stelle zu finden.

Vier Wochen vor der Geburt rief mich mein Arbeitgeber an und erkundigte sich bei mir, ob ich denn geheiratet hätte. Ein anderer Name stehe nun auf den Unterlagen und man wollte gleich die Heiratsurkunde sehen. Aber dann kam erst mal nichts mehr.

Zur Geburt unseres Sohnes im August traf eine umständlich formulierte Glückwunschkarte von allen Kollegen ein. Die Dankeskarten, die wir später verschickt haben, hat mein Chef, wie wir erfuhren, gleich alle aus dem Verkehr gezogen – es stand auch der Name meiner Frau darauf. Ja und dann, … dann habe ich gewartet.

Im Jahr darauf, kurz nach Ostern, habe ich dann eine Abmahnung erhalten, von meinem Chef mit einer Einladung zum Gespräch. Und da eröffnete er mir dann: So könnte ich natürlich nicht wiederkommen. Im Laufe des Gesprächs sagte er mir dann, dass es für ihn am einfachsten wäre, wenn ich mich scheiden ließe. Oder er könne mich aus der Verkündigung versetzen und mich beispielsweise als Reinigungskraft einstellen.

Ich habe es dann noch in einem Schreiben schriftlich bekommen, dass ich mich innerhalb von vier Wochen scheiden lassen muss. Als ich dann erklärte, dass das in Deutschland in dieser kurzen Zeit rechtlich überhaupt nicht möglich ist, bekam ich die zweite Abmahnung: Ich solle die Scheidung wenigstens innerhalb der Frist einreichen. Und dann eine

Woche, bevor ich wieder hätte anfangen sollen zu arbeiten, fand nochmals ein persönliches Gespräch mit dem Chef statt, in dem er mir sagte, ich sei versetzt und solle mich scheiden lassen.

Ich sagte nur: „Wie stellst du dir das vor? Soll ich mein Kind verleugnen?“ Und konkreter: „Soll ich meinem Jungen von einem liebenden Gott erzählen, der ihn so, wie er ist, wunderbar geschaffen hat und ihn liebt, und ihm gleichzeitig sagen, dass ich so tun muss, als gäbe es weder ihn noch meine Frau, weil die Kirche, in der von dieser Liebe gepredigt wird, mich sonst rausschmeißt? Hat mein Sohn so überhaupt die Chance, eine unvoreingenommene Beziehung zu Gott aufzubauen?“

Er meinte nur, dass er mir dann kündigen muss. Gleichzeitig wusste ich aber auch, dass er persönlich mit meiner Lebensweise gar kein Problem hatte. Er musste es tun. Und das macht es dann auch schwer, sauer zu sein. Ich wäre so gern sauer, aber diese Person, die mir das angetan hat, ist hier einfach nicht der richtige Adressat.

Wie hat sich dein Verhältnis zur Kirche und zum Glauben nach der Kündigung verändert? Wie bindet ihr den Glauben in euer Familienleben ein?

Ich hatte gut zwei Jahre Zeit, mich mit dem Gedanken anzufreunden, dass ich gekündigt werde. Dass ich sehr gut war, in dem, was ich getan habe, dessen war ich mir bewusst. Auch, dass ich damit nicht aufhören wollte. Aber ich wusste ja, dass es so kommt. Ich musste also schauen, wo ich bleibe – mit meinem Glauben – und was das auch mit meinem Glauben macht. Ich bin sehr katholisch gewesen und gefühlt bin ich das immer noch. Mittlerweile trage ich überall ein, dass ich evangelisch bin, aber gefühlt bin ich das nicht.

Am allerschlimmsten ist für mich aber, dass ich mein Zuhause verloren habe. Den Ort, der mir seit meiner frühesten Kindheit so viel gegeben und bedeutet hat.

Für meinen Sohn war es mir wichtig, dass er getauft wird, nicht so sehr die Konfession. Und mir selbst war es wichtig, das Eheversprechen an meine Frau auch in der Kirche, vor Gott zu sprechen. Wir haben dann evangelisch geheiratet mit einer tollen Pfarrerin, die mir in den letzten Jahren den Weg in die evangelische Kirche geebnet hat. Als mein Zuhause in der katholischen Kirche wegfiel, hat sie mir die Tür aufgemacht in die evangelische Kirche. Diese kann mir mein Zuhause aus der Kindheit nicht zurückgeben, aber wenigstens etwas auf dem Weg dahin sein.

Heute ist es mir sehr wichtig, meinen mittlerweile drei Söhnen den Weg zu Gott zu öffnen – unabhängig davon, was ich mit der Kirche als Institution erlebt habe. Und ihnen mit meinem Handeln meinen Glauben auch vorzuleben. Und das tun wir auch gemeinsam. Wäre die Situation eine andere, wären meine Söhne heute sicher katholisch. Es gibt so viele Dinge, wie die Messdienerarbeit zum Beispiel, die mir als Kind so wichtig waren. Das ist schon traurig, dass sie diese Erfahrung nicht machen können.

Ich bin selbst noch nicht in der Lage, ehrenamtlich wieder aktiv zu werden. Ich glaube, ich bin da noch im Trauerprozess. Schließlich habe ich nicht nur einen Job verloren. Sondern es war … – das war etwas, was man anders verarbeiten muss. Es ist ein Abschied. Und da bin ich noch nicht mit durch.

Was mich auch manchmal so ärgert, ist, dass ich von dieser Institution diskriminiert werde. Und ich kann mich nicht davon frei machen. Ich glaube, wenn ich wütender sein könnte, dann könnte ich das Ganze schneller verarbeiten, aber das kann ich nicht.

Familie

7. „Gott liebt ihn, ob getauft oder nicht!"

Carla Bieling, geb. 1974

Meine Frau habe ich in der katholischen Jugendarbeit kennengelernt. Wir waren drei Jahre befreundet, bevor wir uns ineinander verliebten.

Als Arbeitnehmerin beim Bistum musste ich meine Lebensform verschweigen. Das konnte ich nur, weil ich mich in meinem Team geoutet habe und somit dieser Raum nicht mehr durch ein Schweigen- und Verstellen-Müssen geprägt war, sondern durch Offenheit. In den darauffolgenden Wochen starteten wir unsere Teamsitzungen fortan mit einer Austauschrunde über unsere Glaubenserfahrungen. Schnell stellte sich dabei heraus, dass nicht nur ich an dieser Kirche litt.

Trotzdem konnte ich die Doppelmoral irgendwann nicht mehr ertragen. Ich entfernte mich innerlich immer mehr von dieser Kirche und hätte ich 2003 beim Ökumenischen Kirchentag (ÖKT) nicht das *Netzwerk katholischer Lesben* (NkaL) kennengelernt, hätte ich vermutlich meinen Glauben ganz verloren.

Im NkaL lernte ich ehemalige Ordensfrauen, aktive Gemeindereferentinnen, katholische Theologinnen und viele andere Frauen kennen und wir feierten einmal im Halbjahr gemeinsam Gottesdienst. In diesem durften alle Gefühle vorkommen; wir konnten authentisch sein, alles vor Gott tragen und uns so gegenseitig stärken und stützen. Wir waren nicht mehr allein mit dem Gefühl, von unserer Mutter (Kirche) nicht gewollt zu sein – aussortiert, verboten und abgestempelt. Wir haben viel miteinander geweint, aber auch gelacht. Es waren sehr intensive Gottesdienste, die wir reihum vorbereiteten und in denen unsere Fragen, Zweifel und leidvollen Erfahrungen stets einen Platz hatten. Und irgendeine hat immer für unsere Kirche gebetet, dass sie irgendwann alle ihre Kinder wieder annehmen kann – ohne in sündig und keusch zu unterteilen. Sie zu akzeptieren, wie sie sind – mit ihrem Wunsch verantwortliche Partnerschaften zu leben, ihren Glauben leben zu dürfen und offen zu ihrer Vielfalt zu stehen. Ohne Bewertungen, ohne Abwertungen.

Später gründeten meine Frau und ich eine Familie und wir bekamen zwei Söhne. Den Erstgeborenen ließen wir in seinem ersten Lebensjahr durch einen befreundeten Ordenspriester taufen.

Als das zweite Kind kam, wurde ich von meinem Arbeitgeber rausgeworfen – nicht rechtlich (ich habe einen Aufhebungsvertrag unterschrieben), aber sehr wohl emotional.

Der zweite Sohn wurde nicht getauft. Mit vier Operationen in seinen ersten anderthalb Lebensjahren hatten wir zunächst diese Sorgen. Anschließend kam er ins Trotzalter und einen Zweijährigen, der „Nein, ich will das nicht“ bei seiner Taufe ruft, das wollten wir auf keinen Fall.

Drei Jahre später näherten wir uns durch einen Priester mit einem innovativen Projekt (*Kirche am See*) der kath. Kirchengemeinde wieder etwas an. Dort bereitete jede Woche eine andere Gruppe den Gottesdienst vor und so bekamen auch Randgruppen eine Stimme. Und die Einladung Gottes an *alle* – ohne Selektion und Bewertung – fand wieder ein glaubwürdiges Gesicht! Doch dann wurde ein schon länger schwelender Konflikt im pastoralen Team durch die Versetzung des innovativen Priesters vom Bistum gelöst. Das zerstörte unser neugewonnenes Vertrauen wieder und der angedachte Tauftermin platzte.

Etwas später kam die Phase, in der unsere Söhne Gottesdienste stinklangweilig fanden, und wir sie irgendwann nicht mehr bewegen konnten, mitzukommen. Als beim Älteren die Erstkommunion anstand, war aber für ihn klar: „Das will ich auch."

Und der Jüngere, der so manchen Weggottesdienst miterlebt hatte und Gefallen an den tollen Aktionen und dem Fest gefunden hatte, stimmt mit ein: Ja, das wolle er auch! Wir warteten ab, denn das Fest und die Geschenke sollten nicht seine einzige Motivation sein.

Ein Jahr später: Der Jüngere wünscht sich getauft zu werden, aber es klappt terminlich nicht auf Anhieb. Nach ein paar Wochen war es ihm dann auch nicht mehr so wichtig … In dem Alter geht das schnell.

Am ersten Tag des dritten Schuljahrs wurde das Thema Taufe dann wieder aktuell, und zwar durch die Fragen: „Bist du getauft? Willst du zur Erstkommunion?" Da war für ihn ganz klar: „Mami, ich wusste bis jetzt gar nicht, warum ich so froh bin – jetzt weiß ich, warum ich so froh bin – ich freu mich so doll auf meine Taufe und auf meine Erstkommunion!"

Die Taufe haben wir dann innerhalb der nächsten vierzehn Tage festgemacht und in der Woche darauf eine sehr authentische Taufe gefeiert. Mit einem Kind, das von innen heraus gestrahlt hat! (Obwohl ich ihm im Vorfeld auch ganz klar gesagt habe, dass er sich nicht für uns taufen lassen muss. Gott liebt ihn so, wie er ist – ganz egal, ob er getauft ist oder nicht.) Es war wunderbar, das erleben zu dürfen.

Meine Frau und ich sind dieses Jahr seit 20 Jahren zusammen und haben so manchen Sturm gemeinsam durchgestanden, Verantwortung übernommen und uns ganz offensiv mit unserem Glauben auseinandergesetzt. Trotzdem wird uns noch immer ein offizieller Segen für unsere Beziehung in der katholischen Kirche abgesprochen. Auch wenn wir „unter der Hand" schon mehrfach das Angebot bekamen …

Freundinnen von uns sind konvertiert und mittlerweile evangelisch getraut. Sie sind damit sehr zufrieden. Vor zwölf Jahren haben wir einen Gottesdienst in unserem Garten gefeiert mit einem Versprechen und dem Segen Gottes, den alle Anwesenden für uns erbeten haben. Eine damals noch katholische Freundin und Theologin hat durch den Gottesdienst geführt. Auch sie konvertierte und leitet mittlerweile regelmäßig evangelische Gottesdienste.

8. „Zuerst Vater, dann Mutter von vier katholisch getauften Kindern"

Barbara, geb. 1969

Katholisch sozialisiert, mit einer unbeschwerten und im Rückblick glücklichen Jugend in einem katholischen

Internat beschenkt, war es mir selbstverständlich, meine ersten Kinder katholisch zu taufen und zu erziehen.

Warum aber gab es bei meinem jüngsten Kind, einem Nachzügler, dann Zweifel, ob das auch für ihn eine gute Idee ist? Und warum haben wir uns dann doch entschieden, ihn nicht nur zu taufen, sondern auch katholisch zu taufen?

Unsere Ehe ist konfessionsverbindend; lutherisch wäre eine Option gewesen. Ausschlag gegeben hat letztlich, dass wir in der katholischen Gemeinde, der wir verbunden sind, willkommen sind. Dass die Menschen, die uns dort geistlich nahestehen, uns annehmen, wie wir sind: Unsere Ehe ist nicht nur konfessionsverbindend, sondern lesbisch. Unser Kind ist daher offensichtlich mit Spendersamen gezeugt. Und einige Gemeindemitglieder wissen auch, dass ich früher für meine drei älteren und mittlerweile erwachsenen Kinder Vater war und dass ich vor inzwischen 20 Jahren akzeptiert habe, in dieser Welt eine Frau zu sein. Einzelne wissen auch darum, dass ich von meiner damaligen Frau, der Mutter der drei älteren Kinder, geschieden und folglich also auch noch wiederverheiratet bin.

Ich kann mir gut Gemeinden vorstellen, in denen wir nicht willkommen sind, ob nun katholisch wie lutherisch. Wo jeder einzelne der genannten Lebensumstände als „Sünde“ gilt, die mit persönlicher Ablehnung geahndet wird. Wie mag sich das wohl irgendwann im Religions- oder Kommunionsunterricht verhalten? Wenn das Kind auf eine Person trifft, die sich verpflichtet fühlt, ihm zu erklären, dass Mami und Mama in die Hölle kommen, weil sie „in Sünde leben“, in „furchtbarer Sünde, in Todsünde“?

Nicht nur einmal wurde ich außerhalb von Kirche – in meinem rational-naturwissenschaftlich geprägten Beruf, Privatleben und entschieden in queeren Bezügen – gefragt, was ich denn, gerade ich, bei „diesem Verein" überhaupt noch wolle. Erstaunlicherweise habe ich mich selbst das nie gefragt. Im Gegenteil. Die Liebe meiner Eltern hat mir ein Urvertrauen geschenkt. Immer wieder haben sie beiläufig selbstverständlich Bezüge hergestellt auf den Schöpfergott, der uns Menschen liebt und der die Liebe ist, das Leben und die Lebensfreude. Dieses Urvertrauen in Gott ist in mir verankert. Und im Internat wurde für mich das vom Glauben getragene und getriebene Engagement der Ordensleute erfahrbar, dass die Lebens- und Liebeskraft, die aus Christus strömt, uns heute schon ein bisschen hilft „die Stadt auf der Höh'" zu bauen. „Freunde, wir fangen an" war die Hymne meiner Schule. Und wie meine Internatsschule ist auch die Kirche, der meine Frau und ich verbunden sind, getragen von der besonderen Energie von Ordensleuten, in unserem Fall jetzt Jesuiten.

Zu meinem großen Glück ist auch meine Frau gläubig. Wir haben uns ironischerweise kennengelernt zu einer Zeit, als ich nach Transition, Scheidung und gescheiterten Liebschaften ernsthaft über ein Leben nach den Ratschlägen der evangelischen Räten nachdachte. Johanna wusste, dass ich in gleichgeschlechtlicher Beziehung gelebt hatte und suchte für sich selbst Orientierung – angesichts eines Spannungsfeldes von gleichgeschlechtlicher Zuneigung, frommer (die Homosexualität ablehnender) Sozialisierung und des eigenen Familien- und Kinderwunsches. Ich nahm sie mit in queere Bezüge. Wir unterhielten uns über Gott und die Welt, Gott in der Welt, über das Lesbisch-, Trans- und zugleich Christsein. Über die Verbindung von Naturwissenschaft, Skepsis und Glaube. Und da ich ja mit meinen drei Kindern aus dem Gröbsten raus war und eher über ein eheloses Leben nachdachte als über eine Beziehung, und sie ja Kinder und Familie wollte, haben wir beide – jede für sich – das Herzklopfen, das „Britzeln“, geschoben auf ein „Was weiß ich denn?“, jedenfalls nicht auf uns. Erst Monate später haben wir uns unsere Liebe ein- und zugestanden, spannenderweise im Anschluss an einen gemeinsamen sehr feierlichen Besuch einer Messe, das war zu Allerseelen 2008.

In einer Lebenskrise bin ich über säkulare und östliche Meditation auf christliche Meditation und kontemplative Exerzitien nach Pater Franz Jálics SJ gestoßen. Und ich habe mich getraut, mich darauf einzulassen. Gott sei Dank!

„Der Christ der Zukunft wird ein Mystiker sein, oder er wird nicht mehr sein“, hat mal der Theologe Karl Rahner gesagt. In der Tat versuchen Menschen wie Franz Jálics SJ, Richard Rohr OFM, Willigis Jäger OSB, Kenneth S. Leong und viele weitere Zeitgenossen sowie alte Mystiker uns Brücken zu bauen. Brücken, die Christen als eine unmittelbare, persönlich geahnte oder erfahrene „Papa“(Abba)-Gottesbeziehung beschreiben. Brücken, die ein „Christ-inesisch“ in unsere Zeit übertragen. Es sind Brücken und Wege, Gott wieder in allen Dingen und Menschen zu finden.

Und währenddessen „verteidigen“ fehlgeleitete Kirchenfunktionäre Dogmen, die Menschen wegen ihrer Liebe aus der Gemeinschaft ausschließen, in deren Mitte die Verbindung steht. Sie beharren auf Dogmen, die Familien entzweien und Kinder mit schrägen Loyalitätskonflikten konfrontieren.

Ich bin überzeugt, dass der Weg aus dieser Groteske durch die persönlich erfahrene Liebe Gottes führt. Durch Begegnung – wie dem Gespräch über gleichgeschlechtliche christliche Paare am Schönstätter Eheweg mit einer Frau auf dem Katholikentag. Und durch Einsicht im Gebet.

Wir haben unseren Jüngsten, in einer lesbischen Ehe gezeugten und geborenen Sohn katholisch getauft aus Liebe zum Leben. Nicht nur, weil „katholisch" für uns Heimat ist, sondern auch, weil „katholikos" (griech. für „allumfassend, allgemein, universal") keine Marke ist, sondern Programm. Diese allumfassende Kirche ist noch nicht vollendet, aber im Werden, und wir sind heute schon mit eingeschlossen, mit unserem Sohn und mit unserer Ehe.

Scheinheiligkeit

9. „Wenn die Kirche so lebt, dann kann mein Leben keine schwerere Sünde sein“

Sebastian, geb. 1990

Glaube und Kirche bildeten für mich gerade in meinen Teenagerjahren einerseits einen großen Halt, als ich zwar spürte, dass ich irgendwie „anders“ fühlte, dachte und mich verhielt als die meisten, aber dies für mich nicht fassen konnte oder wollte. Andererseits blieb dieser Halt immer auch ambivalent, da ich selbstverständlich dennoch gewisse Begehren spürte, sie jedoch zu unterdrücken und auszublenden beziehungsweise umzudeuten versuchte. Erst im Nachhinein ist mir dies verständlich geworden: Liturgie und auch eine gewisse – manchmal sehr übertriebene – Frömmigkeit boten einerseits Orientierung und Geborgenheit, sicher waren sie aber auch – durch ihre Überhöhung – eine Art Weltflucht. Und gleichzeitig nährte ein konservatives, sehr regelfixiertes Glaubensverständnis die Angst, dass ich wegen unkeuscher Gedanken und Handlungen von Gott endgültig verstoßen würde.

Seit meinem Coming-out (vor mir selbst) hat sich meine innere Haltung diesbezüglich Schritt für Schritt gelöst und ich habe mehr Zutrauen in Gott gewinnen können. Das war kein Selbstläufer, es brauchte Zeit und ist bis heute nicht abgeschlossen. Zweifel, Angst und das Hadern mit mir selbst kommen immer mal wieder. Dennoch verstehe ich inzwischen klarer, dass die christlichen Texte und Lehren nicht eindeutig sind und immer wieder neu gedeutet und im Gebet erforscht werden müssen. Großartige Seelsorger leben dies vor und es sind beglückende Momente, wenn dies in Predigten, Gesprächen oder auch in Gesten deutlich wird.

Durch meine geistige Öffnung habe ich zwar zugleich ein entspannteres Verhältnis bezüglich offizieller kirchlicher Positionen und dem oft irritierenden Gebaren von mit der Kirche assoziierten Personen hinsichtlich Homosexualität und Co. gewonnen. Ich verteidige die Kirche zumeist gegen Kritik, weil ich daran glaube, dass das „Haus des Herrn" weit ist und gerade dies die katholische Kirche stets ausgemacht hat. Ich muss aber auch gestehen, dass eine gewisse Abgeklärtheit dabei eine Rolle spielt, da ich um genügend Fälle gelebter Bigotterie in der Kirche weiß, in Priesterseminaren und Leitungspositionen, in Gemeinden und sonst wo (das gilt nicht bloß für Deutschland), sodass ich mir oft sage: Wenn die Kirche so lebt, dann kann mein kleines Leben keine schwerere Sünde darstellen und ich kann zumindest auf Gottes Gnade hoffen. Und das ist im Grunde eine betrübliche Haltung, die, denke ich, nicht selten ist: Das Volk Gottes wird sarkastisch oder zynisch angesichts einer Dogmatik, welche die Institution selbst in ihrer Praxis beständig konterkariert, sei es beim Zölibat, in der Frage des Umgangs mit Missbrauch oder in sonstigen Punkten. Nach dem Motto: Das „Bodenpersonal" ist ja eh korrumpiert, ich suche mir eine Gemeinde, in der mir alles passt und ignoriere die Kirche beziehungsweise verlasse sie gleich ganz. Dieses „leben und leben lassen“ ist mehr Ausdruck von Bräsigkeit als von Toleranz oder gar Offenheit.

Als ebenso scheinheilig erweisen sich immer wieder konservative Reinigungsfantasien, etwa weil sie ihren eigenen Maßstäben nicht gerecht werden, oder weil sie Menschen gegeneinander ausspielen wollen, anstatt im Sinne des Glaubens bescheiden und barmherzig zu bleiben. Ich erwarte nicht, dass die Kirche beliebig wird und ihre Lehren einfach umwirft – im Gegenteil. Aber ich erwarte mehr Differenzierung und Bescheidenheit und eine Auseinandersetzung damit, was Katholizität *in* der Moderne bedeuten kann, anstatt *gegen* die Moderne. Gerade in einer Zeit, in der viele Menschen den Zugang zu letzten Fragen im Alltag nicht mehr finden und ihr oft nur indirekt verspürtes Sehnen nach Antworten in Lifestyle ertränken, entspräche dies einem missionarischen Geist.

Ich sorge mich zudem um jene Priester (es gibt genug von ihnen), die sich in der Seelsorge aufreiben, auch queeren Menschen Perspektiven eröffnen und darin – und nicht nur darin – von den Strukturen und der Lehre alleingelassen werden, während sie in der Öffentlichkeit dennoch als Personal einer „überkommenen Institution“ wahrgenommen werden. Sie sitzen zwischen allen Stühlen. Kein Wunder, dass so viel über Einsamkeit, Depression und sonstige seelische Verletzungen im Klerus geredet wird, nicht nur unter denjenigen Priestern, die (was ja oft kein Geheimnis ist) selbst schwul sind. Und kein Wunder, dass kaum jemand noch dieses Kreuz auf sich nehmen will. Das mag in anderen Gegenden der Welt (noch) anders sein, aber die Antwort, dass Europa eben „entgottet“ sei und man da nichts ändern könne, scheint mir ähnlich nihilistisch wie die banal atheistische Position, dass man religiöse Fragen endlich *ad acta* legen sollte. Der zur Schau gestellte Fundamentalismus ist sehr viel moderner, als viele „Tradis" wahrhaben wollen, er spiegelt entgegengesetzte Extreme. Unser Glaube mag nicht von dieser Welt sein, die Kirche ist es. Dies zu leugnen, scheint mir bigott.

Schließlich: Das sechste Gebot wird – gerade von vermeintlich konservativen Kreisen – oft gefühlt zum ersten hochstilisiert und alles dreht sich dann um Sex, Gender (eher noch „Gendergaga" – ohne Kenntnis der Überlegungen von Gendertheorien …) etc.

Ich selbst wurde als Teenager einmal in einem irischen Beichtstuhl gefragt, ob ich masturbiere, nachdem ich verklausuliert und verschämt von körperlichen Sünden sprach. Damals empfand ich das als geradezu erfrischend direkt und befreiend. Im Nachhinein zeigt es aber vielleicht auch, dass man sich mehr um die tiefer liegenden seelischen Zustände und Glaubensängste junger Menschen sorgen sollte, anstatt kompensatorische Reinheitsobsessionen zu bestärken. Was Körperlichkeit betrifft, könnte man beispielsweise lernen, dass viele Lehren völlig anderen Weltbildern entsprungen sind, die in ihrer Zeit plausibel und als von der Schrift gedeckt gewirkt haben mögen, aber sicher nicht den Kern der Heilslehre darstellen. Selbsthass zu nähren, unterminiert gelebten Glauben nur immer weiter.

Statt solcher Obsessionen mit sehr menschlichen, sehr zeitgebundenen und sehr wandelbaren Kategorien wünsche ich mir eine Kirche, die mehr auf die spirituellen Nöte in der heutigen Zeit schaut, für diese ein offenes Ohr hat und neue Formen des gelebten Glaubens dafür entwickelt (oder alte wiederbelebt).

Die Kirche sollte die Begegnung mit Gott anregen, der temporale Kategorien übersteigt und damit auch Fragen von Sexualität und Geschlecht, anstatt solche Fragen verdeckend vor die bloße Möglichkeit der Begegnung zu stellen. Ansonsten ist es kein Wunder, dass sie neben „Ersatzreligionen" immer weniger Strahlkraft behält.

In einem jesuitischen Beichtstuhl wurde mir – im Kontrast zu der Erfahrung in Irland – einmal gesagt, eine Beziehung habe sich nicht so sehr über das Geschlecht zu definieren als dadurch, dass sie eine seelische Heimat bilden könne. Solches Einfühlungsvermögen wünsche ich mir.

10. „Gott hat Glück, dass ich ihn so trotzköpfig liebe"

Dr. theol. Robert Mucha, geb. 1987

Wenn ich an meine Kindheit zurückdenke, dann war da immer „Kirche". Von klein auf gehörte sie für mich dazu und sollte mein Leben stark prägen. Die Beziehung zu Jesus Christus wurde für mich dann wirklich auch in der Erstkommunion spürbar: Ich sah es und sehe es auch rückblickend als tiefe Gnade und eigentlich höchstes Geschenk an, dass ich glauben kann. Glaube, Hoffnung und Liebe sind die göttlichen Tugenden. Doch ich merkte, dass gerade beim „Lieben" immer auch noch eine andere Dimension bei mir dabei ist …

Die Faszination für das eigene Geschlecht, obwohl ich als Teenager auch schon einmal ein Mädchen geküsst habe, war am Ende größer. Und ich musste dies – auch wenn es gar keinen konkreten Anlass, keinen „Freund" oder so gab – einfach jemandem offenbaren. Am 11. September 2001, ja, genau diesem Tag, rief ich meine Mutter vormittags bei der Arbeit an. Es musste raus, und zwar am Telefon. Am Nachmittag kam sie nach Hause. Die Twin Towers waren eingestürzt und ich erinnere mich noch gut an ihre Worte: „Das war ja ein Tag heute ..." Es war raus, aber damit war es gut. Ich wollte nicht weiter darüber sprechen. Ich war ja gerade erst 14 Jahre alt.

Die Kirche war für mich damals schon enorm wichtig. Auch die Meinung der Kirche über mich als Person. Ich beichtete es allerdings nicht; es gab ja auch nichts zu beichten: keine Handlungen dieser Art. Aber ich trug es in mir, dass irgendetwas schon nicht ganz so perfekt ist, wie es eigentlich sein müsste oder sollte.

Mit 18 Jahren dann – ich hatte bis dahin noch keine Erfahrungen sexueller Art gehabt, nur Schwärmereien – beschloss ich, den Weg zum Priestertum einzuschlagen. Ich war der festen Ansicht, dass ich es, da ich es nun schon so einfach und gut geschafft habe, auch weiter hinbekäme. Und ich dachte: „Ich setze einfach kein ‚Initium', keinen verhängnisvollen Anfang, der eine Kettenreaktion in Gang bringt."

Im Priesterseminar dann angekommen wurde ich gleich am ersten Tag angemacht. Ich wehrte ab, schützte mich und meinen Glauben. So viele Männer – im Nachhinein betrachtet zu viele homosexuell und zu wenige heterosexuell empfindend –, so viele Männer auf einem Haufen, das kann nicht funktionieren. Die nächste Verliebtheit. Man leidet. Wem kann man sich anvertrauen?

Durch das Wagnis des Anvertrauens entstand eine Freundschaft, die trägt und bis heute Bestand hat, gerade auch, weil in diesem geschützten Raum dieses Thema ohne Angst besprochen werden konnte. Ich blieb standhaft, zölibatär.

Im Nachhinein denke ich mir häufig, dass ich wohl auch einer von denen war, die ein Stück weit weggelaufen sind vor sich selbst und der Wahrheit. „Herr, mach deine Kirche zu einem Ort der Wahrheit und der Freiheit“ heißt es in einem modernen Hochgebet. Das war sie leider nicht – nicht so wie es eigentlich seelisch-gesund sein sollte.

In meinem Auslandsstudium geschah es dann: wieder ein Verliebtsein, dieses Mal aber wurde es erwidert. Was nun? Was tue ich? Was tun wir? Der andere steht vor denselben Fragen wie ich. Zwei Männer in ähnlicher Lage und verbotener Liebe. Das „erste Mal“ geschieht. Der Dominostein war gefallen – ein Point of no Return, wie ich bald feststellte. Denn: Der Drang nach Körperlichkeit ließ sich nun nicht mehr wegwischen.

Mein Entschluss stand fest: Ich will einen Schlussstrich ziehen, aber nicht unter die Beziehung mit ihm oder Gott, sondern mit dem Priesterseminar. Dem zuständigen Regens schicke ich das Austrittsschreiben mit Datum meines 21. Geburtstags. Er schreibt sehr freundlich, leicht enttäuscht (wie ich meine zwischen den Zeilen zu lesen) zurück. Ich habe ihm nicht die ganze Wahrheit gesagt. Er sagt, ich könne jederzeit wiederkommen. Eine Hintertür …

Da diese Beziehung mit dem Jahr im Ausland endete und mein damaliger Freund seinen eigenen Weg weiterging, während mein Weg einen Riss bekommen hatte, kehrte ich allein und verändert nach Deutschland zurück. In Distanz zur Heimat und mit der Erfahrung von Liebe im Rücken outete ich mich an meinem neuen Studienort mehr und mehr. Es war ein Prozess – es brauchte Übung und von Mal zu Mal ging es leichter. Schließlich erfuhr ich an meinem neuen Studienort dann auch, wie zerstörerisch und oberflächlich die Gay-Szene sein kann: Unverbindlichkeit, Ausnutzen, Fokus auf das Körperliche. Nein, dafür hatte ich meine andere große Liebe, Gott, nicht aufgegeben.

Ich war in geistlicher Begleitung und versuchte den Draht zur Kirche zu halten. Doch auch da schien es immer wieder durch, dass mein „So-Sein" einfach nicht korrekt war. Ich erinnere mich an Beichten, die auf labilere Gemüter sicher traumatisierend gewirkt hätten. Gott hatte auch ein wenig Glück, dass ich ihn ebenso trotzköpfig liebte, wie er die Menschen trotz all ihrer Fehler und Macken liebt. Es hätte rational genug Gründe gegeben zu gehen – einfach raus, die Kirche verlassen oder evangelisch werden. Nein, nein und nein! Das war niemals eine Option und wird auch keine sein. Wie schön, aber auch wie fatal fühlt es sich an, wenn man feststellt, wie sehr die eigene Existenz mit Gott und seiner Kirche verwoben ist! Es ist Geborgenheit, aber auch ein Ringen und Leiden.

Meine wissenschaftliche Beschäftigung band mich noch stärker an die Theologie. Ich entwickelte eine große Freude dafür, Studierenden und Erwachsenen die großen Glaubensthemen näher zu bringen und arbeitete schon neben der Promotion gerne an Bildungseinrichtungen und hielt Vorträge. Es ist ein großes Glück, dass ich den Menschen wirklich weitergeben darf, wie meine Gedanken zu bestimmten Fragestellungen theologischer Art sind. Dabei – und das halte ich für fundamental wichtig als Theologe – ist es mir ein großes Anliegen, auch das Verständnis für die kirchliche Sichtweise groß zu machen. Zugleich sind Einordnung und Deutung so wertvoll, dass mich die Wissenschaft der Theologie auch ein Stück weit mit meiner privaten Situation im Glauben unterstützt hat.

So bin ich bis heute ein engagiertes und begeistertes Mitglied dieser Kirche, auch wenn Skandale und Verbrechen dieses Grundvertrauen immer aufs Neue erschüttern und ich fast schon das Gefühl habe, man muss masochistisch veranlagt sein, um diese Kirche zu lieben. Zugleich wundert es mich auch nicht: Die Strukturen schaffen Menschen, die sich ihrer Geschlechtlichkeit berauben.

Auch wenn es nicht gewollt ist: Das Klima des Verdrängens und des Verheimlichens in diesen Fragen ist noch immer da und schlicht nicht gesund für junge Männer. Ich würde mir von der Kirche wünschen, dass so etwas wie die unsägliche Instruktion zur Zulassung zu den Weihen von 2015 einfach ersatzlos gestrichen, nein, sogar umgeschrieben wird.

Wenn man einmal eine priesterliche Berufung gespürt hat, verfolgt diese einen. Es ist noch etwas davon da – auch wenn ich schließlich doch noch kurz bevor ich gedanklich schon wieder ins Seminar zurückstrebte, meinen jetzigen Ehemann kennenlernte. Er ist katholisch, geht aber nicht viel in die Kirche – das mache ich dann eher mit meinem Schwiegervater.

Mein Mann meinte einmal: „Bevor ich dich kennengelernt habe, hatte ich eigentlich ein ganz gutes Bild von der Kirche.“ Das hat mir zu schaffen gemacht: Durch mich hat er viele Menschen kennengelernt, die mit sich und ihrem Glaubensweg als Geistliche ringen und dabei oft auch fehlgehen. Diese Doppelbödigkeit in der Kirche gerade bezüglich der Homosexualität macht meinen Mann fertig – und ich verstehe das. Wieso verteidige ich eine Institution, die unsere Liebe nicht anerkennt?

Bei unserer Hochzeit fand ich es sehr wichtig, einen Wortgottesdienst zu veranstalten. Ein befreundeter Priester hat schließlich der Feier vorgestanden: Theologisch sauber haben wir als Paar uns gegenseitig mit Weihwasser die Stirn bekreuzigt – der Priester hat dann nicht uns individuell gesegnet, sondern kollektiv alle versammelten Liebenden. Das war schön – zumal es uns zwei Dinge vor Augen führte: Unsere Familien und Freunde stehen hinter uns und über unserer Liebe, und auch wenn die Kirche dies vielleicht noch nicht erkennt – dies tut auch Gott. So beginne ich heute noch den Tag mit einem Kreuzzeichen und einem Kuss für meinen Mann und beende ihn auch so. Es wäre ein Traum, wenn dies für alle homosexuell liebenden Menschen so einfach ginge und wenn sich jeder in dieser Kirche zu Hause fühlen würde!

11. „Ich musste meine Heimat verlassen, um lebendig zu bleiben“

Alexander Stojanowic,
Pfarrer, geb. 1979

Ich bin in Halle an der Saale als jüngstes von drei Kindern geboren worden und habe bis zu meinem 18. Lebensjahr auf einem mitteldeutschen Dorf in einer Diaspora-Gemeinde gelebt. Ich war mir von Anfang an durch das offene Klima in meiner Familie bewusst, wer und wie ich bin. Nach dem Abitur habe ich eine Lehre zum Krankenpfleger in einem katholischen Krankenhaus begonnen. Als wir gegen Ende der Probezeit in der Klasse unsere Ausbildungsverträge bekamen, gab es dort einen Paragrafen, in dem der Verstoß gegen die katholische Sitten- und Morallehre als Kündigungsgrund dargestellt worden ist. Ein Mitschüler und ich sahen uns daraufhin in die Augen und mit dem ganzen Kurs lachten wir einmal herzlich darüber. Denn nach den Wochen, die wir schon in diesem Haus arbeiteten, hatten wir mitbekommen, wie ernst diese Aussage genommen wurde. Wenn doch, dann hätte einem Großteil der Belegschaft gekündigt werden müssen. Für mich war das das erste Mal, und ich ging immer offen damit um, dass ich spürte: Mein Leben steht unter Beobachtung.

Ich brach dann meine Lehre ab und habe meinen Lebensplan fortgesetzt: Ich wurde Priesteramtskandidat und zog in ein Seminar. Ich freute mich darauf, in einem geistlichen Haus zu leben, meinen Alltag vom Gebet in der Gemeinschaft begleiten zu lassen und endlich Theologie studieren zu können. Das waren meine Vorstellungen. Die Realität sah bedauerlicherweise anders aus. Die einzelnen Personen und ihre Persönlichkeiten zählten nicht und hatten im „Haus" auch keinen Platz in der Ausbildungsstruktur, bis auf die Semestergespräche, dann aber meist, wenn das eigene Verhalten bei der Hausleitung Fragen aufwarf oder sogar Ablehnung hervorrief.

Die Frage von Sexualität in einem Haus voller Männer, von denen der Großteil jung und agil war, wurde in fünf Jahren, soweit ich mich erinnere, nur an einem Bildungswochenende gestreift, dann aber in so verklärter Form und stringent heterosexuell-stereotyp, dass es gut drei Viertel der

„Mannschaft“ nichts anging. Wenn sonst das Thema auf Sexualität kam, dann war es immer negativ konnotiert und schon gar nicht ging es um einen Prozess in der priesterlichen Lebensform, die alle damals anstrebten.

Blicke ich auf meine Zeit dort zurück, dann war in den ganzen Jahren ein überwiegender Teil der Leute LGBTI*Q+-Personen. Untereinander haben sich die Gruppen und einzelne Personen gefunden und ausgetauscht, doch nach außen hin wurde von den meisten die Hauslinie gestützt; man wollte seine „Laufbahn“ ja auch nicht gefährden.

Ich suchte mir meinen Weg selbst – außerhalb des Priesterseminars. Wo ich wirkliche Offenheit und Wertschätzung fand, war die Studentengemeinde und mit Kommilitonen anderer Fakultäten, was wiederum dazu führte, dass meine Abwesenheit im Haus bemerkt und negativ bewertet wurde. Schwul war ich immer und ich habe es auch nie geleugnet. Ich glaube heute, mein Glück war, dass die Hausleitung mit dem Thema gar nicht umgehen konnte und deshalb jedes Gespräch und auch Situationen vermied, in denen es hätte angesprochen werden müssen.

Wie viele andere hatte auch ich in dieser Zeit sexuelle Begegnungen und Beziehungen. Das war nicht ungewöhnlich, aber eben nicht gesprächsfähig. Da ich aber zölibatär leben wollte – und das nicht nur, weil mir jemand sagte, ich müsse es, sondern weil ich verstand, worum es dabei ging, und das als Lebensentwurf für mich hätte annehmen können –, habe ich viel darüber gelesen und letztlich meine Diplomarbeit in Pastoraltheologie über die praktische Lebbarkeit des Zölibates geschrieben. Ich glaube, das machte die Hausleitung nervös, auch weil zum einen meine Arbeit bemerkt worden war, andererseits weil meine Mitseminaristen wussten, woran ich arbeitete und Fragen stellten und wir untereinander viel diskutierten. Letztlich wurde eine Tradition unterbrochen: Das „Bildungswochenende“ im Priesterseminar, an dem die Diplomarbeiten vorgestellt werden sollten, wurde abgesagt. Daraufhin bat mich der damalige Studentenpfarrer, meine Arbeit in der Studentengemeinde vorzustellen und statt der eher begrenzten Zahl Menschen im Priesterseminar, waren es an diesem Abend in der Studentengemeinde über 80 Menschen aus allen Bereichen der theologischen Fakultät und anderer Fakultäten. Das Interesse an diesem Thema ist bis heute groß, gerade dann, wenn es die Möglichkeit gibt, offen darüber und miteinander zu reden und zu diskutieren.

Nach dem Studium beginnt im Normalfall der Pastoralkurs – jedoch damals nicht für mich. Denn ich habe dem damaligen Personalchef meines Bistums gesagt, dass ich den Weg nur weitergehen will, wenn der Bischof weiß, dass ich schwul bin und er damit leben kann, einen schwulen Mann zu weihen. Nach einem Jahr im außerordentlichen Praktikum und dem Votum meines dortigen Mentors, hatte der Bischof seine Entscheidung getroffen. Nach der Devise *der Zölibat gilt für alle Priester* hat er entschieden, dass ich meinen Weg fortsetzen kann.

In der ganzen Zeit gab es zwei Gespräche zwischen dem Bischof und mir und ich bin auf sehr viel Unwissenheit und Praxisferne bezüglich des Themas „Homosexualität“ gestoßen, dennoch waren die Gespräche sehr wohlwollend.

Zölibatär zu leben war für mich ein schwerer Versuch, wohl auch, weil ich lange und viel darüber nachgedacht und gelesen habe und immer unzufrieden mit den Antworten blieb. Denn ich sah einerseits nirgendwo Priester, also Menschen, die so lebten wie ich, und die offen miteinander in der „Mitbrüderlichkeit“ und außerhalb eines Beichtgespräches über sich selbst, über ihre Gefühle und ihre Sexualität sprachen. Anderseits, wenn ich auf sie traf, meist schwule Priester wie ich, hatten sie das Thema Zölibat entweder eingemottet und abgestellt oder lebten in zwei Welten. Eine Welt, in der sie öffentlich der zölibatäre Priester waren und eine andere, in der sie als jemand anderes ihre Sexualität mit anderen Menschen auslebten. Das führte zu Situationen, in denen mir die Luft wegblieb.

In den Gemeinden habe ich kein Geheimnis daraus gemacht, dass ich schwul bin. Wenn ich danach gefragt wurde, habe ich geantwortet. Das ermöglichte anderen, ihre eigene Sexualität in der Kirche als wertgeschätzt zu empfinden und verhinderte in der Jugendarbeit, dass über das Thema Sexualität geschwiegen wurde und sich krude Vorstellungen entwickelten. Anstrengend wurde es erst, als einige andere junge Erwachsene und ich eine queere Initiative im Bistum gründeten. Es wäre geduldet worden, wenn nur „Laien" dabei gewesen wären, aber dass ich als Priester auf der Homepage offen zu meiner Sexualität stand, das wurde nicht gutgeheißen.

In den sich anschließenden Wochen und Monaten sah ich mich mit Verachtung und moralischen Anklagen konfrontiert. Es ging nicht darum, dass es eine Gruppe im Bistum gab, die sich queerer Themen annahm, sondern dass ich als Priester über meine Sexualität sprach und mich als Seelsorger zur Verfügung stellte. Seitens des Bistums war eine direkte Verbindung zwischen unserer Gruppe und dem Bistum in der Öffentlichkeit nicht erwünscht. Nach über einem Jahr gelang es uns, mit einer leitenden Person ein Gespräch zu führen. Unsere Arbeit wurde wahrgenommen, von Kollegen unterstützt und andererseits wurden wir ausgebootet.

Nach einem inneren Prozess entschied ich mich, so meinen Dienst nicht mehr fortführen zu können und zu wollen, denn so war das Ganze nicht mehr authentisch und ich musste den Bischof bitten, mich vom Dienst zu suspendieren.

Heute lebe und arbeite ich als evangelischer Pfarrer auf dem Land in einer Landeskirche, die einen eigenen Wagen auf dem CSD (Christopher Street Day) hat, in deren Fort-, Weiter- und Ausbildungsprogramm queere Thematiken in offenen Prozessen fest verankert sind und in einer Gesamtkirchengemeinde, in der ich und mein Partner von Anfang an als Einheit wahrgenommen und wertgeschätzt worden sind.

Mein Fazit: Zwei Seiten können nur einen Bruchteil andeuten. Ich hatte am Ende die Wahl, noch zehn Jahre weiterzukämpfen – auch gegen Intrigen und nicht nur an der queeren Front – und dann leer und gebeugt, nicht wesentlich weiter gekommen seiend mich in die Reihe enttäuschter und frustrierter Priester einzureihen. Denn ich gehe nicht davon aus, dass die römisch-katholische Kirche ein Ort mit hoher Lebensqualität für queere Menschen wird. Dafür besitzen das Thema Sexualität und Kirche selbst eine zu hohe Sprengkraft auf diversen Ebenen. Aber mit diesem Lebensertrag wollte ich meinem Schöpfer am Ende von allem nicht vor die Augen treten, wenn er mich fragt, was ich aus meinem Leben gemacht habe. Ich entschied mich zu gehen und meiner Berufung zu folgen, das Evangelium zu verkünden und Gemeinde aufzubauen. Das hätte ich, so wie ich bin, in der Römisch-katholischen Kirche nicht mehr gekonnt. Dennoch ist sie mir Heimat. Eine Heimat, die ich verlassen musste, um lebendig zu bleiben, und ich trage sie im Herzen.

Berufung

12. „Ich stand vor dem Abgrund“

Ein Priester

Der Tag, an dem ich mir eingestehen musste, dass ich homosexuell veranlagt bin, war der schmerzhafteste in meinem bisherigen Leben. Es war Mitte der 80er-Jahre. Ich war 23 Jahre alt und studierte Katholische Theologie für das Priesteramt. Die Angst, „anders“ zu sein, hatte mich zwar schon lange begleitet, doch ich hatte sie immer wieder erfolgreich verdrängt. Mit 15 hatte ich meiner Mutter gegenüber einmal eine vorsichtige Andeutung gemacht. Ihre Antwort war so abweisend und angstbesetzt, dass ich keinen zweiten Versuch wagte. Mein Bild vom Schwulen, vermittelt durch die Medien, war damals derart negativ, dass ich daraus folgerte, ich selbst könne unmöglich ein solcher sein. Meine Fähigkeit, mich selbst zu belügen, war sehr groß, Gott sei Dank aber nicht groß genug. So stand ich eines Tages vor dem Abgrund, in den manche junge Menschen springen.

In völliger Verzweiflung über mein inneres Coming-out wandte ich mich an den Spiritual des Priesterseminars.

Er nahm sich sofort Zeit für ein Gespräch. Darin sagte er sinngemäß: „Das ist nun einmal so. Das können Sie nicht ändern. Wenn der liebe Gott Sie so gemacht hat, dann hat er sich auch etwas dabei gedacht, dann ist es auch für etwas gut! Wenn Gott Sie so mag, wie Sie sind, dann dürfen auch Sie sich so mögen!"

Diese Reaktion war ein großes Glück für mich. Ich weiß nicht, was aus mir geworden wäre, wenn ich an einen anderen Spiritual geraten wäre.

Da der Zölibat ja bereits meine Option war, und meine Motivation zum Priesteramt im Evangelium begründet war, änderte sich äußerlich in meinem Leben nichts, innerlich jedoch sehr viel. Ich bin Priester geworden und kann meine Homosexualität bejahen, ohne sie zu praktizieren und ein Doppelleben zu führen. Ich will meine Gefühle nicht verdrängen oder gar verteufeln, sondern nüchtern wahrnehmen und stehen lassen, mich dabei weder selbst bemitleiden noch für jemanden Besonderes halten. Ich glaube, meine Homosexualität bewahrt mich vor klerikalem Standesdünkel, macht mich demütiger, verständnisvoller und vorsichtiger im Urteil über andere. Ich nehme mir vor, niemals über eine Sache zu sprechen, ohne mit Betroffenen unter den Zuhörern zu rechnen.

Aufgrund meiner eigenen Erfahrung kann ich bestätigen, dass verdrängte Homosexualität und Homophobie zusammengehören, und halte alle Versuche, jemandem seine Veranlagung auszureden oder gar „wegzutherapieren" für absolut unmenschlich.

Der Zölibat ist ein Weg für mich. Doch Enthaltsamkeit kann nicht generell von Homosexuellen verlangt werden. Nicht den gleichgeschlechtlichen Sex halte ich für Sünde, sondern eine kirchliche Moral, die keine Hilfe für gelungene Partnerschaft in Liebe bietet.

Die Aussagen der Glaubenskongregation und mancher Bischöfe über die grundsätzliche Nichteignung von Homosexuellen für das Priesteramt empfinde ich nicht nur als persönliche Beleidigung, sondern als gefährlich und dumm. So werden Homosexuelle ja nicht vom Priesteramt ferngehalten, sondern nur in ihrer Selbstakzeptanz und Integration der Sexualität in die Gesamtpersönlichkeit gehindert, womit sich auch das Missbrauchsrisiko erhöht.

Es ist zwar ein Handicap, wenn Selbstzweifel, Verdrängung und depressive Stimmungen viele Jahre der Jugend begleiten, wie es auch bei mir der Fall war. Daraus folgt aber nicht, dass die Veranlagung in sich ungeordnet sei. Sie führt vermutlich alle Betroffenen zunächst in die Krise. Aber sie ist auch eine Chance zum Wachstum, wenn nicht äußere Diskriminierung das verhindert.

Ich sehe mich selbst jedoch nicht so sehr als Opfer kirchlicher Diskriminierung, da ich in der Person des Spirituals und auch anderer Seelsorger die Kirche vor allem als hilfreich und den Glauben als heilsam erfahren habe.

In der Seelsorge begegnete ich jedoch immer wieder Menschen, die dies ganz anders erlebt hatten. Beispielsweise einem jungen Mann, der an Aids verstarb. Er stammte aus streng katholischem Elternhaus und war selbst gläubig. Er wagte es nicht, seine Sexualität offen zu leben und hatte darum auch keine feste Beziehung, was wohl zur Ansteckung führte. Bis zu seinem Tod wussten die Eltern nichts von seiner Veranlagung und der wirklichen Krankheit.

Ein anderer junger Mann war regelmäßiger Kirchgänger. Eines Tages verschwand er plötzlich aus der Gemeinde. Er war nach Berlin gezogen, um dort eine gleichgeschlechtliche Lebenspartnerschaft einzugehen. Dies führte zum Zerwürfnis zwischen Vater und Sohn, unter dem auch der Vater sehr litt. Es gelang mir nicht, ihm seine moralischen Skrupel zu nehmen. Ob es später zu einer Wiederannäherung kam, weiß ich nicht.

Ich mache die kirchliche Sexualmoral mitverantwortlich für solche tragischen Lebensläufe, von denen ich noch mehrere erzählen könnte. So wurde mir die Breite und Tiefe der Problematik erst im Berufsalltag klar, trotz meiner persönlichen Geschichte.

Es ist höchste Zeit, dass die Kirche offiziell sagt, was mir damals der Spiritual vermittelt hat: Es ist gut so! Sprich, dass wir homosexuelle Paare segnen.

Bisher vertraute ich mich nur ganz wenigen Menschen an, weder Eltern und Geschwistern noch Freunden. Doch ich leugnete meine Homosexualität auch niemals – mit der einzigen Ausnahme, einer ausweichenden Antwort. Ich wurde nie direkt gefragt.

Aus meiner Einstellung zum Thema mache ich kein Hehl und setze immer wieder Signale dafür in Predigt, Diskussion und Seelsorgegespräch, auch auf die Gefahr hin, manchmal sogar provozierend, dass Menschen ahnen, wie sehr es mich selbst betrifft. Ich hoffe, dass so Betroffene und ihre Angehörigen zu mir Vertrauen fassen, wenn sie Seelsorge suchen. Dies bestätigte sich auch.

Doch machte ich meine sexuelle Präferenz niemals öffentlich bekannt. Sie soll nicht Thema in der Gemeinde sein. Vor allem will ich nicht, dass Menschen sofort an sie denken, wenn mein Name fällt. Auch möchte ich an der innerkirchlichen Diskussion teilnehmen und durch Argumente überzeugen, ohne als befangen zu gelten.

Manchmal frage ich mich, ob das richtig ist.

Vielleicht bin ich doch nur ein feiger Heuchler?

Vielleicht wäre ein Outing doch hilfreich für andere?

Dieser anonyme Artikel ist gewissermaßen ein Kompromiss. Für wie viele Priester ich hier stellvertretend stehe, weiß ich nicht. Ein Einzelfall bin ich sicher nicht.

13. „Ich wusste, so wie ich bin, will mich die Kirche nicht"

Raphaela Soden, geb. 1984

Wäre es nach katholischer Morallehre gegangen, würde es mich gar nicht geben. Ich bin bereits als Störung der römisch-katholischen Ordnung entstanden. Meine Eltern waren mit mir schwanger, noch bevor sie verheiratet waren. Und lange dachte ich, es ist falsch, dass es mich gibt. Und auch wie ich bin. Schließlich war ich das Ergebnis von Sünde. Es hat einige Jahre gedauert, bis ich gemerkt habe, dass daran etwas nicht richtig sein konnte, und bis ich erkannte, dass das nicht ich war. Denn wenn G*tt Schöpfer*in allen Lebens ist (Weisheit 11,24f) und ich nun mal lebe, bin dann ich falsch oder die vermeintliche Schöpfungsordnung? Heute habe ich manchmal das Gefühl, dass das genau meine Aufgabe ist:

„Berufen, um zu hören das unerhörte Wort.
Berufen, um zu stören den immergleichen Trott.

Berufen, um zu tanzen auf der Nase dieser Welt.
Gott hat dich an deinen Platz gestellt."[2]

Vielleicht um ihr katholisches Gewissen zu beruhigen, vielleicht um sich geistlichen Beistand in der Auseinandersetzung mit der Familie meines Vaters zu holen – die u. a. aus Loyalität zur kirchlichen Lehre wahrlich „not amused" (nicht belustigt) war ob meiner unerwarteten Existenz –, war der erste Ort, den meine Eltern mit mir nach meiner Geburt im Krankenhaus aufsuchten – laut innerfamiliärer Legendenbildung – eine Kirche.

Von da an gab es keinen Sonntag oder kirchlichen Feiertag, an dem ich nicht im G*ttesdienst gewesen bin. Katholisch sozialisiert zu werden, bedeutete für mich oft, nicht dazuzugehören, mir nicht immer einsichtige Regeln zu befolgen, aufzuwachsen mit der Angst, vor dem Auge G*ttes („das alles sieht, auch was in finstrer Nacht geschieht") nicht bestehen zu können und möglicherweise am Ende in der Hölle zu landen, weil ich nicht richtig bin, wie ich bin.

Gleichzeitig liebte ich es schon als Kleinkind, nach der Messe die Altarstufen hochzustolpern und die Schellen der Ministrant*innen, die ich gerade so tragen konnte, zum Pfarrer in die Sakristei zu schleppen, der dort schon auf mich wartete. Ich sang begeistert, sobald ich singen konnte, in G*ttesdiensten, aber auch zu Hause mit meinen Eltern und Geschwistern z. B. auf Autofahrten Lieder wie „Halte zu mir guter G*tt, heut' den ganzen Tag", später dann sämtliche „Neue Geistliche Lieder", inklusive der nicht mehr wirklich neuen 70-Jahre-Schlager. Manchmal spielte ich mit meinen Geschwistern zu Hause Pfarrer und Ministrant*innen. In

2 Gregor Linßen: *Du bist als Menschenkind geboren*, in: *ADAM – Die Suche nach dem Menschen – Ein NGL-Oratorium*, Edition GL 2002.

ausrangierten Kleidungstücken von Verwandten aus unserer Verkleidungskiste verkündete ich mit mulmigem Gefühl auf einem Hocker im Wohnzimmer stehend das Evangelium aus der Kees-de-Kort-Bibel. Dabei stellte die Tatsache, dass ich des Lesens noch nicht richtig mächtig war, kein Hindernis dar. Die Emmauserzählung beispielsweise konnte ich fast fehlerfrei auswendig rezitieren.

Aber das Gefühl, als Kind, das bei seiner Geburt als Mädchen einsortiert worden war, „falsch zu sein" und etwas Verbotenes getan zu haben, war schon in mich eingesickert. Ich weiß noch, wie wir irgendwann in unserem Spiel lieber auf Nummer sicher gingen und mein drei Jahre jüngerer Bruder die Rolle des Priesters in unserem Spiel übernahm.

Als meine Erstkommunion bevorstand, war ich froh und erleichtert, dass ich nicht in die Mini-Brautkleidchen passte. Ich war schon recht früh größer als gleichaltrige Mädchen, für die diese Kleidchen secondhand beim Pfarrbasar angeboten wurden.

Wir waren vier von 65 Kindern, die sich aus unterschiedlichen Gründen dem Diktat der Zweigeschlechtlichkeit wenigstens durch das Tragen einer Albe an diesem Tag entziehen konnten. Eine binäre Sitzordnung gab es dennoch.

„Denn ihr alle, die ihr auf Christus getauft seid, habt Christus angezogen. Es gibt nicht mehr [...] männlich und weiblich; denn ihr alle seid einer in Christus Jesus" (Galater 3,27+28).

Nach meiner Erstkommunion war ich Ministrant*in. Zehn Jahre lang ministrierte ich – meistens mit Begeisterung. Darüber hinaus engagierte ich mich auch sehr intensiv in der kirchlichen Jugendarbeit. Die Kirche und mein

Glaube waren mir sehr wichtig, auch wenn ich da schon ahnte, dass vieles von dem, was ich heute als toxische Theologie/Tradition bezeichne, nicht dem entsprechen konnte, wie G*tt sich das alles gedacht haben konnte. Wie passten beispielsweise G*tt und das Adjektiv „lieb“ zusammen, wenn Menschen (z. B. meine Großmutter, aber auch ich) Angst haben mussten, nach dem Leben in die Hölle zu kommen, wenn sie nicht dies oder jenes taten, um G*tt zu gefallen? Und das, was sie taten, nie auszureichen schien, um sich sicher sein zu können? Und warum führte alles, was g*ttgefällig zu sein schien, zu Aushalten-Müssen, Sich-klein-machen-Müssen, Pflicht-erfüllen-Müssen, Opfer-bringen-Müssen, vor allem für Menschen, die keine Männer sind?

In den Augen meiner Großmutter schien G*tt von ihr zu verlangen, dass sie sich regelmäßig von meinem Großvater zu den „ehelichen Pflichten“ nötigen lassen musste. Sie hatte ihm schließlich bei ihrer Eheschließung in den 1950er-Jahren damals das Recht an ihrem Körper übertragen. Nachdem sie ein Priester in der Beichte daran erinnert hatte, kam sie auf die Idee, all diese Dinge mit mir als circa neunjährigem Kind zu besprechen. Sie musste laut ihren Erzählungen meinem Großvater sexuell zu Diensten sein, damit sie uns sehen konnte, da sie selbst kein Autor fuhr. Das, so sagte sie, nahm sie auf sich für uns Enkelkinder. Ganz zu schweigen davon, was sie alles für meine Eltern und mich getan hatte, als diese zuerst beide arbeitslos und ohne Unterstützung von der Familie meines Vaters, die deutlich mehr finanzielle Mittel gehabt hätte, vor ihrer Tür standen.

Opfer bringen zu müssen, ging ihr in Fleisch und Blut über. Die Sühne- und Opfertheologie der katholischen Kirche standen dafür Pate. Und diese setzte sodann auch mich unter Druck, meiner Großmutter dankbar sein zu müssen, ihr versichern zu müssen, wie lieb ich sie doch hatte, sie umarmen zu müssen, ihr zuhören zu müssen, wenn sie mir ihr Leid klagte, gehorsam zu sein, wenn sie mich um Gefälligkeiten bat. Es war unmöglich für mich, mich dem zu entziehen oder Unterstützung diesbezüglich bei meinen Eltern zu bekommen.

Der Gehorsam gegenüber Erwachsenen wie Eltern, Großeltern, aber auch gegenüber Autoritäten wie Priestern oder der Kirche standen im Erziehungskonzept meiner Eltern an oberster Stelle. „Du sollst Vater und Mutter ehren“ wurde zur Legitimation herangezogen, und dies schien selbst dann noch zu gelten, wenn emotionale, seelische und körperliche Übergriffigkeiten stattfanden.

Warum erzähle ich an dieser Stelle davon? Weil es aufzeigt, wie toxisch kirchliche Lehren und Vorstellungen von Geschlecht, Sexualität und Familie sein können und welche Auswirkungen diese haben können, unabhängig davon, ob Menschen Teil der LGBTTIQANP+-Community sind.

Es gab in meiner Kindheit und Jugend immer wieder Situationen, in denen ich das falsche Geschlecht zu haben schien für bestimmte Dinge, genauso wie ich nicht in das passte, was ich in den Augen anderer zu verkörpern hatte. Nicht nur in der Pfarrei, wo mir beim Ministrant*innendienst manche Dienste anfangs immer noch nicht (es war die zweite Hälfte der 1990er-Jahre) offenstanden. Auch in der Schule oder später in meiner „Clique“ fühlte ich mich fremd, nicht wohl in meiner Haut und nicht zugehörig. Weder zu „den Jungs“ noch zu „den Mädchen“. Ich sollte Spaß haben an Klamotten, Schminke und dem Sich-schön-Machen für die Jungs. Aber ich passte nicht in die Kleidung, die es in den Geschäften, die die „Mädchen“ bei ihren Shoppingtouren ansteuerten, zu kaufen gab, und das Shoppen machte mir auch keinen Spaß.

Manchmal bekam ich zu hören, dass ich „meine Weiblichkeit“ verleugnen würde. Ich wusste nicht, was das bedeuten sollte. Auch im Geplänkel zwischen Jungen und Mädchen fand ich, wenn überhaupt, nur in einer vermittelnden Rolle Platz. Ich verstand nicht, was daran toll sein sollte und zog mich innerlich zurück. Ich hatte das Gefühl, dass niemensch mich mögen könnte, dass ich zu nichts zu gebrauchen und falsch war, so wie ich bin. Ich fühlte mich sehr einsam, obwohl ich selten allein war.

Mit 16 Jahren machte ich einen Gruppenleitungskurs. Auch dort spürte ich mein altbekanntes Fremdheitsgefühl. Doch dort traf ich auf Hauptamtliche der kirchlichen Jugendarbeit, die mir zuhörten und mich in dem, was ich konnte und mochte und war, bestärkten. In dieser Zeit wurden mir Kirche und mein Glaube immer wichtiger.

Ich spielte mit dem Gedanken, einen kirchlichen Beruf zu ergreifen. Obwohl ich damals noch nicht wusste, dass ich nicht in die kirchlichen Vorstellungen von Geschlecht und Sexualität passe, hatte ich schon irgendwo das Gefühl in mir, dass es für mich schwierig werden könnte, in der Kirche zu arbeiten. Mich störten (und stören bis heute) alle Lehren und jegliche Praxis, die Menschen klein und unfrei machen, die diskriminieren und Leid über Menschen bringen.

Auf einer Musikwallfahrt, auf der wir das NGL-Oratorium „ADAM – Die Suche nach dem Menschen“ von Gregor Linßen einstudiert und schließlich in Assisi uraufgeführt haben, entschied ich mich mit 18 Jahren nach intensivem Ringen dafür, Theologie und Soziale Arbeit zu studieren, um dann später in den pastoralen Dienst meiner Diözese eintreten zu können und „zur Not“ auch noch eine andere berufliche Option zu haben.

Wie es dazu kam?

Ich saß mit meiner Frage („Soll ich wirklich Theologie studieren und einen pastoralen Beruf ergreifen?“) vor dem Kreuz von San Damiano und hatte sehr eindrücklich die Vision des Franziskus im Ohr: „Richte meine Kirche wieder auf!“ Konnte das auch mir gelten? Hatte ich die Kraft dazu, in dieser Kirche zu arbeiten, meinen Beitrag zu leisten? Was, wenn ich nicht passte? Was, wenn ich zu kritisch bin? Was, wenn ich nicht darf? Eine Zeile aus dem Schlusslied des Oratoriums wurde ebenfalls laut in mir: *„... und mit der Kraft des Heiligen Geistes werden wir die Erde verändern ...“*

Ich bewegte alles in meinem Herzen und entschied mich am Ende der Wallfahrt im Gebet vor der Monstranz dazu, es zu versuchen.

Vermutlich hätte ich mich auch mit der Frage auseinandergesetzt, ob ich nicht Priester werden sollte, wenn dies laut kirchlicher Lehre eine Option für mich gewesen wäre. Mein Heimatpfarrer hätte es sich auf jeden Fall vorstellen können. Bei einem Besuch des Bischofs anlässlich einer Priesterweihe in meiner Heimatgemeinde stellte er mich dem Bischof so vor: „Das ist Raphaela. Die wird mal Priesterin.“ Ich habe selten ein so verdattertes Gesicht gesehen.

Während des Studiums habe ich irgendwann begonnen, mich mit Feminismus, Feministischer Theologie, Geschlecht usw. auseinanderzusetzen. Ich las und las, organisierte mit anderen ein Autonomes Seminar mit dem Titel „Gender trouble in der Theologie“ und las noch mehr. Dies bescherte mir viele Aha-Erlebnisse und vor allem lieferte es mir nach und nach

Möglichkeiten, mich selbst denken und verstehen zu können: Weiblichkeit und Männlichkeit war gar nichts, was schon immer und zu allen Zeiten gleich verstanden und gedacht wurde (auch nicht in Kirche). Es gab gar nicht nur Männer und Frauen. Es gab gar nicht nur cisgender Männer und Frauen. Ich lernte, was Heteronormativität ist und dass diese normativ gewaltvoll ist und untersuchte daraufhin in meiner Diplomarbeit lehramtliche Geschlechtervorstellungen.

Im Nachhinein verstand ich, dass mein ganzes Theologiestudium und auch die Beschäftigung mit Gender und Queer Studies reine Notwehr waren, eine Überlebensstrategie in einer Welt inklusive Kirche, in der ich nicht einmal denkmöglich bin.

Nach und nach verstand ich meine Fremdheitsgefühle, mein Nicht-Passen, meine Einsamkeit. Ich habe nicht das Geschlecht, welches mir bei Geburt zugewiesen wurde. Ich bin nicht das, was alle immer dachten, dass ich sein müsste. Ich bin weder Frau noch Mann. Ich fühle kein Geschlecht. Ich habe kein Geschlecht. Ich bin einfach ich. *„Ich bin, der ich bin“* (Exodus 3,14).

Doch wo und wie konnte ich so, wie ich bin, ohne mich verstecken zu müssen, einen Platz in dieser Kirche finden und meine Talente in ihr einsetzen?

Ich hatte mir während des Studiums geschworen, mich auf keinen Fall auf doppelbödige Vereinbarungen mit Kirche einzulassen, die mir im *Forum Internum* der Studienbegleitung für Theologiestudierende durchaus vorgeschlagen wurden. Denn ich wusste nicht, wie ich das, was ich vom Evangelium verstanden hatte, nämlich dass G*tt die Liebe ist und Ja zu jedem einzelnen Menschen sagt, so wie er*sie ist, verkünden sollte, während dies für mich selbst nicht gelten sollte.

Dies war eine sehr harte Entscheidung, denn es bedeutete, dass ich mich nicht für den kirchlichen Dienst bewarb, weil damals klar war, wenn ich die Spielchen nicht mitspiele und im Bewerbungsprozess offenlege, wer und wie ich bin, werde ich nicht eingestellt.

Ich weiß noch, wie ich bei einem G*ttesdienst der Studienbegleitung, in dem es in der Predigt ums Gerufen-Sein in den pastoralen Dienst ging, bei jedem Wort dachte: Ja, das trifft auf mich zu! Ja, das ist das, was ich möchte! Und gleichzeitig musste ich mit den Tränen kämpfen, weil ich wusste, dass so, wie ich bin, die Kirche mich nicht will. – Bis heute werde ich in jedem G*ttesdienst schmerzlich daran erinnert, wenn beispielsweise im Hochgebet nur von Männern und Frauen die Rede ist, „die für den Dienst in der Kirche bestellt sind".

Ich arbeite dennoch in und für diese Kirche. Nach einigen Vertretungsstellen, für die ich in Bewerbungsgesprächen immer offengelegt habe, dass ich nicht in die kirchlichen Normen in Bezug auf Geschlecht und Sexualität passe, habe ich nach sieben Jahren 2019 endlich einen festen Vertrag bekommen. Obwohl ich in meinem konkreten beruflichen Umfeld out bin und mir vorgesetzte Personen immer wieder mehr oder weniger deutlich zu verstehen gegeben haben, dass sie hinter mir stehen, frage ich mich ständig: Wie offen und laut kann ich wo und bei wem was genau sagen, zum Beispiel wenn Menschen aus der LGBTTIQANP+-Community, also auch ich, diskriminiert werden in Kirche.

Wo und wie kann ich dafür sorgen, dass nicht ständig falsche Bezeichnungen, Anreden, Pronomen etc. für mich benutzt werden? Ich möchte anwesend sein können als die Person, die ich bin, bei alltäglichen Kommunikationssituationen im Arbeitskontext, aber auch in G*ttesdiensten, in

Impulsen, in Texten etc. Und ich möchte, dass andere Menschen, die keine (cisgender) Männer und Frauen sind, sich in Kirche wohl und willkommen fühlen können. Denn die Kirche, von der ich träume, ist zutiefst inklusiv und kann G*ttes Liebe für alle Menschen spürbar machen. Doch dies ist nicht möglich, wenn …

- nur „Damen und Herren“ angesprochen werden,
- es nicht in allen Toilettenkabinen Abfalleimer für Menstruationsprodukte gibt,
- wenn es keine Toiletten gibt, die für alle Menschen sind,
- wenn Psalmen oder Kanons in Frauen- und Männer-Gruppen aufgeteilt gebetet oder gesungen werden,
- wenn bei Epistellesungen nur die „Brüder“ oder die „Brüder und Schwestern“ anstatt die „Geschwister“ angeredet werden,
- wenn Erwachsenenpastoral nur als Frauen-/Männer- und Ehepastoral gedacht wird,
- wenn es keine Seelsorgenden gibt, die die Lebens- und Diskriminierungsrealitäten von transgeschlechtlichen und intergeschlechtlichen Menschen kennen,
- wenn es keine Hauptamtlichen gibt, die als LGBTTIQANP+ sichtbar sind usw.

Mit alldem muss ich tagtäglich zurechtkommen. Und das kostet unendlich viel Kraft. Und oft genug weiß ich nicht, wie viel ich davon noch habe. Doch auf all das versuche ich immer wieder hinzuweisen in meiner Arbeit. Und es ist erstaunlich, wie viele wirklich offene und ehrliche Gedanken und Geschichten mir Menschen (und bei Weitem nicht nur queere) anvertrauen, in denen es um Verletzungen durch Kirche und toxischen Glauben, um Sehnsucht nach Dazugehören-Dürfen, Platzfinden und Anerkennung, um Hoffnung auf eine gerechte, diskriminierungskritische Welt und Kirche und die Suche nach G*ttesbeziehung geht, wenn ich mich sichtbar mache, als die Person, die ich bin.

*„Ich danke dir, G*tt, dass du mich so wunderbar queer gestaltet hast!“*
(nach Psalm 139,14)

14. „Nie werde ich mich verleugnen!“

Holger Keith Allmenroeder,
Pfarrer, geb. 1962

Den Namen Holger („Freund des Speeres“) gaben mir meine Eltern. Mein Mittelname lautet Keith, den habe ich mir mit etwa 35 selbst verliehen, um auf den mit 31 Jahren an AIDS verstorbenen Pop-Art- & Aktionskünstler Keith Haring, sowie auf meinen Companion John zu verweisen.

Ich erblickte an einem Sonntag im September 1962 das Licht der Welt – im Alten Prosper zu Recklinghausen, überflügelt von einer riesigen Christusfigur mit ausgebreiteten Armen. Ich war der Zweitgeborene, mein Bruder war fünf Minuten schneller. Wie Esau und Jakob.

Ich wuchs vornehmlich im Ruhrgebiet auf, besuchte allerdings auch bedingt durch die Arbeit meiner Eltern im Ausland die Schule. Meine Eltern waren arbeits- und erfolgsorientiert und gehörten so zum aufstrebenden Mittelstand. Davon bin ich sicherlich geprägt. In materieller Hinsicht habe ich nichts vermisst.

Als ich mit meinem Bruder in die Schule kam, fiel mir auf, dass er sich sehr robust, „männlich“ verhielt, während ich Gefallen an Mutters Kleidern und den Puppen der Mädchen in der Nachbarschaft hatte. Mit denen konnte ich besser spielen. Das „Rumgerüpele“ der Jungs mochte ich gar nicht. Vater wiederum mochte *das* gar nicht und frotzelte über meine „höhere Töchter“-Allüren. Das nahm weiter zu und konnte durchaus „fies“ sein.

Einige Jahre später, bereits in der Pubertät, jagte mein Bruder im Disco-Fieber den Mädels nach, während ich von den behaarten Brüsten meiner Sportlehrer träumte. Irgendwie rutschte ich in die Rolle des Außenseiters, was nicht nur Nachteile mit sich brachte, sondern auch den inneren Ansporn mit sich, nicht ums Angenommen-Sein, sprich Liebe, betteln zu wollen.

Unsere Familie ist zwar gläubig, aber nicht übermäßig fromm. Der kirchliche Unterricht war von daher selbstverständlich und eröffnete mir eine neue Welt der Freiheit.

Im Grunde wusste ich mit elf Jahren, dass ich „anders ticke”, doch mit der Offenbarung ließ ich mir auf den Tag genau bis zu meinem achtzehnten Lebensjahr Zeit. Schließlich wollte ich nicht in der Psychiatrie landen! – Das war jedenfalls meine Befürchtung. So pendelte ich zwischen den lustvollen adoleszenten Erkundungen unter Klassenkameraden und merkwürdigen Predigten einiger sexual-moralinsaurer Pfarrer hin und her, ebenso wie zwischen dem unglaublichen Gefühl der Befreiung im Glauben an *meinen* Gott, der mich unbedingt anzunehmen vermag, und dem Gefühl, durch Vater, Kirchen und eine heuchelnde Gesellschaft in Schach gehalten und gedemütigt zu werden. Zwischendurch, so mit 16 oder 17 Jahren, hatte ich dabei auch Gedanken an Selbstmord. Doch kurz vor meinem 18. Geburtstag sah ich in den Spiegel und mir ins Gesicht und sagte mir: Nie werde ich mich verleugnen! Ich war überzeugt: Mit meinem Gott springe ich nicht nur über Mauern und Gräben, sondern überwinde auch alle Vorurteilsschranken und alles, was meinem Leben im Weg steht. War das Größenwahn? Oder Fantasterei? Nein, Vision! Mit 18 begann mein Projekt: „Nehmt mich, so wie ich bin, oder ich komme ohne euch aus!"

Das war mit starkem Herzklopfen verbunden, denn ich möchte zwar lieber mutiger sein als ängstlich, doch ich bin kein Held. Ein wenig Glück hatte ich schon. In meiner doch arg konservativ-bürgerlichen Gemeinde gab es einen Zirkel liberaler, „linker" Theolog*innen, denen ich gerne zuhörte und die mich unbewusst motivierten, mich zu finden – und das im Gottvertrauen begründet.

Dann kam das Jahr 1980 und es fanden die Wahlen zum Kirchenvorstand statt. Allerdings ließ man einen jungen Mann, der unverheiratet mit seiner Freundin kandidierte, aus ebendiesem Grund nicht zu. Damals leitete ich mit meinen 18 Jahren die Lektor*innen – Ministrant war ich nie – und zugleich die Schola Cantorum Viri der Gemeinde. Also fasste ich mir ein Herz, ging mit gewisser Vehemenz zum Gremium und dem Pfarrer und meinte: „Wenn dieser junge Mann aus solch lächerlichen Gründen nicht kandidieren dürfe, dann wollten Sie gewiss auch auf mich, einen Schwulen, verzichten."

Mein Einsatz ging voll auf! Ich sollte bleiben und der junge Mann durfte kandidieren – allerdings ohne gewählt zu werden. Ermutigt durch den unerwarteten Erfolg haute ich es allen, die es nicht wissen wollten, um die Ohren. Ausgerechnet aber der erwähnte junge Mann konnte nicht verstehen, dass ich mir das antat.

In diesen jungen Jahren hat mich dann ein Mitglied des jungen Theolog*innen-Zirkels auf die Ökumenische Arbeitsgruppe *Homosexuelle und Kirche* (HuK) aufmerksam gemacht, der ich in meiner weiteren Entwicklung manches zu verdanken habe.

Vielleicht sollte ich noch erwähnen, dass mir vor meinem 18. Lebensjahr drei Pfarrer begegnet sind, die meinen Hintern ganz interessant fanden. Bis heute frage ich mich, woher ich das Selbstbewusstsein hatte, ihnen auf die Finger zu schlagen und ihnen das mit strenger Stimme zu untersagen. Deshalb habe ich mich auch nie als Opfer gefühlt und hatte auch kein Bedürfnis, das anzuzeigen. Ich merkte, wie es mir gelang, meine Interessen selbst wahrnehmen zu können. Ausschlaggebend dafür waren sicher meine Selbsterfahrung und die Erziehung meiner Eltern, solch unerwünschte Übergriffe abzuwehren.

Mit 18 begann ich meine erste berufliche Karriere bei der örtlichen Stadtverwaltung: gehobener Beamtendienst. Bis heute nützlich, aber nichts fürs Leben, das wurde mir schnell klar. Ich blieb für fünf Jahre dort und konnte mir so eine eigene Wohnung leisten, anstatt ein Zimmer mit zwei Brüdern zu teilen. Das gab mir ein neues Freiheitsgefühl und schloss auch die Möglichkeit ein, das Erfahrungsfeld der Sinne in völliger Privatsphäre zu vertiefen.

Mit 22 Jahren lernte ich dann John kennen. Heute sind wir im wahrsten Sinne des Wortes ein „zölibatäres“, liebevolles Gespann, eben Companions. Wir zogen zusammen und auch wieder auseinander, gingen durch Höhen und

Tiefen und lernten voneinander, auch im Gottvertrauen, Glauben zu leben.

Meinen zweiten Beruf, die Altenpflege, erlernte ich, um mein Theologiestudium zu finanzieren. Auf einem sogenannten „kleinen Seminar“ holte ich mit Bravour (für meine Verhältnisse) mein Abitur nach. Doch in diesem Haus tobten sich wie in einem schlechten Roman die Hormone der Alumnen aus. Das erschien mir furchtbar verklemmt und verlogen. Und im Priesterseminar war es nicht viel anders. Aber auch dort – wie einst in meiner Gemeinde – gab es aufgeschlossene Kommilitonen mit gutem Blick für die Phänomene der Männergesellschaft.

Interessanterweise hat der Regens an meiner offenen Art nie Anstoß genommen. Einen Augenblick der Angst erfuhr ich erst, als ich gemeinsam mit Priestern gegen das Votum der Bischofskonferenz gegen den Paragrafen 175 mit einem Brief namentlich agierte. Etliche Priester bekamen dafür Ärger, und ich ging davon aus, meine Karriere am Seminar sei nun beendet ... doch nichts passierte.

Das änderte sich aber mit dem Wechsel der Leitung des Priesterseminars. Nunmehr sollte allen „Verdächtigen“ auf den Zahn gefühlt werden, ob sie denn „homophil“ seien. Der Kardinal zu Köln wollte keine Schwulen weihen; ich verweigerte seinem heutigen Nachfolger die Antwort, wenn er mir nicht zuvor sage, wie es um ihn stehe – und flog aus dem Seminar, nachdem ich die zweifelhafte Ehre hatte, mit dem Kardinal zu sprechen. Übrigens: Einige mir bekannte heutige Priester haben die gleiche Frage verneint – doch habe ich ein Recht, das zu beklagen?

Oft wurde mir gesagt, ich hätte einfach lügen sollen; sogar eine leitende Person im Priesteramt ermutigte mich, einfach zu sagen, ich sei „normal“.

Mir wurde damals immerhin beim Händeschütteln vom Kardinal klargemacht, ich solle gar nicht versuchen, mich in einer anderen Diözese zu bewerben, er sitze am längeren Hebel. Tränen hatte ich im Treppenhaus in den Augen, doch dieses Statement der Macht, nicht der geistlichen Vollmacht, dynamisierte mich.

Einige Bewerbungen schlugen fehl. Schließlich interessierten sich der Regens und der Bischof für mich. Die desaströsen Auskünfte des Kölner Bistums haben Mainz nicht abgehalten, die „heiße Ware“ zu checken.

Bis heute bin ich dem damaligen Mainzer Regens und Bischof dankbar, mich geprüft zu haben. Ich habe dem Bischof versprochen, mich an die Regeln zu halten und nicht „mich“ zu verkünden, dafür kann ich Ich sein. Einer, der sich mit seinen Facetten einbringt. Und auch, wenn das nicht immer konfliktfrei war oder ist, kann ich doch sagen, dass ich eine Menge Vertrauensvorschuss empfunden habe, welcher aber auch immer wieder an die Grenzen einer anachronistischen Denkart gestoßen ist.

Ich bin heute 58 Jahre alt. Meine Zeiten des Sturm und Drangs scheinen vorüber. Doch wenn ich heute leider immer wieder erlebe, wie sich ziemlich junge, ziemlich gläubige Leute anstatt durch den christlichen Glauben befreien zu lassen, durch eine harsche obrigkeitlich-religiöse Institution einschüchtern lassen, dann kommt der Sturm und Drang wieder durch. Nicht für mich, sondern für andere. Aber ein Held bin ich, wie gesagt, nicht.

Ich wollte einmal akademischer Theologe an der Uni werden. Doch abgesehen davon, dass das über meinen Horizont ging, war mir die Begegnung und Arbeit mit Menschen aller Gender wichtiger, lieber und passender.

15. „Provozieren, um zu heilen"

Christoph Simonsen,
Pfarrer, geb. 1956

Mit der Frage, ob ich ihn provozieren wolle, schreckte mich ein leitender Verantwortlicher der Kirche auf, nachdem ich ihm davon erzählt hatte, dass ich im Anschluss an die Konferenz, bei der wir zusammengesessen hatten, ein schwules Paar in meinem Büro zu Gast hätte, die um eine Segensfeier baten. In diesem Augenblick wurde mir – wieder einmal – bewusst, in welcher Divergenz sich ein Großteil meines Lebens abspielt: ein spannungsreiches Leben zwischen Resignation und Hoffnung.

Ohne jegliches Ansinnen in diesem Augenblick, tatsächlich provozieren zu wollen, vielmehr ein ehrliches Zeichen zu setzen für eine einladende und offene Kirche, die Menschen ermutigen möchte, ihr gemeinsames Leben unter den Segensschutz Gottes zu stellen, habe ich – ungewollt, dennoch befürchtend – Emotionen ausgelöst, die zu Unruhe und womöglich sogar zu Unfrieden beigetragen haben.

Selbstverständlich weiß ich um die kirchlichen Vorgaben, aber ebenso weiß ich um das stillschweigende Agreement, dass vieles möglich ist in der Kirche, solange eben Stillschweigen gelegt wird darüber, was nicht möglich und dennoch wirklich ist.

Es spricht einiges dafür, dass meine Vorgesetzten um meine Homosexualität wissen; schließlich habe ich selbst meinem inzwischen verstorbenen Bischof Hemmerle meine Lebenswirklichkeit anvertraut und es kann gut sein, dass diese auch in meiner Personalakte vermerkt ist. Angesprochen darauf wurde ich bisher nicht – und ich bin inzwischen nahezu 40 Jahre im bistümlichen Dienst. Indirekte Anerkennung meiner Lebenswirklichkeit durfte ich dennoch erfahren, durch entgegengebrachtes Vertrauen meiner Vorgesetzten in meinen Dienst an sehr verschiedenen Schaltstellen pastoraler Arbeit. Ich frage mich allerdings, ob die Wertschätzung gegenüber geleisteter Arbeit eine Wertschätzung einer konkreten Persönlichkeit wettmacht? Es mag in einer unendlichen Schleife immer wieder beteuert werden, dass – wie der Katechismus es sagt – allen mit Respekt begegnet werden soll. Aber ist stillschweigendes Dulden respektvoll?

Über aller Bekundung, dass queere Menschen ihren Platz in der Kirche finden sollen, bleibt die Tatsache, dass sie sich ihren Platz in der Kirche nicht frei auswählen dürfen. Ihnen wird immer noch ein Platz am Rand zugewiesen.

Ich hätte theologisch noch so reflektiert und geistlich noch so geübt sein können: Hätte ich meine sexuelle Veranlagung bei dem ausschlaggebenden Gespräch vor meinen Eintritt in den Dienst des Bistums bekundet, ich weiß nicht, ob ich heute da wäre, wo ich heute bin. Und dass ich meine eigene Persönlichkeit 26 Jahre so perfekt in das eigene Unbewusstsein verdrängen konnte – bis zu dem Tag, wo ich mich alleine in einer viel zu großen Dienstwohnung wiedergefunden habe –, findet zweifelsohne ihre Begründung darin, dass ich kirchlich so sozialisiert war, dass ich mein Schwulsein vor mir selbst gekonnt verleugnet habe. Ich musste mühevoll lernen, meinen Platz in der Kirche zu finden. Und ich musste ihn mir erkämpfen dadurch, dass ich gelernt habe, für mich selbst zu sorgen.

In der Anerkenntnis meiner selbst habe ich dann wahrgenommen, dass es vorrangiger pastoraler Dienst für mich sein muss, die Menschen, die sich mir anvertrauen, zu ermutigen, sich selbst zu trauen und zu vertrauen. Erst in der Anerkenntnis der eigenen Persönlichkeit ist es möglich, den anvertrauten Menschen Stütze sein zu können, sich selbst als Kind Gottes wahrnehmen zu können.

„Liebe deinen Nächsten wie dich selbst“ zu bewahrheiten, ist erst dann möglich, wenn auch gilt: „Wenn du dich selbst zu lieben vermagst, findest du die innere Freiheit, auch den Nächsten zu lieben.“ Was wäre das für ein grandioser kirchlicher Auftrag, den Einzelnen behilflich zu sein, sich selbst und den Nächsten zu lieben – in gleicher Intensität? Erst auf diesem stabilen Fundament einer Liebe zu sich selbst vermag eine Freiheit zu wachsen, sich selbst auch geben zu können.

Systemrelevant – ein Modewort unserer Tage – kann Kirche erst dann sein, wenn sie den größten Schatz, den sie in sich trägt, jeder und jedem zubilligt und zuspricht: die Gottesebenbildlichkeit.

Spannungsreich ist das Leben in der Kirche für mich allemal und wird es auch bleiben. Resigniert hinterlassen mich die immer wieder menschenverachtenden und jeder humanwissenschaftlichen Basis entbehrenden, gebetsmühlenartig widergekäuten Lehrbekundungen, die sich auf die Naturrechtslehre berufen und die göttliche Schöpfung auf einen verengenden Dualismus einschrumpfen. Sie vergessen, dass es neben der biologischen Dimension des Lebens eben auch eine geistige gibt. Doch wer die Weitergabe des Lebens reduziert auf einen reinen Biologismus, der verkennt die vielen unterschiedlichen Geistesgaben, die jeder und jedem mitgegeben sind und deren Früchte Generationen überleben. Denken wir nur an die Kraft der Kunst oder an die

Weisheit, die einzelne Menschen der Welt geschenkt haben, ohne je verheiratet gewesen zu sein.

Hoffnungsvoll bin ich und bleibe ich dennoch, denn stärker als jeder Moralismus und Dogmatismus ist das gelebte Leben und sind die Menschen, die sich nicht beirren lassen, ihr Leben zu leben. Und ja, das Leben ist eine mutmachende Provokation, die befreien möchte aus den Zwängen des Gewohnten und Gewöhnlichen. In diesem Sinne habe ich vielleicht doch den Verantwortlichen provozieren wollen. Er wird es mir hoffentlich verzeihen.

Glaubensverlust

16. „Die Kirche hat mit mir Schluss gemacht“

Ein Mensch, geb. 1990

Dass mein Erfahrungsbericht hier etwas ändern wird, daran glaube ich nicht. Ich habe diesen Text geschrieben, nur weil mir diese Kirche einmal wichtig war und ich immer noch viele Freunde habe, die aktives Mitglied sind und mit und in der Kirche um Weiterentwicklung und Verbesserung ringen.

Aufgewachsen bin ich in Mitteldeutschland, in einem der östlichen Bundesländer. Katholisch erzogen war ich mit meiner Familie ein aktives Mitglied der Gemeinde. In ihr bin ich groß geworden und habe mich immer sehr wohl gefühlt. Mein katholischer Glaube gehörte wie selbstverständlich zu mir. Auch wenn mein Umfeld außerhalb sehr säkular war, war mir immer klar, dass ich Orte bevorzugte, in denen Kirche und Glaube ein Teil sein konnten.

Als ich älter wurde, liebte ich die Veranstaltungen der Katholischen Jugend. So oft es mir möglich war, nahm ich an Veranstaltungen in unserer Jugendpastoral und vor allem unserer Jugendbildungsstätte teil, die mir zu einer zweiten

Heimat wurde. Leben und Glauben mit anderen jungen Menschen zu teilen, hat mich bereichert. Ich fühlte mich angenommen, so wie ich bin.

Auch meine Sexualität stand dazu nicht im Gegensatz. Lange Zeit hatte ich einen festen Partner. Von meiner Umwelt wurde ich deshalb als hetero wahrgenommen. Das war mir nur recht, denn es fiel mir schwer, zu meiner Bisexualität (wie ich damals glaubte) zu stehen. Das änderte sich erst, als ich mit 21 anfing zu studieren. Da begann ich, meine Sexualität zu entdecken und damit offener umzugehen. Und ich erlebte, dass dies nicht im Widerspruch zu meinem Glauben und zu meinem Engagement in Kirche stehen muss. Im Gegenteil!

Aus meinem Glauben heraus und zeitlich möglich durch die Freiheiten, die einem ein sozialwissenschaftliches Studium lässt, verstärkte ich mein Engagement in Kirche. Neben meinen ehrenamtlichen Tätigkeiten in der Gemeinde und für die Jugendpastoral des Bistums begann ich mich nun auch im katholischen Jugendverband zu engagieren. Schnell war ich auch auf Veranstaltungen der Bundesebene und erlebte, wie vielfältig sexuelle Orientierungen und Identitäten sein können und gleichzeitig, wie alle ihre Heimat in der katholischen Kirche haben können und der Glaube gelebt werden kann.

An diesem Punkt war ich überzeugt, dass es möglich ist, als queerer Mensch meinen Glauben in der katholischen Kirche zu leben. Ich hatte mich in die verschiedenen theologischen Argumentationen eingelesen und fand, dass es klar auf der Hand lag, dass Kirche sich in diesem Punkt ändern kann und muss.

2017 zog ich für meine Frau in eines der West-Bistümer und erlebte plötzlich, dass Kirche woanders noch vollkommen anders „tickt". Statt Offenheit erlebte ich nun Beschränkung und stetige Wachsamkeit.

Meine Frau ist im kirchlichen Dienst tätig und so erfuhr ich zum ersten Mal am eigenen Leib, wie es ist, nicht offen zu jeder Zeit zu der eigenen Sexualität stehen zu können. Damit meine ich nicht, dass ich damit hausieren gehen möchte. Aber darauf achten zu müssen, wann man sich küsst und wo man als Paar auftritt, habe ich als enormen Eingriff in mein Leben wahrgenommen. Zum ersten Mal empfand ich die katholische Kirche als übergriffig.

Die für mich regelmäßigen Kirchenbesuche sonntags verschwanden damit aus meinem Leben. Zum einen waren sie schwer mit unserem Berufsleben zu vereinbaren, aber zum anderen war auch klar, dass ich mich nicht ohne Konsequenzen für meine Frau zu diesem Zeitpunkt offen in der Gemeinde hätte engagieren können.

Die Angst vor Konsequenzen ging sogar so weit, dass wir eine Supervision gemacht haben zum Thema „Können wir die Konsequenzen einer standesamtlichen Hochzeit verantworten?". Wir kamen zu dem Schluss, dass wir bereit waren, mit eventuellen Konsequenzen zu leben und jetzt nicht zu heiraten im Nachhinein schlimmer wäre. Im Gegenzug ergriffen wir Schutzmaßnahmen, damit das Bistum von unserer Ehe nichts erfährt: Einem Großteil von Freunden und Familie im Bistum wurde unsere Hochzeit verheimlicht, wir haben unsere Steuerklasse beibehalten und keinen gemeinsamen Familiennamen angenommen.

An diesem Punkt war ich zum ersten Mal genervt von der Institution Kirche und was sie uns abverlangt. Trotzdem habe ich mich ohne zu zögern weiter als katholisch bezeichnet. Mein Glauben hatte jedoch erste Risse erlitten. Manche nicht hinterfragten und übernommenen Rituale, wie das Beten des Schuldbekenntnisses in der Messe, fühlten sich plötzlich falsch an. Die Situation, so wie sie war, war schließlich doch nicht meine Schuld. Trotzdem engagierte ich mich weiter – vor allem auf Bundesebene in Zusammenschlüssen, die das Thema „queer und katholisch" voranbringen wollten.

Für mich stand fest: Auch wenn wir keine klassische katholische Hochzeit feiern können, so ist das, was auch immer im Raum Kirche zu unserer Hochzeit passiert, die eigentliche Hochzeit für mich. Das Standesamt war nur ein Behördengang, für den ich bereit war, die Menge an Kompromissen in Kauf zu nehmen. Für meine kirchliche Hochzeit jedoch war ich das nicht mehr. Ich wollte uns nicht mehr verheimlichen, aber vor allem wollte ich eine katholische Segensfeier mit so viel Ähnlichkeit zu einer „richtigen katholischen Hochzeit" wie möglich. Da ich mich intensiv in den Netzwerken damit beschäftigt hatte, wusste ich, dass hier vieles möglich war und die katholische Kirche schon heute den Raum dafür bieten konnte.

Umso herber war dann die Enttäuschung. An dieser Stelle sollte ich ins Detail gehen, wie der konkrete Hergang war. Aus Schutz vor arbeitsrechtlichen Konsequenzen für meine Frau tue ich dies nicht. Aber in Kürze sei so viel gesagt: Wir wandten uns an einen Pfarrer, der sich im Zusammenhang mit der Veröffentlichung der MHG-Studie zu sexuellem Missbrauch in der Katholischen Kirche öffentlich geäußert hat und die Auffassung vertrat, dass die Kirche ihre Sexualmoral überdenken und insbesondere die Segnung von gleichgeschlechtlichen Paaren ermöglichen müsse. Ihn fragten wir nach der Pfarrkirche unserer Gemeinde als Örtlichkeit.

Sein Umgang mit der Anfrage blieb hinter allen Erwartungen zurück und sein Verhalten kann im besten Falle als diplomatisch unklug beschrieben werden. Am Ende war da nur die Aussage, dass uns im gesamten Bistumsgebiet weder eine Kirche noch ein kirchennaher Raum zur Verfügung gestellt werden könne. Dies hat mich nur noch wütend gemacht, denn damit blieb die Kirche so unendlich weit hinter ihren Möglichkeiten zurück.

Hinzu kam, dass mich das Verhalten des Pfarrers unendlich erschüttert hat. Mit keinem Wort erkundigte er sich anschließend nach unserem Befinden und unterließ jegliche Form der Seelsorge.

Doch wenn herausgekommen wäre, dass wir doch in einer Kirche im Bistum geheiratet hätten, obwohl wir das ausdrückliche Verbot dazu hatten, hätten wir auch alle Beteiligten und insbesondere den verantwortlichen Pfarrer in eine Lage gebracht, deren Konsequenzen nicht absehbar gewesen wären. Noch dazu wäre nicht klar gewesen, ob uns der Kirchenraum nicht doch noch hätte entzogen werden können, wenn jemand von der Bistumsleitung vorab davon erfahren hätte. Das Versteckspiel hätte also von vorne begonnen. Das wollten wir nicht.

Mag sein, dass dem Pfarrer der Mut gefehlt hat, uns „seine“ Kirche zu überlassen, aber dann hätte er uns an einen Kollegen verweisen können und jemand anderes hätte es ermöglicht. Wir wären zwar enttäuscht gewesen, nicht in unserer Wunschkirche zu heiraten, aber wahrscheinlich wären wir noch katholisch.

In den ersten Wochen nach dieser Erkenntnis ging es mir sehr schlecht. Ich habe oft geweint. Es war, als hätte die Kirche gesagt: „Du bist mir nicht mehr wichtig!“ Und es fühlte sich an, als hätte die Kirche mit mir Schluss gemacht. Im Grunde war es wie das Ende einer Beziehung. Da dies meine bisher längste Beziehung war, war es auch das schmerzhafteste Ende. Am schlimmsten war und ist jedoch, dass ich darüber meinen Glauben verloren habe. Ich kann nicht genau sagen, wann es passiert ist. Irgendwo mittendrin ist er verloren gegangen. Im Laufe meiner Trauer und der Verarbeitung dieser Erfahrung reifte aber auch die Erkenntnis in mir, dass ich dieser Kirche nicht mehr angehören möchte. Frauen werden degradiert, Queers wird ein gleichwertiges Leben und eine gleichwertige Liebe abgesprochen und undemokratische Machtstrukturen verhindern jeden Wandel. Ein System, das so menschenverachtend agieren kann und sein Handeln durch Religion legitimiert, unterstütze ich nicht durch meine Mitgliedschaft.

Den Verlust der Institution bedauere ich nicht.

Nach der ersten Trauer war das Gefühl vor allem befreiend.

Bei meiner Frau und mir ist auch eine gewisse Sorglosigkeit eingetreten. Wir verheimlichen nirgendwo mehr unsere Beziehung, denn was für Konsequenzen der Institution sollten uns jetzt noch Leid zufügen?

Um meinen Glauben trauere ich jedoch immer noch. Es gibt da jetzt diesen Teil von mir, der fehlt. Es fühlt sich gerade so an, als sei dies unwiederbringlich. Dabei habe ich um ihn gekämpft. Auch wenn es mir schwerfiel, bin ich zu christlichen pastoralen Veranstaltungen gegangen. Doch dann zog sich alles in mir zu, ich fing teilweise an zu weinen und wollte einfach nur noch der Veranstaltung entfliehen. Seitdem fahre ich gut damit, mich auf nichts Spirituelles mehr einzulassen, die Situation nicht an mich heranzulassen.

Vergangene Weihnachten habe ich noch einmal versucht, in einen Gottesdienst zu gehen. (Alles andere wäre mir wie eine vollkommene Sinnentleerung vorgekommen.) Es wird mein letzter Gottesdienstbesuch für lange Zeit bleiben. Denn ohne Glauben und die Unfähigkeit sich darauf einzulassen – denn das würde die Wiederkehr des Schmerzes bedeuten –, ist alles sinnentleert, die Botschaft unverständlich und Rituale bleiben bedeutungslos. Die sonst so selbstverständlichen Gebete wollten mir nicht über die Lippen kommen. Mein einziger Gedanke während des gesamten Gottesdienstes war: Du bist hier nicht gewollt! Und jetzt will ich nicht mehr!

17. „Um die göttliche Ordnung aufrechtzuerhalten, landete ich unterm Messer"

Petra, geb. 1968

Ich zähle zum Personenkreis intersexueller Menschen. Äußerlich werde ich als weiblich erkannt. Mein Geschlechtschromosomensatz ist XY und in der Pubertät strömte Testosteron durch meine Adern.

Aufgewachsen bin ich in einem kleinen Dorf in Bayern. Dort war das Leben stark von der katholischen Kirche, ihren Bräuchen und Moralvorstellungen geprägt. Der Sonntag war gekennzeichnet durch den Kirchgang, Beichten sowie das Gebet vor dem Essen. Als Kind war das ganz nett, zuweilen aber etwas zu viel. Die Zugehörigkeit zum katholischen Glauben war unumstößlich und die einzige Wahrheit. Ein Austritt aus der Kirche war gleichzusetzen mit dem Fegefeuer.

Bis zu meinem 15. Lebensjahr war ich ein schmächtiges, schlankes Kind, das klar als Mädchen eingestuft wurde. Mit 15 Jahren dann begann sich mein Körper allerdings in die männliche Richtung zu entwickeln. Durch Ärzte entdeckt, dauerte es nicht lange, bis ich unter dem Messer landete, um die göttliche Ordnung – in meinem Fall Frau – aufrechtzuerhalten. Selbst kannte ich die Wahrheit nicht und ich war mir auch nicht meines männlichen Geschlechtschromosomensatzes bewusst.

Mit 16 spürte ich meine Zuneigung zu Frauen. Ich konnte diese nicht einordnen. Es gab ja keine Vorbilder und über solche Empfindungen wurde nicht geredet, jedenfalls nicht in einer katholisch geprägten Familie – beziehungsweise war mir bewusst, ich habe gespürt, dass ich über diese Gefühle nicht reden kann. Ich wusste, Sexualität ist etwas nicht Gutes, nur in engen Grenzen zwischen Mann und Frau erlaubt. Irgendwie schmutzig und Empfindungen meiner Art sowieso teuflisch, gottlos.

Aufgrund meiner medizinischen Erlebnisse, die mich massiv geprägt haben und dem Gefühl, dass an mir etwas ganz Schlechtes sein muss – schließlich musste man an mir operieren –, war körperliche Nähe eh nicht möglich. Die Scheu war einfach zu groß.

Als ich 20 war, verliebte ich mich in eine Frau. Zeitgleich begann ich im sozialen Bereich, einer katholischen Einrichtung, eine Ausbildung. Und der Glaube gab klar vor, was richtig und was falsch ist: Das wahre Heil liege in der Enthaltsamkeit.

In dieser Einrichtung arbeitete auch ein junger Mann. Er war bei allen beliebt. Wir hatten des Öfteren Gespräche und irgendwann wussten wir voneinander, er verliebt sich in Männer und ich in Frauen. Wir zogen dann auch gemeinsam los – in eine Schwulendisco oder auch einfach zu „Homotreffs".

Dann aber verliebte sich eine Mitarbeiterin in ihn und sie erfuhr sein Geheimnis. Das teilte sie daraufhin der Leitung mit. Die Folge: Ihm wurde gekündigt. Für mich war das ein Schock. Ich begriff nicht, wie man einem Menschen kündigen kann, der von einem anderen „hingehängt", ja denunziert wird. Das Unrecht lag für mich bei der Kollegin und ihrer fiesen Tour.

In einer darauffolgenden Besprechung hielt die Leitung dann eine Ausgabe der Jugendzeitschrift BRAVO in die Höhe. Das Heft berichtete darüber, wie sich zu dieser Zeit Hape Kerkeling outete. Und die Leitung sprach von einem gottlosen Verhalten und Höllenqualen für all jene, die sich solch sündhaftem Verhalten hingeben.

Mein Glaube bekam da erste massive Risse. Zum einen fragte ich mich, warum Gott die Kollegin davonkommen lässt, und zum anderen, warum der Kollege gehen musste. Furcht und die Angst davor, selbst entdeckt zu werden, wurden zu meinen Begleitern.

Im Laufe meiner Berufslaufbahn erlebte ich eine weitere Kündigung einer Lesbe. Ebenso Drohbriefe an eine Frau, wenn sie eine Leitungsposition annehme, werde sie auffliegen. Meine Enttäuschung über die Kirche wurde immer größer. Wie kann die Kirche von Barmherzigkeit und Gnade sprechen, wenn sie auf der anderen Seite solches zulässt?

Auf recht brutale Weise erfuhr ich 1995 von meiner wahren Identität: Meine Liebe zu Frauen lag natürlich begründet in meiner körperlichen Konstitution. Ich sollte eigentlich ein Junge werden.

Die letzten Glaubenssäulen brachen zusammen. Ich sah mich als ein von Gott verlassenes, ja vergessenes Geschöpf: Wie kann die Kirche mich für meine Liebe zu Frauen verurteilen, wenn ich laut ihrer Doktrin völlig konform bin? Man sieht es mir eben nur nicht an. Dass ich über Jahre durch die katholische Kirche diskriminiert sowie in Angst und Schrecken versetzt wurde und psychische Gewalt erfuhr, hätte nie passieren dürfen. Heute klage ich die Kirche an für dieses Unrecht.

Mit dem Glauben kann ich nichts mehr anfangen. Es war einmal etwas wie Glauben vorhanden. Dieser aber wurde durch Angst zerstört. Ob ich jemals wieder zu etwas wie Glauben finde, kann ich nicht sagen.

Ich weiß nicht … auf der einen Seite von Liebe, Barmherzigkeit, Gnade, alle Menschen sind ein Gottesgeschöpf zu sprechen und andererseits Schwule, Lesben, Intersexuelle usw. solch einer psychischen Gewalt auszusetzen … haftet einer solchen Kirche wirklich noch Göttliches an?

Der Bund fürs Leben

18. „Die glauben, ich sei krank"

Sandra, geb. 1982

Die zweite Instanz, das Erzbistum Köln, bestätigt das erstinstanzliche Urteil des Bischöflichen Offizialates Münster mit dem Satz: *„Somit steht fest, dass die am* xx.xx.*2005 in der* xx (Name der Kirche) *zwischen S.* (Name der Ehefrau) *und J.* (Name des Ehemannes) *geschlossene Ehe gemäß can. 1095 n.3 CIC nichtig ist, weil die Frau aus Gründen der psychischen Beschaffenheit nicht imstande war, wesentliche Verpflichtungen der Ehe zu übernehmen."*

Nach fast zwei Jahren und der Zahlung von 300 Euro Prozesskosten war es amtlich: Meine kirchlich geschlossene Ehe ist annulliert worden, weil ich lesbisch bin.

Die Darstellung des Prozesses und das Urteil umfassen 13 Seiten. Ich war darin die Klägerin und ich habe die Ehe angeklagt, weil ich meinem Ex-Partner als kirchlichem Mitarbeiter die Chance geben wollte, eine erneute Partnerschaft mit kirchlichem Segen einzugehen.

Im Urteil habe ich gelernt, dass es vier Formen von Homosexualität gibt: Entwicklungshomosexualität, Pseudohomosexualität, Neigungshomosexualität, Hemmungshomosexualität. Und ich habe mehr über weitere Ausführungen zur Homosexualität erfahren, alles mit Quellenangaben. Und dass ich – wie oben bereits zitiert – *„aus psychischen Gründen"* nicht in der Lage bin, *„in Treue mit einem gegengeschlechtlichen Partner die Ehe zu führen"*. *„Die vertragliche Verpflichtung zu Unmöglichem bedeutet die Ungültigkeit des Vertrages."*

Nichts davon hat etwas mit meinem eigenen Erleben zu tun, aber die Verletzungen und Stigmatisierungen, die durch einen solchen Prozess entstehen, sind enorm. Mein erster Gedanke nach dem Lesen des Urteils war: Die glauben, ich sei krank. Und dann waren da die Zweifel: Bin ich das vielleicht wirklich? Aber das Wissen, dass ich Frauen liebe, gab mir ein Angekommen-Sein. Ich bin von innen nach außen immer weiter gewachsen.

Bei zwei Befragungen von etwa jeweils anderthalb Stunden habe ich meine gesamte Lebensgeschichte wildfremden Personen offenlegen müssen – von der Kindheit an, das erste Kennenlernen zwischen meinem Mann und mir, unsere Sexualität und meine eigene Unsicherheit mit der Frage, ob ich mich nicht trennen muss, ... weil ich doch Frauen liebe. Und ich musste drei Zeugen angeben, die ohne mein Beisein ebenfalls über mein Leben bereitwillig Auskunft erteilen mussten.

Ich bin im Ruhrgebiet in einer traditionellen katholischen Familie mit zwei Brüdern aufgewachsen. Ich war Messdienerin und habe viel Jugendarbeit gemacht. Der Glaube hat in meinem Leben eine entscheidende Rolle gespielt, ich spürte darin eine starke Verwurzelung.

Meine Familie und mein katholischer Glaube haben in mir früh die Gewissheit wachsen lassen, alle Menschen werden so angenommen, wie sie sind – als Kinder Gottes. Durch das Urteil aber erfuhr ich: Nein, vor der katholischen Kirche sind nicht alle gleich. Bildlich gesprochen kann ich es so ausdrücken: Ich stehe vor meiner Kirche, die Tür wird mir vor meiner Nase zu geschlagen und keiner lässt mich wieder rein.

Meine Homosexualität war bereits im Jugendalter vorhanden, hatte aber keinen Raum. Ich habe mich mit meiner Mutter und Freunden aus der Jugendarbeit mit 17 Jahren darüber ausgetauscht, dass ich glaube, Frauen zu lieben. Die Resonanzen beinhalteten Beschwichtigungen, ein Nicht-Ernstnehmen und Aussagen wie, dass der richtige Mann sicher noch kommen werde.

Einen Mann habe ich im Religionspädagogikstudium kennengelernt, der Glaube war für uns beide sehr wesentlich. Wir haben dann auch geheiratet. Die Hochzeit geschah aus Liebe, aber der Zeitpunkt war besonders dem Umstand geschuldet, dass wir zusammenbleiben wollten. Wir stammten aus unterschiedlichen Bistümern, nur so war es möglich, keine Fernbeziehung zu führen. Wir waren acht Jahre verheiratet, bis zu dem Zeitpunkt, als ich mich ernsthaft in eine Frau verliebt habe. Von meinem Outing war mein Mann in keiner Weise überrascht, schon früh hatte er zu mir gesagt, dass er mich wohl nur an eine Frau verlieren werde.

Nach dem Urteil war ich entwurzelt, heimatlos. Eine Freundin riet mir zu geistlicher Begleitung. Der Jugendseelsorger, der sich dafür fand, hat sich für das Urteil entschuldigt. Er hat mir anhand von biblischen und theologischen Texten versucht, eine Versöhnung anzubieten. Diese Gespräche waren sehr wohltuend und entlastend. Ohne ihn wäre ich möglicherweise nicht mehr katholisch.

Die entscheidende Unterstützung in diesen schwierigen Zeiten habe ich durch die Beratung bei der *Ehe-, Familie-, Lebensberatung* (EFL) der katholischen Kirche erfahren. Meine Beraterin hat mich so angenommen, wie ich bin, und mir verdeutlicht, meine Liebesgefühle zu Frauen sind richtig, sie sind da und ich darf sie leben.

Heute trenne ich Institution und Glaube. Ich weiß, wie wichtig Seelsorge für Menschen sein kann, wenn sie als Begleitung des Menschen, in der vollen Annahme der eigenen Person, geschieht. Ein Wunsch wäre – und es wäre ein weiterer Schritt zur Versöhnung –, dass die katholische Kirche sich öffnet und die Liebe zwischen zwei Personen nicht reglementiert, sondern anerkennt und wertschätzt.

19. „Zerbrechlich und gesegnet"

Markus Gutfleisch, geb. 1966

Schon als Jugendlicher fühlte ich mich zu Jungs hingezogen, doch ich konnte mit niemandem darüber sprechen. Weder in unserer Pfarrgemeinde noch an der katholischen Schule war eine Vertrauensperson in Sicht. Zu diesem Thema gab es auch nichts zu lesen. Ich dachte, Homosexualität werde wohl Sünde sein.

Als ich 17 war, versuchte ich, zu beichten. Der Pfarrer sprach einige Worte zu meinem Thema, und doch war die Beichte enttäuschend, zumal ich mein Verhalten nicht bereute und nicht die Absicht hatte, mich künftig anders zu verhalten. Den zweiten Versuch, Rat und Stärkung zu erfahren, startete ich bei einer Jugendwallfahrt. Auch dort gab es weder Antwort auf meine Fragen noch erfuhr ich Befreiung von Schuldgefühlen.

Meine Sehnsucht nach Zärtlichkeit und Sexualität erlebte ich mit Mitschülern, was im Internat mit Angst verbunden war. Immer mehr dachte ich, homosexuelle Menschen führen ein Dasein am Rande. Ich war also dabei, Teil einer missachteten Minderheit zu werden. Dieses Gefühl verstärkte sich.

Nach dem Abi stürzte ich mich in die Jugendarbeit: Ministrant:innen, Deutsche Pfadfinderschaft Sankt Georg, Dekanatsjugend, Bibelkreis. Die Sexualität spielte keine Rolle. Doch ich entdeckte die Bibel als befreiende Botschaft und eine politisch-theologische Interpretation der Bergpredigt weckte mein Interesse am Theologiestudium: Ich wollte den Menschen dienen und ihnen den Trost spenden, den ich selbst suchte.

Im Theologenkonvikt fühlte ich mich als Außenseiter. Nirgendwo wurde offen über Homosexualität gesprochen. Doch plötzlich gab es Hoffnung: Ein Text in einer katholischen Jugendzeitschrift beantwortete erste Fragen; später entdeckte ich das Buch „Gleichgeschlechtlichkeit ohne Vorurteil".

1988 begann mit einem Umzug die nächste Etappe auf meinem Weg: Fernab der Heimat fanden in einer studentischen Gemeinde Vorträge statt; dort traf sich die Gruppe *Homosexuelle und Kirche*. Endlich traute ich mich, diese Gruppe aufzusuchen. Ich wurde aufgenommen und fand eine neue kirchliche Heimat. Jetzt konnte und wollte ich nicht mehr weglaufen. Ich bin schwul und katholisch – und das ist auch gut so.

Während eines Kirchentags verliebte ich mich in einen Mann. Ich fühlte mich befreit und angekommen. Die Vorstellung, als Priester vor einer Gemeinde zu verkünden, Homosexualität sei Sünde, war nun unerträglich. Und heimlich schwul zu leben? Das geht auch nicht. Ein anderer Lebens- und Berufsplan musste her.

Die Neuorientierung war nicht einfach; zu sehr hatte ich mich darauf verlassen, dass das mit dem Priesterberuf schon klappen würde. Ich entschied mich für ein Studium der Sozialarbeit. Darin sah ich die Möglichkeit, von der Kirche als Arbeitgeberin unabhängig zu sein, denn als schwuler Mitarbeiter einer kirchlichen Einrichtung erwartete ich Konflikte.

Nach Beginn des neuen Studiums stand noch ein Teil meines Coming-out an. Außerhalb von Münster wusste niemand über mich Bescheid. Vor allem nicht die Freund:innen aus der Heimatgemeinde und die Familie.

Das Gespräch mit meinen Angehörigen erwies sich als dickes Brett. Für sie schien es ein Schock zu sein. Sie hatten es gehört, aber sie wollten es nicht gehört haben. Dass das Coming-out für mich befreiend war, begriffen sie nicht. Noch Jahre später drückten sie ihre Enttäuschung darüber aus, dass ich in der christlichen LSBTIQ-Bewegung mitmache. Ich solle sie nicht damit behelligen, schrieben sie mir. Und obwohl der Kontakt zu ihnen immer erhalten blieb, folgten viele Jahre des Seelenleidens – auf beiden Seiten.

Die Menschen in der Ökumenischen Arbeitsgruppe *Homosexuelle und Kirche* gaben mir Kraft. In einer neuen Gruppe mit dem Titel „Farbe bekennen – Ein Projekt für Ihre Gemeinde“ und im Lesben- und Schwulenreferat an der

Katholischen Fachhochschule organisierten wir Vorträge, Filmabende, Ausstellungen, Info-Stände.

Als Gruppe feiern wir Gottesdienst und laden alle dazu ein. In der queeren Welt sind wir als Christ:innen präsent. Unser authentisches Auftreten erleichtert Kontakte zu den Menschen vor Ort.

Eines Tages begegnete mir ein gutaussehender und zärtlicher Mann. Er erzählte, er würde bei der Sparkasse arbeiten. Wir trafen uns wieder. Irgendwann schrieb er, dass er nicht Sparkassen-Mitarbeiter ist, sondern Priester, dass er sich nur eingeschränkt mit Menschen treffen könne. Leider ist unser Kontakt danach abgerissen.

In den ersten Berufsjahren musste ich häufiger den Job wechseln und war zwischenzeitlich arbeitslos. Ich erfuhr von einer freien Stelle bei einem Caritasverband und war darüber sehr glücklich. Doch es kamen auch Zweifel. Was würde geschehen, wenn dort bekannt wird, dass ich schwul bin? Wie reagieren der Arbeitgeber, die Kolleg:innen oder die Klient:innen? Nach einem Kündigungsfall beim Kolpingwerk wurde ich vorsichtig. Ein Kollege berichtete, in der Küche sei über mich geredet worden. Falls ich eine eingetragene Lebenspartnerschaft eingehe, müsste ich mit einer Kündigung rechnen. Ich hatte schon wieder Angst – Existenzsorge.

Ab 2011 wurde ich mutiger. Homophobe Äußerungen von katholischen Bischöfen spielten da eine große Rolle. Als Arbeitsgruppe *Homosexuelle und Kirche* wollten wir protestierten; einige mussten einfach damit beginnen. Für unseren Mut erhielten wir viel Zustimmung. Offensichtlich gelang es uns, Wut, aber auch Leidenschaft und Hoffnung katholischer LSBTIQ-Menschen auszudrücken.

Nach langjähriger Mitarbeit bei Katholikentagen war es dann eine große Anerkennung, zur Mitwirkung an einem offiziellen Workshop eingeladen zu sein. Durch unser Auftreten konnten wir vielleicht dazu beitragen, dass es 2015 zu einer kleinen Reform des katholischen Arbeitsrechts kam. Solange wir mit Bischöfen sprechen, können sie uns nicht kündigen.

In dieser Zeit lernte ich meinen Partner kennen. Bei ihm fühlte ich mich in jeder Hinsicht geborgen. Er ist sehr aufmerksam; miteinander entdeckten wir so viele Dinge. Zum ersten Mal (ich war schon 49 Jahre alt) eine mehrjährige Partnerschaft; ein Mann, den ich meinen Eltern vorstellen konnte. Mir war wichtig, dass sie ihn als meinen Partner akzeptieren.

Mit ihm wollte ich durchs Leben gehen, unsere Zusammengehörigkeit vertiefen, unsere Liebe nach innen und nach außen zeigen. Ich schlug ihm vor, dass wir heiraten. Das sollte ein Ausdruck für das Geschenk der Liebe sein. Der Segen Gottes, um den wir bitten und auf dessen Wirkung wir uns freuen, gehörte für mich dazu. Ein Seelsorger, den wir um diesen Segnungsgottesdienst baten, sagte „Ja“, zögerte aber, da er noch nie ein lesbisches oder schwules Paar gesegnet hatte. Er meinte, er sei uns nicht böse, wenn wir einen anderen fragen würden.

Ein anderer Priester war zur Segnungsfeier bereit, wollte aber nichts tun, was die religiösen Gefühle meiner Familie verletzen könnte. Mein Partner war genervt; ich wusste weder ein noch aus. Nur mit therapeutischer Hilfe kam ich aus dieser Krise heraus.

Leider kam es später zur Trennung. Ich bin traurig und muss mich neu orientieren. Was bleibt, ist meine Dankbarkeit für alle Wegbegleiter:innen, für die Familienangehörigen, die zu mir stehen und für offene und lebendige Gemeinden.

20. „Heirat mit allen Konsequenzen"

Salomé, geb. 1972

Ich bin katholische Religionslehrerin und fühle mich im Glauben gut verankert. Weniger den Pfarrgemeinden, als vielmehr klösterlichen Gemeinschaften fühle ich mich nahe. Gespräche mit Ordensleuten sowie Zeit in Klöstern gehören zu den Grundlagen meines spirituellen Lebens – seit sehr vielen Jahren.

Die Haltung der katholischen Kirche gegenüber Homosexualität hat meinen „Ich-Werdungsprozess" stark beeinflusst – und auch gebremst. Gleichzeitig hat mir der spirituelle Kontext geholfen, zu *mir* zu finden, *mich* als Mensch wirklich kennenzulernen und vor allem akzeptieren zu lernen. Erst mal „ohne Sexualität", aber später auch im Bewusstsein einer und *meiner* sexuellen Orientierung.

Als ich mich genug kennen und lieben gelernt hatte und mich stark im Glauben fühlte, bin ich mit Gott den Weg gegangen, das „Unliebsame" in mir, was gleichzeitig aber auch das „Liebende" in mir war, zu akzeptieren und später auch dazu zu stehen: Coming-out vor den Eltern, vor Freunden usw. Ein jahrelanges Thema.

Die Haltung der Kirche hat mich nochmals sehr beschäftigt im Rahmen der Einsetzung als Religionslehrerin. Ich wollte (und musste) nicht lügen, um meine Leidenschaft als Religionslehrerin durch die Missio ausleben zu können – aber gut fühlte ich mich nicht, als der Bischof mir stolz diesen Auftrag gab. Wenn der wüsste ...

Seit einigen Jahren lebe ich nun in einer Beziehung mit einer Partnerin, in der wir beide fühlen, sie mit einer Hochzeit besiegeln zu wollen. Sie ist evangelisch und da die katholische Kirche mir bzw. uns da eigentlich nichts anbieten kann, werden wir evangelisch heiraten. Ich weiß, dass ich dadurch vielleicht oder wahrscheinlich meine Missio verlieren werde. Ich werde auch keinen Sperrvermerk über meinen Lebensstand machen lassen, wie es in diesen Fällen empfohlen wird. Nein, wenn ich heirate, dann tue ich es mit allen Konsequenzen – und wenn mich die katholische Kirche dann nicht mehr würdig genug findet, Religion zu unterrichten, dann ist das so. Ich lasse mir das nicht verbieten! Der wohl noch langfristig prägende Lehrermangel lässt mich da ganz entspannt sein auf der „Versorgungsebene", aber *egal* wäre mir ein Entzug der Missio auch nicht. Ich werde mich dann einmal mehr fragen müssen, warum ich überhaupt noch Teil einer Kirche bin, die mich so wenig anerkennt und meine Arbeit so wenig wertschätzt und warum ich diese Kirche auch noch mit einem recht ordentlichen finanziellen Steuerbeitrag unterstütze. Da spüre ich auch ziemlich viel Wut – auch vor dem Hintergrund der Missbrauchsenthüllungen der letzten Jahre. Da frage ich mich: Wer urteilt denn da über mich und mit welcher Sexualmoral lebt dieser Mensch denn selbst?

Von Gott fühle ich mich in all dem gehalten, das ist das Wichtigste für mich. Das mit der Kirche ist immer wieder sehr, sehr grenzwertig – nicht nur im Hinblick auf meine oder allgemein *die Homosexualität.*

21. „Auf Euphorie folgte Ernüchterung“

Katharina, geb. 1993

Aufgewachsen bin ich in der Nähe einer süddeutschen Großstadt. Ich bin, so würde ich sagen, typisch katholisch sozialisiert. Die kirchliche Jugendarbeit war lange mein Zuhause. Heute bin ich Sozialpädagogin.

Mit der katholischen Kirche, dem Zölibat, … beschäftigte ich mich durchaus kritisch und dennoch war diese Kirche meine Heimat. Nach dem Abitur und einem Freiwilligen Sozialen Jahr studierte ich Soziale Arbeit mit dem Schwerpunkt Sozialtheologie an der Katholischen Hochschule. Dort setzte ich mich auch mit theologischen Inhalten auseinander. Meine sexuelle Orientierung stellte ich dabei lange nicht infrage. Dies geschah erst, als ich mich „plötzlich“ in eine Frau verliebte. Bei ihr fand ich, was ich lange gesucht hatte: Einen Menschen, mit dem ich meinen Alltag und meine Interessen teilen und mit dem ich gemeinsam durchs Leben gehen kann und möchte; einen Menschen, bei dem ich mich zu Hause, geborgen fühle.

Glaube und Kirche war (und ist) uns beiden wichtig. So sind wir beide sozialisiert. Dies ist auch eine Gemeinsamkeit, die uns verbindet. Nahezu selbstverständlich besuchten wir auch gemeinsam Gottesdienste, wenngleich eine kleine innere Stimme einen doch immer wieder fragte: „Was mögen wohl die anderen Menschen denken?“, „Was passiert, wenn andere Menschen verstehen, dass wir mehr als Freunde sind?“ Und doch sind wir in unserem gesamten Umfeld nahezu ausschließlich auf positive Reaktionen gestoßen. Leider keine Selbstverständlichkeit, ich weiß.

Im Sommer 2019 beschlossen wir zu heiraten. Wichtig war uns neben der standesamtlichen Hochzeit, auch im Rahmen eines Gottesdienstes, einer Segnungsfeier *Ja* zueinander zu sagen. Auf die Euphorie, dass wir heiraten werden, folgte zumindest bei mir ziemlich schnell die Ernüchterung. Die ersten Pfarrer, mit denen wir sprachen und die wir aus unserer Jugend kannten, befürworteten zwar, dass wir heiraten und dies auch gerne in einem Gottesdienst zum Ausdruck bringen wollten, selbst feiern wollten sie diesen jedoch nicht mit uns – aus Sorge vor Reaktionen von „oben", wie sie sagten. Auch machten sie uns deutlich, dass es schwierig werden würde, einen Kirchenraum zu finden, in dem wir diesen Gottesdienst feiern können, ohne den entsprechenden Pfarrer in die Bredouille zu bringen.

Mich machten diese Erfahrungen traurig und wütend zugleich. Mir war klar, dass es nicht einfach sein würde, es aber dann wirklich zu erleben, war nicht schön. Die Kirche, in der ich aufgewachsen bin und die ich meine Heimat genannt habe, hat sich in den letzten Jahren bereits stark verändert. Kirche und Glaube stellte ich für mich immer mehr infrage. Ich war zerrissen zwischen den Erinnerungen und Erlebnissen meiner Jugend, auf die ich noch immer dankbar und mit Freude zurückblicke, und der Kirche von heute und ihrer Doppelmoral. Eine Kirche, die sich aus meiner Sicht nicht darauf einlässt, ihre alten Pfade zu verlassen, sich den Menschen zuzuwenden, ihre Lebenswelt wahrzunehmen, zu respektieren und als Anlass zu nehmen, den Kurs zu ändern. Stattdessen wird vehement an alten und überkommenen Strukturen festgehalten, Angebote werden gekürzt, Gemeinden vergrößert, da es ja auch immer weniger Menschen gäbe, die das Angebot von Kirche wahrnehmen würden (und natürlich, da die Anzahl der Pfarrer zurückgeht). Es war nicht leicht, sich nicht gewollt und als Mensch abgelehnt zu fühlen und zu erfahren, dass Kirche einem das abspricht, was einem wichtig ist und was mal die eigene Heimat war – nur weil man den „falschen“ Menschen liebt.

Über einen Pfarrer bekamen wir dann doch Kontakt zu einem Pater, der im Osten Deutschlands zu Hause war und bereit war, eine Segnungsfeier für und mit uns zu machen. Er hatte dies für Paare bereits schon häufiger getan. Ebenfalls über private Kontakte kamen wir an eine Kapelle, in der wir den Gottesdienst hätten feiern dürfen. Doch dann kamen die Einschränkungen durch die Corona-Pandemie und wir mussten unsere Hochzeit noch mal neu planen. Auch der Pater sprang uns da ab.

Ebenfalls wieder über Kontakte erhielten wir dann Namen von Pfarrern und Diakonen, die bereits Segnungsfeiern durchgeführt hatten oder die höchstwahrscheinlich dazu bereit wären, so eine Feier durchzuführen. Wir kontaktierten einige davon und waren sehr überrascht – dieses Mal positiv! Denn alle Pfarrer und Diakone, mit denen wir in Kontakt traten, reagierten ausschließlich wohlwollend und zuvorkommend. Und schließlich fanden wir einen Pfarrer, der Zeit hatte und sogar eine ökumenische Trauung für uns absagte.

An zwei vorbereitenden Abenden saßen wir lange zusammen, sprachen über uns, unsere Erlebnisse und Erfahrungen und das, was uns für unseren Gottesdienst wichtig war. Und er war das, was ich von einem Pfarrer erwarte bzw. mir zumindest wünsche. Er war da, hörte zu, begegnete uns auf Augenhöhe, war ehrlich und authentisch, respektierte uns und unsere Wünsche und war bereit, eine (fast) normale Trauung für uns zu machen – obwohl er dies bisher noch nie gemacht hatte. So war es dann im September 2020 soweit.

Trotz Corona durften wir Ja zueinander sagen bei schönstem Wetter, unter freiem Himmel auf einer großen Wiese, mit toller musikalischer Begleitung und einem Pfarrer, der einen so ehrlichen, authentischen und wunderschönen Gottesdienst gestaltete, in dem dieser offen die katholische Kirche kritisierte, aber sich vor allem einfach mit uns freute und uns Raum für unseren Glauben gab. Nicht nur wir, auch alle unsere Gäste waren begeistert von dem Gottesdienst und diesem Pfarrer. Wir sind so dankbar für seinen Mut und diesen Tag und gleichzeitig so traurig, dass er so mutig sein musste und sich möglicherweise dadurch selbst in eine schwierige Lage bringt bzw. sich mit Konsequenzen von „oben" auseinandersetzen muss.

Neben der Hochzeit sind wir mit der Tatsache konfrontiert, dass wir beide bei bzw. für einen katholischen Träger arbeiten. Es ist für mich weiterhin überhaupt nicht nachvollziehbar, dass unser Ja arbeitsrechtliche Konsequenzen haben und möglicherweise als „schwerwiegender Loyalitätsverstoß" eingestuft werden könnte. Auch dass wir damit auf unser Geschlecht und unsere sexuelle Orientierung reduziert werden, macht mich wütend, sprach- und fassungslos.

Was mich aber in dieser Situation zuversichtlich sein lässt, ist die Tatsache, dass wir Fürsprecher*innen (auch in der Kirche) haben, die selbst in dieser Situation für uns einstehen würden.

Aber müsste die Kirche nicht eigentlich schon viel weiter sein? Sollte sie sich nicht längst von diesen überkommenen Geschlechterrollen lösen? Ist Glaube denn nicht viel mehr als das Festhalten an Traditionen, an Ämtern und Funktionen? Sollte Kirche nicht allen Menschen eine Heimat bieten? Für Glaube, Sorgen und Zweifel, die Nöte der

Menschen (gerade jetzt), aber auch für Freude, Liebe und Hoffnung? Ich finde ja. Und ich hoffe, dass die Kirche das irgendwann auch sieht – bevor es sie nicht mehr gibt.

Äußerer Zwang, innere Zerrissenheit

22. „Ich hatte die Wahl zwischen Tod und Coming-out“

Ein Mensch, geb. 1974

Meine Mutter hatte mir schon, als ich auf die erste heilige Beichte vorbereitet wurde, klar gemacht, dass es die Kirche (und damit den Priester) gar nichts angeht, wann, wo, wie und wie oft meine Eltern miteinander schlafen. Ob und wie ich mich befriedige und ob ich mich sexuell zu Frauen oder Männer oder anderen Menschen oder gar zu Tieren hingezogen fühle, war *niemals* ein Thema, das ich mit einem Menschen, der mit der katholischen Kirche zu tun hat, besprochen oder ihm gebeichtet hätte.

Sex und Sexualität haben demnach mit Kirche aus meiner Erfahrung nichts zu tun. Ich berichte hier also darüber, wie sich mein körperliches und mein gefühltes Geschlecht auf meine Erfahrungen mit der katholischen Kirche auswirkten.

Körperlich war ich immer ein Mensch zwischen den Geschlechtern. Da mir die Eltern einen männlichen Namen gegeben haben und da (damals noch) „männlich“ in meiner Geburtsurkunde stand, war es aus Sicht all meiner Mitmenschen klar, dass ich ein Junge wäre. (Nur ich habe nie verstanden, warum.) Jedes Mal, wenn ich gesagt habe, ich sei ein Junge, war es ein Verstoß gegen das achte der Zehn Gebote.

Ich bin in einer Gemeinde aufgewachsen, in der während meiner Grundschulzeit nur Jungen als Messdiener zugelassen waren. Da ich offiziell zu den Jungs zähle, durfte ich ab dem dritten Schuljahr auch mitmachen. Für mich war der Messdiener-Dienst immer eine große Ehre. Mit Andacht und Ehrfurcht und nach bestem Wissen und Gewissen habe ich ihn mit Freude so gut gemacht, wie ich konnte. Dem Pfarrer war das aber nicht gut genug. Er hat mich genau wie alle anderen Messdiener nach jeder Messe (mit Worten) zusammengestaucht und beschimpft. Ich habe nur Gerüchte gehört, er habe auch geschlagen. Deshalb haben alle Messdiener in unserer Gemeinde spätestens nach dem fünften Schuljahr aufgehört. Mich aber hat meine Mutter schon nach dem zweiten Monat beim Messdiener-Dienst abgemeldet, weil ich nach jeder Messe durch die Beschimpfungen des Priesters so dermaßen am Boden zerstört war, dass ich immer mindestens zwei Stunden geheult habe, bevor ich mich wieder beruhigen konnte. Nachdem ich mich beruhigt hatte, freute ich mich auf den nächsten Dienst, denn es war schließlich „G*ttes“-Dienst und nicht Pfarrer-Dienst. Dieser Pfarrer ist (G*tt sei Dank) inzwischen in den Himmel aufgenommen worden.

Mit 11 oder 12 Jahren wurde ich gefirmt. Bei der Vorbereitung konnte ich mich sehr mit dem Leben von Männern auseinandersetzen, die ihr Leben – wie es der Koran (den sollte jeder Christ auch mal lesen) vorschlägt – nach ihrem Glauben ausrichten und nicht umgekehrt. Ich konnte mir diese Menschen sehr gut als Vorbilder vorstellen. Damals dachte ich ernsthaft darüber nach, Priester zu werden. Ich habe mich dagegen entschieden, weil das ja bedeutete, keine Familie und Kinder haben zu können.

Als ich 16 war, war meine „Schulentlassungsfeier". Das hatte nichts mit Schulentlassung zu tun, es war eine kirchliche Feier. Keine Ahnung, wie die katholische Kirche auf diesen Namen kommt. Danach zählte ich aus Sicht der Kirche eindeutig und endgültig zu den Erwachsenen. (Eigentlich schon nach der Firmung, oder?) Während der Vorbereitung zu dieser Feier, an der alle teilnahmen, die in meinem Alter waren und zur selben Gemeinde gehörten, lud uns der Diakon ein, in den Lektor*innendienst einzutreten.

Zwei Jungen, vier Mädchen und ich nahmen dieses Angebot an. Wir trafen uns zu Schulungen, Vorbereitungen, Übungen für diesen Dienst. Die beiden Jungen sind nach der ersten Schulung nicht wiedergekommen.

Nur wir Mädchen haben den Dienst jahrelang durchgeführt. Inzwischen haben die anderen Frauen geheiratet, sind in andere Gemeinden gezogen und haben deshalb den Lektor*innendienst quittiert. Nur ich bin immer noch Lektorin. Ich bin meiner alten Gemeinde treu geblieben, und das obwohl ich in eine andere örtliche Gemeinde gezogen bin.

Damals war ich noch als Junge bzw. Mann sozialisiert und trug noch einen Männernamen, bis ich im November 2018 einen Zusammenbruch erlitt. Ich konnte dieses lebenslange Versteckspiel in der männlichen Rolle und diesen ständigen Verstoß gegen das achte Gebot nicht mehr aushalten. Mein Arzt sagte, die Männerrolle würde mich töten. Ich hatte die Wahl zwischen Tod und Coming-out.

Spätestens an dieser Stelle rettete mir mein Glaube (nicht die katholische Kirche) das Leben, denn ich kannte die Bibelstelle Johannes 14,2–3:

„Im Haus meines Vaters gibt es viele Wohnungen. Wenn es nicht so wäre, hätte ich euch dann gesagt: Ich gehe, um einen Platz für euch vorzubereiten? Wenn ich gegangen bin und einen Platz für euch vorbereitet habe, komme ich wieder und werde euch zu mir holen, damit auch ihr dort seid, wo ich bin.“

Diese Stelle der Bibel interpretiere ich so, dass ich, sollte ich mich umbringen, bevor ich von Jesus gerufen wurde, die Ewigkeit in einer unfertigen Wohnung (in einem Rohbau) verbringen werde. Und dass es besser ist, die Zeit zu ertragen, als in der Ewigkeit zu leiden. Also hatte ich keine Wahl. Ich musste mit dem Lügen und Versteckspielen aufhören und habe mich geoutet. Ich bin eine Frau mit Y-Chromosom.

Mein Pfarrer und der Pfarrer em. konnten das nicht verstehen. Sie waren der Meinung, ich mache das nur, um andere Menschen zu provozieren. Sie behaupteten, es sei *egoistisch*. Ich traute mich nicht zu fragen: Zu leben statt Selbstmord zu begehen, ist egoistisch? Kann das sein? Na ja, es gab für die beiden also die Wahl, meinen Lektor*innendienst zu kündigen oder mir zu erlauben, ehrlich zu sein. Die Priester erlaubten mir also weiterhin meinen Lektor*innendienst fortzuführen, sie verboten mir aber, Schmuck und Schminke und schicke Kleidung zu tragen.

Ich muss meinen Dienst in einem schwarzen Hosenanzug (quasi als „Graue Maus“) machen, während andere Frauen kurze Röcke und kurze Kleider tragen dürfen und natürlich geschminkt mit Schmuck und lackierten Fingernägeln ihren Dienst andächtig ausüben.

Seit einem Jahr habe ich die Personenstandsänderung durch. In meiner Geburtsurkunde, im Taufregister der katholischen Kirche und in allen offiziellen Dokumenten steht nun mein weiblicher, also mein *richtiger* Name. Endlich wissen alle, dass ich eine Frau bin und das Lügen hat ein Ende. Mein „alter" Name muss nun aus allen Dokumenten gestrichen werden, niemandem ist es gestattet herauszufinden, wie ich vorher geheißen habe, der Versuch das herauszufinden verstößt gegen das Offenbarungsverbot im Transsexuellengesetz (§5 TSG).

Eine Freundin von mir, die durch ihren Freund geprägt sehr viel mehr an Gott glaubt als ich selbst, aber noch nicht getauft ist, möchte getauft werden und der katholischen Kirche angehören, obwohl sie auch viel besser als ich die evangelische Kirche kennt. Ich habe ihr Anliegen meinem Pfarrer vorgetragen. Wir drei haben uns getroffen und der Pfarrer hat ihr erklärt, welche Bedingungen erfüllt sein müssen, um getauft werden zu können. Seit Monaten zieht es sich hin. Ich habe das Gefühl, er will sie überhaupt nicht taufen.

In meiner Anwesenheit hat er übrigens mit ihr über mich gesprochen und es hat mich sehr gekränkt, dass er dabei immer das männliche Pronomen benutzt hat. Er sagte immer *„er"*, wenn er mich meinte. Es ist eine bodenlose Frechheit, mich so zu bezeichnen. Es ist Mobbing und eine sehr schlimme Beleidigung, so wie oben erwähnt: Das kann bei mir zum Tod führen, so sehr leide ich unter meiner Vergangenheit in der Männerrolle.

Aber ich habe ihm verziehen. Wenn *er* damit ein Problem hat, dass ich eine Frau bin, ist das *sein* Problem und *er* sollte einen Psychologen konsultieren, um dieses psychische Problem loszuwerden.

23. „Ich gewöhnte mich an Scham und Selbstabwertung“

Markus, geb. 1980

Anders als heute ‚funktionierte‘ im traditionell katholischen Milieu meiner Kindheit und Jugend die kirchliche Prägung der Öffentlichkeit noch. Homosexuelle traten nicht in Erscheinung, ‚es gab sie nicht‘. Es outete sich niemand. ‚Schwul‘ war ein nicht hinterfragtes Schimpfwort. Es kam auch noch nicht vor, dass liberale Kirchenvertreter sich offen gegen die Diskriminierung von Homosexuellen ausgesprochen hätten. Bei mir kam somit an, dass ich meine sexuellen Bedürfnisse, die ich ab ihrem ersten Auftauchen nur dem gleichen Geschlecht gegenüber empfand, nicht ausleben darf.

Ich outete mich bis zum Anfang der Studienzeit vor etwa 20 Jahren nicht. Ich fürchtete mich nicht nur vor Hänseleien und Ablehnung, sondern davor, irgendwie herauszufallen. Das verhinderte lange, dass ich mich in meiner Sexualität und meinen partnerschaftlichen Bedürfnissen ausprobieren und entwickeln konnte.

Das Verstecken, die mangelnde Offenheit und das darin liegende Misstrauen belasteten meine Beziehungen zu Freunden und Familie. Ich schämte mich nicht nur für mein Schwulsein, sondern auch für das Verstecken.

Später schämte ich mich für das späte Outing und für das Blockiert-Sein in meiner Jugend. Man gewöhnt sich an das Gefühl der Scham und an Selbstabwertung. Irgendwann fühlt man sich zwar nicht mehr sündig oder krank, aber zumindest auf eine Art beschränkt und nicht in aller Selbstverständlichkeit gleichwertig. Man fühlt sich als Sonderling und legt das nicht so schnell wieder ab.

Ich kann leider nicht behaupten, von diesen Päckchen aus meiner Jugendzeit heute ganz frei zu sein. Viele machen sich nicht klar, wie tief die Infragestellung der Sexualität – obwohl sie nur ein Teil der Person ist – diese als ganze berührt. Verstehen kann das wohl nur, wer es selbst erlebt hat.

Gleichzeitig erinnere ich mich, wie ich meine sexuellen Empfindungen schon als Kind für mich als gut und unproblematisch erlebt habe. Auch im Kontakt zu Gott habe ich damals und später immer wieder eine solche innere Bejahung erfahren. Es gab in mir diesen Teil eines – wie ich heute sagen würde – ganz ursprünglichen, echten und vernünftigen Empfindens. Für mich ist es Gottes Geist, der da in mir als Kind wirkte und mich vor Schlimmerem geschützt hat. Einen Anteil, der von der internalisierten Selbstabwertung geprägt war, gab es gleichwohl auch – und mit ihm Momente des Gebets, in denen ich mich vor Gott schämte und abgelehnt fühlte.

Wie tief sich das ins Unterbewusste eingeprägt hat, wurde mir deutlich, als ich mich ab Mitte des Studiums länger der Frage nach einer zölibatären Berufung widmete. Ich hatte davor mehrere Jahre in einer Beziehung zu einem Mann gelebt, war geoutet und ging davon aus, jede Abwertung meines Schwulseins überwunden zu haben. Nicht um meine Homosexualität zu umgehen, wollte ich zölibatär leben, sondern aus einer großen Sehnsucht, in beständigem Kontakt zu Gott zu sein und mich für sein Reich einzusetzen – eine Sehnsucht, die einer Partnerschaft keinen Raum zu lassen schien. Intensive spirituelle Erfahrungen bestätigten mir diese Berufung.

Es brauchte eine längere Schärfung der Wahrnehmung durch geistliche Begleitung und Therapie sowie eine besondere Stille und Tiefe in Exerzitien, um mich – zum Glück noch vor einer Weihe – merken zu lassen, wie sich in diese Erfahrungen ein enger und dunkler Geist gemischt hat. Er war vom Vorurteil beseelt, dass eine wirklich intensive Gottesbeziehung nur möglich ist, wenn man sexuell enthaltsam und ohne Partnerschaft lebt – und zwar, wie mir klar wurde, zu einem guten Teil aus einer versteckten Abwertung meiner eigenen, gleichgeschlechtlichen Sexualität heraus. Diese Abwertung verhinderte bei mir, sexuelle und partnerschaftliche Erfüllung von Herzen gut zu finden und mir zu gönnen. Dies prägte sich zudem in einem Lebensgefühl aus, welches das Dasein eher als Leiden und Aufgabenerfüllung versteht denn als Lebendigkeit und Geliebtsein von Gott. Und darin lag eine der Ursachen für die Depression, wegen der ich in therapeutische Behandlung gegangen war. Und ich erkannte, wie dieser Geist es war, der mir die Priesterexistenz als irgendwie freudlose, aber große Aufgabe nahelegte.

In hehre Motive und Erfahrungen kann sich etwas einschleichen, das nicht von Gott kommt. Eine Unterscheidung der Geister brachte diese inneren Schlagseiten zum Vorschein. Noch immer bemerke ich Fortschritte im Annehmen meiner Sexualität. Wie tief im Unbewussten eingewurzelt solche Selbstabwertungen sein können, sehe ich auch bei anderen. Ich vermute, dass viele Homosexuelle auf ähnlichem Weg Priester oder Ordensleute wurden.

Trotz des Klimas der Abwertung bleibe ich in der Kirche. Mein Glaube und meine Arbeit als Seelsorger sind mir wichtig. Ich verdanke der Kirche viel und möchte mich für ihre Veränderung einsetzen. Manchmal frage ich Gott, warum er mich in ihr hält. Warum diese Zumutung?

Wahrscheinlich braucht es die Erfahrung von uns Homosexuellen in der Kirche. Ich wäre nur gerne versöhnter mit ihr, mit weniger Verletztheit und Groll.

Sich mit einem System zu versöhnen, ist nicht leicht. Es fehlt das direkte Gegenüber. Und während sich viele Einzelne schon geändert haben, macht das System als Ganzes wenig Anstalten dazu. Auf der einen Seite erlebe ich im direkten Kontakt selbst mit traditionellen Katholiken fast nicht mehr, dass es jemand problematisch findet, wenn ich meine Homosexualität lebe. Auf der anderen Seite muss ich mir immer noch gelegentlich abwertende Witze anhören. Und es ist noch nicht lange her, dass mich ein Ordensmann ganz offen aufgrund meines Schwulseins pathologisiert hat: Es müsse da in meiner geschlechtlichen Entwicklung etwas schiefgelaufen sein; mit meiner Neigung sei ich nur eingeschränkt für seelsorgliche Arbeit geeignet. Ein psychologisch gebildeter, intelligenter und nicht unempathischer Seelsorger! Er war gelenkt von seiner Treue zur kirchlichen Lehre.

Ist den Bischöfen klar, wie stark diese Lehre noch wirkt und wie viel Leid Menschen durch sie angetan wurde und wird? Wären die Bischöfe sich ihrer Verantwortung bewusst, würden sie viel sorgfältiger die traditionellen Auffassungen überprüfen und die wissenschaftlichen Argumente ernst nehmen. Warum können sie nicht zumindest sagen, dass sie sich auf einen Weg der Überprüfung begeben, für diese Zeit nichts affirmativ über Homosexualität lehren und auch keine praktischen Konsequenzen, wie etwa im Arbeitsrecht, ziehen?

Weil ich als Seelsorger für die Kirche arbeite, schreibe ich anonym. Erst empfand ich Scham deshalb. Könnte ich nicht mutiger sein? Was befürchte ich? Eine Entlassung wegen Verletzung meiner Loyalitätsobliegenheiten? Rein arbeitsrechtlich hätten meine Vorgesetzten die Möglichkeit dazu. Aktuell brauche ich das nicht zu fürchten. De facto mache ich an meinem Arbeitsplatz keine schlechten Erfahrungen damit, meine Partnerschaft nicht zu verstecken. Aber es bleibt eine diffuse Angst. Es bleibt das unangenehme Gefühl, ohne Rechtssicherheit vom Zufall und der Willkür meiner Vorgesetzten abhängig zu sein. Und es bleibt die Furcht vor unscheinbareren Formen des Zurückgesetzt- und Übergangenwerdens.

Die allgemeine Empfehlung lautet: „Setze keine rechtlichen Fakten mit einer Ehe. Und vor allem: Trete nicht in eine größere Öffentlichkeit, um dich zu outen, etwas Kritisches zu sagen oder politisch aktiv zu werden! Dann hast du als homosexueller Kirchenangestellter nicht viel zu befürchten."

Das Perfide ist, wie man auf diese Weise das System mit stabilisiert. Nicht seine Meinung zu sagen und die Wahrheit zu verschweigen, wird vom System unterstützt.

Das Schreiben dieses Erfahrungszeugnisses gibt mir die Möglichkeit, aus dieser unheiligen Kollaboration ein Stück herauszutreten. Es ist klug, dies anonym zu tun. Und das Erfordernis dieses Versteckens ist selbst ein deutliches Zeichen für die Ungerechtigkeit des Systems. Nicht ich sollte mich für die Anonymität schämen, sondern diejenigen, die dieses System unterstützen oder zu wenig dazu beitragen, dass es sich ändert. Dazu gehören auch liberal Eingestellte. Viele tun nichts, weil sie es aus der Zeit gefallen und irgendwie peinlich finden, sich mit diesem Thema in der Kirche überhaupt beschäftigen zu müssen. Nachempfinden kann ich das.

24. „Ich betete, dass Gott mich heterosexuell macht“

Ruth, geb. 1990

Ende der Neunziger: Ich bin zehn Jahre alt und schaue den anderen Kindern auf dem Pausenhof beim Spielen zu. ‚Schade‘, denke ich, ‚schade, dass ich kein Junge bin. In ein Mädchen könnte ich mich viel leichter verlieben.‘

Ich bin zehn Jahre alt: Ich weiß, dass ich mir wünsche, einmal mit einer Partnerin durchs Leben zu gehen. Ich weiß noch nicht, dass es noch andere Menschen gibt, die nicht heterosexuell sind. Ich kenne die Begriffe lesbisch, schwul und queer noch nicht. Ich weiß nur: Meine Art zu lieben kommt nicht vor, nicht in meiner Schule, nicht in meinem Elternhaus, nicht in meinem Turnverein, nicht in meiner Erstkommunionsvorbereitungsgruppe.

Ich bin 14: Inzwischen kenne ich die Worte schwul und lesbisch und die Haltung meiner Kirche zu meiner Orientierung. In meinen Tagträumen heirate ich meine Ehefrau in der Kirche meiner Heimatstadt. Wir brauchen keinen Priester, und dass die irdische Kirche noch ein paar Jahre brauchen wird, um unsere Ehe anzuerkennen, ist uns egal. Treue versprechen wir uns vor Gott, das reicht. Warum sollte unsere Liebe im Haus unseres Vaters keinen Platz haben?

Ich habe meine Oma sehr lieb, aber meine Oma ist sehr katholisch. Ich frage mich, ob sie mich noch liebhaben wird, wenn sie wüsste, dass ich nicht heterosexuell bin. (Meine Oma ist vor ein paar Jahren verstorben, ich habe mich nie getraut, mich ihr gegenüber zu outen.)

Um 2010: Ich bin in der Oberstufe, Religion ist eines meiner Lieblingsfächer. Wir dürfen zu Beginn des Schuljahres auf Zettel schreiben, was uns an der Kirche stört. Mich stört die Haltung meiner Kirche zu Homosexualität. Meine Reli-Lehrerin speist mich damit ab, dass die Kirche natürlich keine Menschen ausschließe, nur das Ausleben dieser Neigung. Ich werde diesen Satz noch oft hören, begleitet von dem Gefühl, in meiner Kirche eigentlich keinen Platz zu haben.

Mein Abi-Jahr: Meine beste Freundin ist bisexuell, ein Jahr älter als ich und begeistert davon, Reli-Lehrerin zu werden. Sie beginnt ihr Theologiestudium, nimmt mich mit zu Gruppen junger Katholik*innen. Ich bin begeistert. Nach ein paar Monaten wechselt sie zu Ethik. Der Grund: Der Theologie-Professor hatte in einer Vorlesung Homosexualität als böse bezeichnet. Das Kindern beizubringen, könne sie nicht mit ihrem Gewissen vereinbaren. Die Begeisterung, die mich angesteckt hat, ist zerbrochen. Gott bleibt, mit der Kirche mache ich für ein paar Jahre Pause.

Während meines Studiums: Ich erlebe eine Studierendengemeinde und junge begeisterte Katholik*innen, die den Katechismus nicht ganz so ernst nehmen, ihren Glauben dafür umso ernster. Aber ich bin nicht geoutet. Gerüchte machen die Runde, dass ein Freund von uns in der Gemeinde nicht die Kommunion austeilen dürfe, weil er schwul sei. Ich bin nicht geoutet, jedes Mal, wenn ich in den nächsten Jahren die Kommunion austeile, denke ich an ihn und etwas fühlt sich falsch an.

Ich besuche Theologievorlesungen, entdecke queere Exegese, bete mehrmals täglich, mache einmal im Jahr Exerzitien. In mir ist ein Hochgefühl: Egal, was in dieser Kirche passiert, die Beziehung zwischen Jesus und mir ist so eng, da kommt nichts dazwischen.

Während meines Noviziats in einer katholischen Ordensgemeinschaft in einem europäischen Land: Von meinen Mit-Noviz*innen fallen Bemerkungen, dass Homosexualität therapiebar sei oder Homosexuelle unter ihrer Homosexualität leiden würden. Ein Priester erklärt uns, dass seiner Erfahrung nach Jugendliche eher homosexuell werden, wenn sie homosexuelle Freunde haben. Ich möchte meine Mit-Noviz*innen anschreien, dass ich nicht unter meiner Homosexualität leide, sondern unter Aussagen wie den ihren. Aber ich schweige und oute mich nicht. Heimlich lese ich US-Studien zu den negativen Auswirkungen einer religiösen Sozialisation auf LGBT*-Personen. Ich stelle mir vor, wie ich gemeinsam mit meinen Mit-Noviz*innen in ein paar Jahren Jugendarbeit machen werde und frage mich, ob ich nicht dabei bin, zur Komplizin des Bösen zu werden. Mir fällt es zunehmend schwerer, mich im Spiegel anzuschauen. Ich verlasse die Gemeinschaft während des Noviziats.

Ich bin Ende 20: In mir ist es dunkel, immer wieder holen mich Fetzen und Gespräche ein: Da ist zum Beispiel der Kommilitone, der mir sagte, dass er nicht wüsste, ob ich mit meiner Ansicht, Homosexualität sei keine Sünde, noch vor der Hölle zu retten sei. Und die geistliche Begleiterin, die mir suggerierte, ich würde nur auf Frauen stehen, weil ich in meiner Kindheit von einem Mann missbraucht worden sei. Ich, die ich als Kind noch wusste, dass Gott sich mit mir über meine Orientierung freut. Ich, die ich noch des Nachts um drei erläutern kann, warum Paulus in den gerne in Bezug auf Homosexualität zitierten Bibelstellen vermutlich nicht über gleichgeschlechtliche Beziehungen auf Augenhöhe, wie wir sie heute kennen, spricht, oder was an Bernhard von Clairvauxs Hohelied-Predigten alles queer ist – ich bete, dass Gott mich heterosexuell macht. Ich bete, dass Gott mich heterosexuell macht, nicht weil ich unter meiner Orientierung leide, sondern weil ich mich verlieben können möchte ohne an einen Katechismus, kirchliches Arbeitsrecht oder die Reaktion mancher meiner katholischen Freund*innen denken zu müssen.

Gott erhört mein Gebet nicht.

Gott sieht alles, was Gott gemacht hat, es war sehr gut.

Ich kann das nicht sehen und versuche mein Leben mit Tabletten und Alkohol zu beenden. Ein paar Monate später sitze ich einer Psychologin gegenüber und erläutere ihr, dass der Katechismus sagt, dass homosexuelle Handlungen in sich nicht in Ordnung sind. Sie erklärt mir die Problematik von Minderheitenstress und fragt mich, ob ich mir nicht eine andere Kirche als die katholische suchen könne, weil dies vermutlich besser für meine Gesundheit sei.

Ich bin Ende 20: Ich lerne andere queere Christ*innen kennen, höre Leidensgeschichten und frohe Botschaften und darf bei der kirchlichen Hochzeit eines schwulen Paares dabei sein. Ein Satz, der mich in meinem Noviziat bei der Lektüre der Biografie von Franz von Assisi beschäftigt hat: „Francesco, geh und baue meine Kirche wieder auf, weil sie zerfällt." – Im Rückblick auf meine eigene Geschichte, beim Hören der Geschichten anderer queerer Christ*innen, wenn ich mit katholischer LGBT*-Feindlichkeit konfrontiert bin, kommt mir dieser Satz immer wieder in den Sinn.

Ich bin Ende 20: Ich entscheide mich dafür, mir keine andere Kirche zu suchen. Noch nicht.

Es ist 2030: Meine Partnerin und ich heiraten kirchlich. Corona ist vorbei, viele unserer Freund*innen sind gekommen. Unsere nicht christlichen Freund*innen sind begeistert von der Predigt der Priesterin, einer spätberufenen trans Frau, und ich weiß, es hat sich gelohnt: Engagement, Aktivismus, persönliche Gespräche, der Synodale Weg – wir haben sie wiederaufgebaut: Eine Kirche, in der Menschen egal welchen Geschlechts und welcher sexuellen Orientierung Leben haben und es in Fülle haben.

„Und Gott sah alles, was Gott gemacht hatte:
Sieh hin, es ist sehr gut."
(nach Genesis 1,31)

Teil 2

PERSPEKTIVEN

aus dem Nahbereich

Eltern homosexueller Kinder Eltern intergeschlechtlicher Kinder Geschwister Seelsorgende Aus dem Umfeld

Eltern homosexueller Kinder

25. „Sonntagsmesse – Wie schaffst du das?"

Eine Mutter, geb. 1956

Vor einer Weile war mein Sohn zu Besuch und wir saßen am Tisch und erzählten. Als er mit großer Selbstverständlichkeit berichtete, dass er am Morgen in der Sonntagsmesse war, brach aus mir etwas hervor, was ich schon lange in mir getragen habe. Ich habe ihn gefragt – und war anscheinend relativ aufgewühlt dabei –, wie er das überhaupt noch tun könne und sogar recht regelmäßig. Ich frage mich schlicht, wie er den Messbesuch erträgt, wo doch aus der Kirche ständig Einlassungen kommen, die Homosexualität nicht nur zur Sünde erklären, sondern auch homosexuelle Menschen angreifen und diffamieren. Mir sticht es jedes Mal ins Herz, wenn ich das irgendwo wieder höre oder lese, und ich kann es nicht richtig begreifen, wie er das einfach hinnehmen und sich sogar so sehr auf diese Kirche einlassen kann, die ihn ablehnt.

Wenn ich das schon so persönlich nehme, wie kann das für ihn anders sein, frage ich mich. Er hat es mir dann zu erklären versucht und meinte, dass der Glaube und die Fragen, um die es dabei ginge, größer seien als solche Diskussionen und dass es ja auch nicht alle kirchlichen Kreise gleichermaßen betreffe. Aber ich kann es weiterhin nicht richtig nachvollziehen, dafür sind die Ablehnung und Degradierung von Menschen, die wie mein Sohn leben, zu umfassend und zu häufig. Das betrifft für mich schlussendlich die gesamte Kirche und lässt sie in einem Licht erscheinen, bei dem ich mich immer mehr abwende. Es mag solche und solche Personen geben, aber am Schluss stehen alle für das Gesamtbild mit ein. Und dieses hat für mich nur noch wenig mit positivem Glauben und Hilfe im Alltag zu tun, es zeugt eher von menschlichen Abgründen.

Ich komme aus einem katholischen Landstrich und bin selbstverständlich mit der Kirche aufgewachsen. Dass wir mit unseren Kindern in die Kirche gingen, war für mich daher ganz normal, die Erstkommunion für beide auch, sogar die Firmung, was ja nicht mehr die Regel ist heutzutage. Ich war auch selbst einmal Firmhelferin und habe mich darüber gefreut, ein paar junge Menschen bei der Vorbereitung zu begleiten.

Zwar würde ich mich jetzt nicht als fromm bezeichnen, aber durchaus als gläubig. Es gibt mehr, als man im Alltag einfach sieht. Aber die Kirche hat mich mit ihren ganzen Skandalen ziemlich entfremdet die letzten Jahre. Homosexualität ist da längst nicht alles und die Lebensrealität wird einfach so oft nicht mehr getroffen. Für mich sehe ich da keine Anlaufstelle im Alltag. Das Leid in der Welt und persönliche Schicksalsschläge machen es einem ohnehin schwer genug, immer an Gott zu glauben, aber das Auftreten der kirchlichen Offiziellen und die Einlassungen vieler vermeintlich Rechtschaffener machen alles nur noch schlimmer. Ich kann das nicht wirklich ausgefeilt einordnen, groß reflektieren oder sonst wie kommentieren. Dazu fehlen mir Zeit, Fachkenntnis und Kraft. Ich beschränke mich deshalb darauf, festzustellen, dass die Situation mich aufregt und tief verletzt.

Am ehesten kann ich etwas wie einen Wunsch formulieren: Es wäre schön, wenn sich die Lage änderte, mehr Mitgefühl an den Tag gelegt würde und sich umfassend ein anderer Stil durchsetzte. Bislang gibt es ab und an ein Wort zum Sonntag, das am nächsten Tag schon wieder vergessen ist. Ja, nicht alle sind daran schuld, aber die Guten sind halt nicht ausschlaggebend genug. Ich weiß nicht, ob mein Wunsch also realistisch ist. Stand jetzt scheint es mir eher so, dass ich mich innerlich nicht mehr ganz mit der Kirche versöhnen kann. Umso mehr staune ich über meinen Sohn und hoffe inständig, dass er nicht unglücklich wird durch seine kirchenfreundliche Haltung und seinen Glauben.

26. Brief an meine Tochter in unendlicher Liebe

Mutter von Katharina (Nr. 21), geb. 1968

Geliebte Tochter,
es ist der erste Weihnachtsfeiertag; wir sitzen beim Brunch. Du erzählst mir, dass du dich verliebt hast. Verliebt in eine Frau. Ich bin überrascht und erfreut zugleich. Einen Part-

ner hattest du dir – und auch ich mir für dich – schon lange gewünscht. Jemanden, der dich so annimmt und liebt, wie du bist und der mit dir deine Hobbys und deine Leidenschaften teilt. Dass das eine Partnerin sein könnte, war nicht in meinen Gedanken und es gab dafür auch keine Anzeichen bzw. ich habe nichts bemerkt. Meine erste Irritation, dass du eine Frau liebst, und der Gedanke, ob ich in der Erziehung etwas „falsch" gemacht hatte, waren schnell verflogen. Ich musste mich einfach generell daran gewöhnen, dass du verliebt bist und es eine feste Partner*in in deinem Leben gibt, jemanden, der wichtiger ist als ich – das war neu.

Deine Freundin war keine Unbekannte für mich, das machte das Akzeptieren und Kennenlernen leichter. Und euch zusammen zu erleben, war eine Freude. Man sah eure große Liebe und Wertschätzung, Respekt und Vertrauen, gemeinsame Interessen, Wertvorstellungen und Haltungen. Das passte einfach von Anfang an. Du warst entspannter, zufriedener und glücklicher als jemals zuvor. Eine bessere Partner*in hätte ich mir für dich nicht wünschen können. Was wollte ich mehr?!

In den ersten Wochen und Monaten war eure Beziehung „geheim" bzw. nur wenige enge Vertraute wussten davon. Das hieß auch für mich, nicht darüber zu reden. Einerseits konnte ich mich so gut an die Situation gewöhnen und es entwickelten sich bei mir eine Selbstverständlichkeit wie auch Normalität, andererseits konnte ich meine Gedanken, Gefühle und Emotionen nicht teilen bzw. die Umwelt nicht am Wandel meiner Gedanken, an meiner neuen Situation teilhaben lassen und mitnehmen. Als es dann publik wurde, erreichten mich aus dem Familien-, Freundes- und Bekanntenkreis, sowie von Kolleg*innen nur wohlwollende Rückmeldungen. Sie freuten sich alle mit mir, mit uns. So merkte ich, wie normal und selbstverständlich ein gleichgeschlechtliches Paar für mein Umfeld mittlerweile war. Das tat gut. Zwar gab es auch den ein oder anderen prüfenden, fragenden Blick. Angesprochen hat mich jedoch niemand oder sein Unverständnis in irgendeiner Weise geäußert. Und ich bin auch nicht offensiv auf diejenigen zugegangen.

Meine Verwurzelung in der katholischen Kirche wird seitdem allerdings auf eine harte Probe gestellt. Durch das Engagement meiner Eltern fand ich in der hiesigen Pfarrei von klein auf Heimat und engagierte mich in unterschiedlichen Lebensphasen und bei verschiedenen Projekten immer wieder in der Gemeinde. So wurdest auch du in dieser Gemeinde groß.

Auf die Strukturen und Gesetze der Kirche gab es schon immer einen kritischen Blick. Doch die Kraft und das Sinnstiftende des Glaubens und die positiven Erfahrungen in der Gemeinschaft Gleichgesinnter schenkten Hilfe und Unterstützung für das eigene Leben. Ermuntert durch einen Theologen meiner Jugend, nahm ich mir aus der Institution immer wieder das „Gute", was ich für mich und mein Leben gerade brauchte. Und setzte mich so über Dinge hinweg, wie zum Beispiel die Sexualmoral, weil ich sie realitätsfern und nicht mehr zeitgemäß fand. Diese Einstellung „bröckelte" jetzt aber immer mehr. Ich fragte mich, ob ich mit dieser Haltung und diesem Handeln nicht auch ein Stück weit Teil dieser verlogenen Kirche bin?

Inspirierend und bestärkend waren für mich schon immer Besuche auf Katholikentagen. Da fand ich einen anderen

Geist, eine andere Normalität und eine andere Sprache in der Kirche. Im Programmheft finden sich immer tolle, vielfältige Angebote und Themen, auch beispielsweise zum Thema Homosexualität. Gemeinsam mit dir und zwei deiner Freundinnen nahmen wir dann an einem Katholikentag teil. Die Erlebnisse, Eindrücke, Vorträge und Diskussionen waren begeisternd, interessant, aufklärend, aber auch sehr ernüchternd und schockierend. Was für eine diskriminierende und menschenunfreundliche Kirche ist die katholische! Wie kann sie die Botschaft Jesu von der Liebe verkünden, aber genau das Gegenteil leben?

Dann lernte ich die Initiative *Maria 2.0* kennen. Dort wurde auf den Punkt gebracht, was auch ich an der Institution Kirche kritisierte, mir fehlte und ich in meiner Gemeinde vermisste. Auf der Homepage der Initiative *Maria 2.0* steht:

Unsere Vision von einer geschwisterlichen Kirche

In unserer Kirche, im Morgen,
wird das Wort Jesu nicht nur verkündet, sondern auch gelebt.

Wird der Mensch,
jeder so, wie er ist,
geliebt.

Wird getanzt und gelacht und gefeiert.
Wird das Brot geteilt und das Leid.
Wird der Wein geteilt und die Freude.

In dieser Kirche, im Morgen,
siegen Mut und Liebe, Barmherzigkeit und Mitgefühl
über Angst und Machtgier, Ausgrenzung und Selbstmitleid.

In dieser Kirche, im Morgen,
sind
Frau und Mann
Kind und Greis
Homo und Hetero
arm und reich
gebunden und ungebunden
zusammen und allein.

Willkommen an jedem Ort und willkommen in jeder Berufung. Willkommen als lebendiger Widerschein von Gottes liebendem Blick.

Andrea Voß-Frick[3]

Im Mai 2019 fand die erste Aktion der Initiative *Maria 2.0* für eine erneuerte und geschwisterliche Kirche statt. Wir diskutierten in unserem Chor über die Anliegen und überlegten, ob wir uns am Kirchenstreik beteiligten wollten. Eigentlich sollten wir an diesem Tag bei der Erstkommunion in der Pfarrei singen. In der Diskussion zeigten sich unterschiedliche Positionen. Wir entschieden dann, wie geplant zu singen, für die Kinder, solidarisierten uns aber mit entsprechender Kleidung mit der Aktion und brachten eine Fürbitte in den Gottesdienst ein, was große Angst bei der Pfarreileitung auslöste. Anschließend wurden wir in die Ecke der „Revoluzzer" gestellt. Und mir wurde klar, dass nur unter einem Teil der Mitglieder des Chores sowie in unserer Gemeinde ein wirklicher Reformwille besteht.

Um Veränderungen in unserer Kirche zu erreichen, unterstützte ich dann immer wieder Aktionen von

---

3 © Andrea Voß-Frick, *www.mariazweipunktnull.de*

Maria 2.0 in unserer Region. Es war sehr wohltuend, auf Frauen und Männer zu treffen, die ihre jeweils eigenen Erfahrungen – positive wie negative – mit der Kirche gemacht haben, denen aber die Kirche weiterhin am Herzen lag und die bereit waren, für eine zeitgemäße, weltoffene, menschenfreundliche und jesuanische Kirche im Dialog zu kämpfen. Diese Aufbruchsstimmung gab mir neue Kraft und Hoffnung. Leider waren die Erfahrungen bei den Aktionen mit den Würdenträgern und Verantwortlichen der Diözese sehr ernüchternd. Dazu kamen der leidliche Umgang der Amtskirche mit der Aufklärung der Missbrauchsvorwürfe und immer wieder die Hiobsbotschaften aus Rom.

Die Heimat, die die Kirche mir jahrzehntelang gegeben hatte, gab sie mir immer weniger.

Im Gegenteil dazu durfte ich das Wachsen der tiefen Liebe zwischen dir und deiner Partnerin erleben und begleiten. Ihr wolltet heiraten. Und dies sollte nicht nur standesamtlich sein. Euer großer Wunsch war eine religiöse (katholische) Zeremonie, wie sie jedes gleichgeschlechtliche Paar erleben darf. Ein „Hürdenlauf" begann. Aber trotz aller Widrigkeiten feierten wir ein grandioses Hochzeitfest mit einem wunderbaren Gottesdienst! Da stimmte und passte einfach alles! Die Treueversprechen von euch beiden rührten mich zu Tränen und riefen Gänsehaut hervor. Das war bzw. das ist wahre Liebe! Dies erkannte auch der Pfarrer, der euch segnete. Er sah die Liebe und Treue von euch beiden. Und für ihn und mich war offensichtlich, dass das ein Geschenk ist, dem auch Gott zustimmt. Ihr könnt keine Kinder miteinander zeugen, aber das können Paare älteren Semesters auch nicht, und diesen darf ein Priester das Ehesakrament spenden. Das ist unverständlich und nicht nachvollziehbar.

Er hatte keine Angst vor Repressionen oder seiner Reputation, stand voll hinter dieser Feier und bietet deshalb seine Dienste für alle Menschen weiter an. Der Kirche ist zu wünschen, dass sie mehr solche, den Menschen zugewandte, mutige Pfarrer in ihren Reihen hat! Und sie die Botschaft Jesu nicht nur verkündet, sondern auch ehrlich lebt; damit sie eine Zukunft hat.

Ich bin gespannt, wie meine Zukunft in der Kirche aussehen wird. Meinen Glauben wird die Institution nicht erschüttern können, allerdings die Gemeinschaft, in der ich den Glauben leben kann, wird sich sicherlich weiter verändern. Momentan suche ich mir schon sehr gezielt aus, wo und mit wem ich Kirche (Gemeinschaft) erleben kann. Der Gedanke an den Kirchenaustritt und auch die Rückgabe meiner kirchlichen Lehrbefähigung treiben mich um. Man wird sehen …

Es erfüllt mich mit Stolz, wie geradlinig und kraftvoll ihr euren gemeinsamen Weg geht und es schmerzt mich, dass ihr durch die Kirche so diskriminiert werdet. Ihr könnt immer auf mich zählen! Ich werde immer hinter euch stehen und euch unterstützen! Egal, was kommt!

„Wenn eine(r) alleine träumt, […] so ist das der Beginn einer neuen Wirklichkeit …“, heißt es in einem Lied, das zurückgeht auf Dom Hélder Câmara. Vielleicht erlebe ich noch, dass ein eventuelles Enkelkind in einer zeitgemäßen, weltoffenen, jesuanischen Kirche seine Wurzeln findet?

In unendlicher Liebe,
Deine Mama

27. „Ich war erstaunt und ein wenig erschrocken“

Thomas Schmitz, geb. 1945

Ein Satz meines Vaters hat mich wahrscheinlich in meinem Leben mehr geprägt als die Aussagen großer Lehrmeister der Menschheit oder Worte der Bibel, die für mich bedeutsam sind: „Wenn andere in den Rhein springen, ist das kein Grund, hinterher zu springen.“ Ich habe die Aussage meines Vaters stets als Aufforderung verstanden, mir mein eigenes Urteil zu bilden, ich selbst zu sein und meiner Umwelt, der Tradition und den diversen Autoritäten nicht allzu viel Beachtung zu schenken. Diese Einstellung wollte ich an meine beiden Töchter weitergeben, die Ende der achtziger bzw. zu Beginn der neunziger Jahre geboren wurden. Das scheint mir auch gelungen zu sein. Ich schließe das daraus, dass meine älteste Tochter in einem Brief aus dem Jahr 2017 an meine Frau und mich schreibt, dass ihre Schwester und sie glauben, „dass ihr immer hinter uns steht, egal was wir machen. Bitte versaut das jetzt nicht“. In diesem Brief teilte uns unsere Älteste mit, dass sie lesbisch sei.

Meine eigenen Eltern haben vermutlich den alten § 175, der Homosexualität als Strafbestand wertete, gutgeheißen. Bevor ich als Fünfzehnjähriger im Jahr 1960 auf eine Jugendfreizeit fuhr, nahm mich mein Vater beiseite, um mich vor der Verführung zu „Schweinereien“, gemeint waren homosexuelle Handlungen, durch Gruppenleiter zu warnen. Als ich selbst Gruppenleiter wurde, sagte mir mal der Vater eines Jungen, mit dem ich auf Fahrt ging, er sei froh, dass ich mitfahren würde und nicht der erkrankte Gruppenleiter seines Sohnes. Er fürchte nämlich, dass dieser junge Mann schwul sei und sein zwölfjähriges Kind verführen könnte. Zur Ironie des Lebens gehört, dass dieser Sohn sich einige Jahre später zu seiner Homosexualität bekannte, sehr zum Kummer seines Vaters.

Mitte der sechziger Jahre habe ich mit einem Freund eine mehrtägige Radtour zu einem Benediktinerkloster gemacht. Unterwegs bei der Besichtigung einer Kirche wurden wir von einem Mann angesprochen, der sich sehr für unsere Fahrt interessierte und uns schließlich seinen Namen und seine Adresse aufschrieb mit der Einladung, auf der Rückfahrt bei ihm zu übernachten. Im Kloster haben wir einen Mönch besucht, den wir sehr verehrten. Ich glaube, dass ich über viele Jahre einen überdurchschnittlich guten Religionsunterricht an der Schule hatte. Aber aus dem Mund dieses Benediktiners habe ich zum ersten Mal in meinem Leben gehört, dass das Zentrum der Botschaft Jesu die Einheit von Gottes- und Nächstenliebe sei. Dieser Mönch konnte aber auch sehr interessant aus seinem Leben erzählen: Er hatte seinen Einsatz als Soldat im Russlandfeldzug überlebt und war der Vollstreckung eines Todesurteiles entkommen, das kurz vor dem Ende des Zweiten Weltkriegs aus politischen Gründen über ihn verhängt worden war.

Im Gefängnis, so erzählte er, sei er eine Weile mit einem Homosexuellen in einer Zelle eingesperrt gewesen, der ihn immer wieder zu verführen suchte. Homosexualität, so der Mönch, sei ein tückischer, unberechenbarer Geisteszustand, der auch den Betroffenen selbst quäle. Man könne leicht in eine Homosexualität hineinrutschen und müsse deshalb auf der Hut sein.

Als wir dem Mönch von unserer Kirchenbesichtigung und der Übernachtungseinladung erzählten, wurde er sehr streng und forderte uns auf, den Zettel mit der Adresse sofort zu vernichten: Der Mann könne ein Homosexueller sein, der es auf ein sexuelles Abenteuer mit uns abgesehen habe. Die Ablehnung von und die Warnung vor Homosexualität habe ich in meinen Jugendtagen öfters mit auf den Weg bekommen.

Was wäre passiert, wenn ich mich vor meine Eltern gestellt hätte mit den Worten aus einem Cartoon: „Ihr wisst, dass ich Puppen sammle, in einer Parfümerieabteilung arbeite und eine Zusatzausbildung zum Masseur mache. Ich besitze übrigens vier Glitzerperücken und trage ein Tattoo mit der Aufschrift ‚Ronald für immer'; das ist der, mit dem ich seit fünf Jahren zusammenwohne. Unterbrecht mich bitte, wenn ihr wisst, worauf ich hinaus will …" Wenn ich das meinen Eltern gesagt hätte, sie wären entsetzt gewesen. Ich glaube nicht, dass mein Vater aus seinem eigenen Grundsatz – dem mit dem Rhein und dem Hineinspringen – in dieser Situation Nutzen hätte ziehen können, um hinter mir zu stehen.

Ich bin sicherlich in einer homophoben Umgebung aufgewachsen. Aber irgendwelche glücklichen Umstände haben mich davor bewahrt, mir diese Ängste zu eigen zu machen. Mir war und ist als pensioniertem Religionslehrer bekannt, dass die amtliche Katholische Kirche Homosexualität ablehnt und für eine schwere Sünde hält. Die biblischen, naturrechtlichen und sonstigen Begründungen dafür haben mir aber nie so recht eingeleuchtet.

Ende der sechziger und Anfang der siebziger Jahre erschien im Rowohlt Verlag eine Taschenbuchreihe zu unterschiedlichen Aspekten der menschlichen Sexualität. Insbesondere die kulturanthropologischen Studien dieser Reihe haben mir endgültig die Unhaltbarkeit katholischer Positionen zur Homosexualität verdeutlicht und die Legitimität nicht heterosexueller Lebensweisen wurde mir zur Gewissheit. Jeder Mensch, gleich welcher sexuellen Orientierung, hat die Möglichkeit, eine reife und glückliche Persönlichkeit zu entwickeln.

Als meine älteste Tochter mir und meiner Frau in dem schon erwähnten Brief schrieb, dass sie lesbisch sei, war ich erstaunt und ein wenig erschrocken, dass sie für diese Mitteilung die Briefform wählen musste. Ich hatte geglaubt, dass in unserer Familie eine Atmosphäre herrsche, die es gestatte, auch dieses Thema direkt persönlich anzusprechen. Da habe ich mich getäuscht. Die Ablehnung und Diskriminierung, die nicht heterosexuellen Lebensentwürfen in Kirchen und Gesellschaft entgegengebracht wird, ist mir natürlich bekannt, aber ich habe ihre Heftigkeit und die Wirkung, die sie auf Betroffene haben kann, offensichtlich unterschätzt.

Obgleich sie Ende zwanzig sei und unwiderruflich ins Erwachsenenalter eintrete, fühle sie sich wie in einer zweiten Pubertät, schrieb meine Tochter. Teenager und offensichtlich sie wären der Meinung, dass niemand sie verstehe. Sie hätte im letzten halben Jahr bewusst immer mal wieder Bemerkungen fallen gelassen und Hinweise gestreut, in der Hoffnung, darauf von meiner Frau und mir angesprochen zu werden. Das hätten wir nicht getan.

Jungen und Männer haben im Leben meiner Tochter nie eine Rolle gespielt. So haben meine Frau und ich schon mit der Möglichkeit gerechnet, dass sie lesbisch sein könnte. Eine gute Freundin hat neulich ihren Sohn, der in ähnlichem Alter ist wie unsere Tochter, direkt gefragt, ob er schwul sei. Eine solche Frage hätte ich nie gestellt, weil mir das als indiskret erschienen wäre. Schließlich ist meine Tochter erwachsen und führt ihr eigenes Leben.

Jetzt weiß ich, dass meine diesbezügliche Zurückhaltung es meiner Tochter schwer gemacht hat, dieses Thema anzusprechen. Das bedauere ich. Ich weiß zwar nicht, ob Gespräche mit mir und meiner Frau unserer Tochter geholfen hätten, den langen Prozess ihrer Selbstvergewisserung für sie angenehmer zu machen. Aber sicherlich wären manche Fantasien über das, was die andere Seite bewegt, und manches Missverständnis zwischen uns leichter aufklärbar gewesen. Ihre Sorge, ob die Toleranz der Eltern auch für sie gälte, wäre ihr erspart geblieben und manche Sorge – behandeln mich andere schlecht, bekomme ich Schwierigkeiten mit der Missio – wäre als geteilte Sorge leichter zu leben gewesen.

Eltern haben nur begrenzt einen direkten Einfluss auf die Lebensweise ihrer Kinder und auch nur für eine sehr kurze Zeitspanne in der Kindheit, davon bin ich überzeugt. Die Entwicklung menschlicher Reife kann erschwert, ja behindert werden, wenn Erziehung und soziale Milieus die Eigenständigkeit der Kinder zu unterminieren versuchen. Jeder Mensch muss seinen eigenen Lebensweg, seine Lebenseinstellungen und Überzeugungen erkennen, wählen und leben. Schön ist es, wenn über die unterschiedlichen Lebensentwürfe auf Augenhöhe und ohne Ressentiments in der Familie gesprochen werden kann. Das hat unsere Tochter mit ihrem Brief an uns neu belebt und dafür bin ich ihr dankbar.

Eltern intergeschlechtlicher Kinder

28. „Warten auf unseren Sohn – unsere Tochter wird geboren“

Heike Kaiser

Wir waren bereits Eltern eines Mädchens und entschieden uns für ein zweites Kind. Als ich dann schwanger war, waren wir sehr glücklich. Der große Ultraschall ergab, dass wir ein Mädchen erwarten. Wir suchten nach einem Namen und waren uns noch nicht ganz einig, als eine Woche später laut Chromosomenanalyse doch ein Junge heranwuchs. Wir waren etwas erstaunt, wie man sich als Spezialist so irren kann. Wir glaubten es auch ganz genau gesehen zu haben, dass das Baby weiblich ist. Hatten wir uns alle da wohl doch geirrt, denn schließlich sind Chromosomen die eindeutigen Fakten, oder nicht?

Wir freuten uns also auf einen Jungen und bereiteten uns vor. Wir wollten aber nicht alles in blau haben und entschieden uns für grün, lila und blau.

Das Kindchen wuchs und gedieh und wir freuten uns. Wir kauften ein Haus und so war alles perfekt. Zwei Kinder, eine süße kleine Familie, ausreichend Platz und ein kleiner Garten – alles war gut.

Die Geburt stand an. Das Kindchen ließ sich Zeit. Irgendwann konnte ich nicht mehr und die Geburt wurde ein paar Tage nach dem errechneten Geburtstermin eingeleitet. Es wurde eine lange und schwere Geburt. Mein Kind war recht groß und wollte nicht wirklich seine Höhle verlassen. Armbändchen, Beschriftungsschilder waren in blau bereitgelegt. Die letzten Minuten waren so sehr anstrengend, die Hebamme und die Ärztin halfen mit, und ich presste. Vor Anstrengung fiel ich fast in Ohnmacht.

„Es ist ein Mädchen!"

Auf einmal war ich hellwach. Ein Mädchen? Wir hatten doch einen Jungen erwartet. Sie wurde mir auf den Bauch gelegt. Wir waren überglücklich und erheitert zugleich über diese komische Situation.

Was für ein schönes Kind – ob Mädchen oder Junge –, unser schönes, geliebtes Kind, unser Glück. Alles war perfekt. Wir lieben es. Und wollten uns um nichts anderes Gedanken machen, als dass es endlich da ist und wie schön es ist und wie glücklich wir sind. Dieses kleine Bündel Glück.

Sie fühlte sich so schön an, so weich und sie roch gut. Sie trank gut, war schlank und groß. Später erfuhren wir, dass sie mit ihren 57 cm gerade das größte Kind auf der Station war.

Die Bändchen wurden getauscht. Statt blau jetzt rosa. „Wie soll es denn heißen?", fragte die Schwester. Ich wusste es sofort, mein Mann zögerte. So wurde erst mal der Familienname auf das Bändchen geschrieben.

Die Hebamme und die Ärztin fragten dann noch einmal nach: „Sind Sie sich sicher, dass es ein Junge werden sollte?"

Mein Mann und ich waren uns sehr sicher, erzählten aber auch, dass beim Ultraschall damals ein Mädchen attestiert wurde.

Wir wussten nichts über Intergeschlechtlichkeit und keiner sagte uns etwas. ‚Da ist ein Fehler im Labor passiert', sicher war das so – dachten wir. Das ist ein Mädchen ohne Zweifel. Wir waren so glücklich.

Wir bekamen ein Einzelzimmer – außerplanmäßig. Eigentlich wäre für ein Einzelzimmer kein Platz auf der Station gewesen. Wir freuten uns einfach darüber. Doch dann kam immer wieder die Frage auf: Wieso ein Mädchen? – Laborfehler, bestimmt. Edda ist so ein hübsches Kind. Alles dran. Die Werte optimal. Ein zufriedenes, schönes Eddalein.

Das Personal ließ sich nur selten sehen. Irgendwann am nächsten Vormittag kam die Ärztin vorbei, die mich entbunden hatte. Sie sagte etwas davon, dass ein männlicher Chromosomensatz und weibliche Organe ganz selten möglich sind. Sie wisse aber auch wenig darüber, deshalb käme ein Professor von der benachbarten Universitätsklinik am Nachmittag und würde unsere Edda untersuchen. Er untersuchte sie und bestätigte mir noch mal mit einer mitleidigen Stimme, dass es Intergeschlechtlichkeit gibt und die Ergebnisse in zwei Tagen da wären. Das Ergebnis bestätigte es: Unsere Edda war intergeschlechtlich.

Mein Mann und ich waren beide verwirrt. Einerseits superglücklich, andererseits besorgt. Sollten wir jetzt traurig sein, oder nicht? Von außen wurde uns suggeriert, dass es etwas Mitleiderregendes sei. Wir konnten die Situation nicht einschätzen. Totale Achterbahn der Gefühle. Was ist hier los? Was ist Intergeschlechtlichkeit? Wir haben doch beide studiert und haben somit den höchsten Bildungsstand, wir sind interessiert und offen, doch warum wissen wir nichts darüber?

Wir gewannen fortan den Eindruck, dass wir gemieden werden. Keiner sprach mit uns darüber, dass es Intergeschlechtlichkeit schon immer gab, dass ca. 2 % der Menschen inter* sind – etwa so häufig vorkommend wie Zwillinge oder rothaarige Menschen –, dass es verschiedene Ausprägungen gibt und dass es nichts Krankhaftes ist. Erwachsene Intergeschlechtliche leben ein ganz normales Leben – als Frau, als Mann, als Mensch, mit und ohne Familie, mit und ohne Kinder. Inter* ist die wunderbare Vielfalt der Natur und Wille Gottes.

In dieser Situation wünschte ich mir das gewusst zu haben, ich wünschte mir, in einer Gesellschaft leben zu können, in einer Kirche zu sein, in der man Gottes wunderbare Vielfalt leben kann. Aber wir haben gleich gemerkt, dass das gut überlegt sein muss.

Das alles war vor neun Jahren. Intergeschlechtlichkeit ist bis heute ein Stigma. Und uns war klar, auch wenn wir dieses Stigma ertragen können, wie geht es unserem Kind damit? Dürfen wir es ohne sein Einverständnis outen?

Bereits in den ersten Tagen habe ich mich einer Freundin anvertraut. Sie hat selbst mit ihrem 16 Jahre jüngeren Freund ein für ländliche Verhältnisse unkonventionelles Leben geführt. Ich erzählte ihr unter Tränen von unserem Kind und unseren Sorgen. Sie war schockiert und sagte dann zu mir: „Euer Blut ist verseucht, ihr dürft keine weiteren Kinder mehr bekommen." Im ersten Moment war ich am Boden zerstört. Es dauerte einige Zeit, bis wir die Situation für uns einordnen konnten. Die Freundin hat sich dann nie wieder nach uns erkundigt.

Eine große Hilfe war uns der erste Kinderendokrinologe, den wir nach einigen Wochen aufsuchten. „Das werden die hübschesten Mädchen", sagte er aufmunternd und nahm uns mit seiner lockeren Art und fachkundigen Auskunft die Schwere der vorangegangenen Tage. Er hatte viel Erfahrung mit intergeschlechtlichen Kindern, beruhigte uns und erklärte uns die biologischen Zusammenhänge. Dann entließ er uns mit der Empfehlung: „Machen Sie sich keine Sorgen, das ist ein ganz gesundes Kind. Sein Geschlecht wird es selbst sagen, aber solange können Sie erstmal ein ‚Arbeitsgeschlecht' wählen. Das Kind wird Ihnen zeigen, ob es sich als Mädchen oder Junge oder dazwischen bzw. keines vom beidem fühlt." – Für diese Entlastung und die positive Perspektive bin ich dem Arzt mein Leben lang zutiefst dankbar.

Von da an war unser Leben wieder im Lot. Edda war also erst mal Mädchen, mit der Freiheit immer alles sein zu dürfen. Nach außen war alles ein Laborfehler und Eddas Outing sollte in ihren Händen bleiben.

Zu Eddas Taufe habe ich mir überlegt, ob wir uns der Kirche anvertrauen. Das haben wir nicht getan. Das hätte Aufklärung über das Thema Intergeschlechtlichkeit und vielleicht unbeabsichtigt verletzende Fragen mit sich gebracht. Ablehnung schließe ich aus, weil unser Pfarrer ein absolut lebensbejahender Mensch ist und Vielfalt feiert. Vielleicht holen wir das noch nach. Intergeschlechtlichkeit ist eben so unbekannt, dass es leider keine Political Correctness, keine No-Gos gibt wie zum Beispiel für Homosexualität. Wir haben meistens ein Gefühl dafür, was man fragen und was man nicht fragen darf. So muss man bei Intergeschlechtlichkeit eben auch in der Verfassung sein, alle Fragen zu ertragen und zu beantworten oder zu sagen, dass Fragen wie „Wie sieht das Geschlecht des Kindes nun ganz genau aus?" einfach zu weit gehen.

Als ich die Situation rund um Intergeschlechtlichkeit verstanden habe, war ich erst mal traurig, dass meine Edda nicht einfach offen ohne Stigmatisierung und Ausgrenzung sagen kann, was sie ist. Dazu muss man wissen, dass heute immer noch ca. 2.000 Babys jährlich allein in Deutschland zu Mädchen oder Jungen „zurechtoperiert" werden – und das ganz normal auf Krankenkassenkosten. Warum? Weil die Eltern aus purer Sorge um den Ausschluss ihres Kindes aus der Gesellschaft dazu von Ärzten, die selbst in der binären Vorstellung des Menschseins verhaftet sind, beraten werden.

Diese Kinder leiden meist ein Leben lang! Erstens wachsen die entstanden Narben nicht mit und verursachen Schmerzen und oft muss nachoperiert werden. Zweitens werden den Babys hormonbildende Körperteile wie zum Beispiel Hoden entfernt, obwohl diese nicht zu sehen sind, nur weil ihre Mitmenschen Hoden und Vulva in ihrer Vorstellung nicht vereinbaren können. Die Folge einer Hodenentfernung ist bei CAIS (Komplette Androgenresistenz), dass die Kinder ab der Pubertät Hormone substituieren müssen. Dabei hätte ihr Körper das entstandene Testosteron in Östrogen umgewandelt und eine Hormonsubstitution wäre überflüssig. Ist diese Umwandlung nicht ein Wunder Gottes? Drittens lässt sich im Säuglings- bzw. Kleinkindalter nicht sagen, welchem Geschlecht sich das Kind später zugehörig fühlen wird. Wird ein Kind beispielsweise im Säuglingsalter wegen einer vergrößerten Klitoris operiert – und die Klitoris wird gekürzt mit dem Argument im Genitalbereich unauffällig zu sein –, sind dem Kind später, wenn das Kind sich doch eher männlich fühlt, wichtige Voraussetzungen für immer genommen!

Die meisten von uns sehen Genitalverstümmelung in Afrika als ein Verbrechen an und als eine mittelalterliche, patriarchalische Folter der Frau. Jedoch lassen wir weiterhin

Genitalverstümmelung auf Krankenkassenkosten mitten in Deutschland zu, dem Land der Dichter und Denker, weil wir es logisch nicht hinbekommen, dass die Grenzen zwischen den Geschlechtern nun mal nicht binär, sondern fließend sind.

Seit Ende März 2021 sind diese Operationen endlich verboten, doch nun fängt man an, Diagnosen als nicht mehr intergeschlechtlich einzustufen, um dem Verbot zu entgehen.

Warum muss denn alles weiblich oder männlich sein? (Haben Sie sich schon einmal gefragt, ob Sie in allen Lebenslagen dem Normativem männlichen bzw. weiblichen Ideal entsprechen?) Warum ist das überhaupt wichtig? Sind wir nicht alle einfach Menschen? Und was interessiert eigentlich den Rest der Welt, wie Edda körperlich beschaffen ist? Was hat die Welt damit zu tun? Wie lässt sich dieses Mitspracherecht, ja Mitbestimmungsrecht begründen? Gehört nicht jeder Mensch nur sich selbst? Und ist denn nicht jeder Mensch, wie er nun mal körperlich und geistig von Gott geschaffen wurde, vollkommen wie er ist? Wie kann sich der Mensch erlauben, das als unvollkommen, ja sogar als krank zu bewerten? Ist das nicht vielleicht die wahre große Sünde, Gottes Willen infrage zu stellen?

29. „Mein Wunschkind“

Ursula Rosen, geb. 1952

Ich komme aus einer sehr katholischen Familie. Meine Mutter (Geburtsjahr 1915) hat ihre Schulzeit auf einer Klosterschule in Bayern verbracht. Diese Schule der Ursulinen hat letztlich meinen Vornamen beeinflusst. Mein Vater stammt aus dem sehr katholischen Emsland, in einem Kolpinghaus haben meine Eltern sich kennengelernt.

Ich selbst habe mein Abitur an einem Mädchengymnasium der Franziskanerinnen abgelegt und hatte seit frühester Kindheit ein enges Verhältnis zur Kirche. Diese starke kirchliche Bindung unserer Familie schlug sich einerseits in den dazu gehörenden Ritualen wie dem Tischgebet, dem regelmäßigen Besuch des Sonntagsgottesdienstes und sogar dem strikten Einhalten des fleischlosen Freitagessens nieder. Andererseits haben meine Eltern mich und meine Geschwister an christliche Werte wie Nächstenliebe, Selbstlosigkeit und Respekt vor der Schöpfung herangeführt. Abfällige Bemerkungen gegenüber Fremden gab es nicht, Toleranz wurde großgeschrieben.

Eine Ausnahme machte dabei der Bereich der gleichgeschlechtlichen Liebe. Homosexualität wurde als Sünde angesehen, darüber zu sprechen war tabu. Ich war ein sehr angepasstes Kind, wurde aber mit zunehmendem Alter zu einer sehr kritischen Jugendlichen. Ich führte mit meiner besten Freundin, die evangelisch war, Diskussionen über Glaubensinhalte, legte mich mit meiner Religionslehrerin an, als diese behauptete, Neugeborene, die gestorben seien, bevor ihnen jemand eine Nottaufe gespendet hätte, könnten nicht in den Himmel kommen. Meine Überzeugung war: So kleinlich kann Gott nicht sein!

Und als unser alter Pfarrer an Weihnachten in seiner Predigt sagte, die armen Kinder in Entwicklungsländern könnten froh sein, dass sie genauso ärmlich auf die Welt gekommen seien wie das Jesuskind, verließ ich aus Protest mit verschränkten Armen die Kirche durch den Mittelgang – ich hatte vorn gesessen. Mit meiner zunehmend kritischen

Haltung zu allem, was ich als ungerecht empfand, wuchs auch die Erkenntnis, wie sehr mich die Ablehnung gleichgeschlechtlicher Liebe durch meine Eltern störte.

Als im Studium ein schwuler Mann zu meinem Freundeskreis gehörte, lud ich ihn für ein Wochenende zu meinen Eltern ein, ohne sie darüber zu informieren, dass er schwul war. Sie mochten L. sehr und verabschiedeten ihn mit der Bitte, doch wiederzukommen. Als meine Mutter einige Wochen später (wieder einmal) eine abfällige Bemerkung zum Thema Homosexualität machte, klärte ich sie darüber auf, dass L. schwul sei. Ihre Antwort weiß ich noch heute: „Was? L. ist schwul? Aber das war doch so ein netter Mensch!“ Dann folgte nach einer kurzen Pause: „Das *ist* ein netter Mensch!“ Und danach gab es nie wieder abfällige Bemerkungen in diese Richtung.

Ich machte mein Abitur, studierte für das höhere Lehramt und wurde Lehrerin für Biologie und Erdkunde an einem Gymnasium. Nach einigen Jahren, als eine Lehrkraft für Werte und Normen gesucht wurde, sagte ich meinem Schulleiter, dass ich dieses Fach gern unterrichten würde und hatte fortan meistens mindestens einen Kurs in diesem Fach. Mit dieser Fächerkombination (Biologie und Werte und Normen) konnte ich immer wieder im Unterricht verschiedenster Klassenstufen die Themen unterrichten, mit denen man jungen Menschen vermitteln kann, dass Vielfalt etwas Schönes ist und dass in unserer Demokratie Toleranz gegenüber und Akzeptanz von verschiedenen Kulturen, Religionen, Lebensformen, sexuellem Begehren und geschlechtlicher Vielfalt eine zentrale Rolle spielen muss. Denn unsere Gesellschaft soll sich weiterhin in eine offene Gesellschaft entwickeln, die auf dem Boden unseres Grundgesetzes allen Menschen die gleichen Rechte zuerkennt. Das

Thema Frauenrechte war ohnehin auf meiner „Agenda", da ich lange ohne feste*n Partner*in war, ein Haus gekauft und allein renoviert hatte und mein Leben selbstbestimmt gestalten konnte, ohne Kompromisse machen zu müssen.

Als ich mit 39 Jahren einen Partner fand, in den ich mich verliebt hatte und dann auch noch schwanger wurde, war mein Glück zunächst perfekt. Leider hielt die Beziehung nicht, eigentlich war sie schon bei der Mitteilung der Schwangerschaft zu Ende, als er sagte: „Schön für dich, du wolltest ja immer ein Kind. Ich will keins mehr!" Dies war eine Herausforderung, aber eigentlich kein so großes Problem, da ich mir ein Kind auch durchaus allein vorstellen konnte.

Als ich meiner Mutter von der Schwangerschaft und dem gleichzeitigen Ende der Beziehung erzählte, sagte sie: „Ein uneheliches Kind? Was hätte Papa dazu gesagt?" Und ich antwortete ihr mit einem Lachen: „Er hätte sich gefreut, dass er endlich Opa wird!" Meine Mutter konnte sich dann auch sehr schnell mit dem Gedanken anfreunden, dass sie Oma sein würde, und freute sich mit mir auf das neue Mitglied unserer Familie. In den ersten Wochen war alles okay, dann aber merkte ich, dass etwas mit dem Kind nicht in Ordnung war. Es folgten bange Wochen der Ungewissheit – eine Fruchtwasseranalyse hatte ich abgelehnt, da ich mein „Wunschkind" auf keinen Fall gefährden wollte. Einen Schwangerschaftsabbruch hätte ich ohnehin nie in Erwägung gezogen. So musste ich die letzten Wochen vor der Geburt in einer Klinik verbringen und wusste nicht, ob mein Kind überhaupt lebend zur Welt kommen würde.

Als mein Kind schließlich geboren wurde, war es sehr klein, untergewichtig, hatte eine Gaumenspalte (die man äußerlich nicht sehen konnte) und konnte nicht atmen. Eigentlich war sie alles andere als ein schöner Anblick. Sie lag im Brutkasten, war verkabelt, hatte einen Tubus in der Nase … und war für mich dennoch das schönste Baby, das ich je gesehen hatte. Und als mich der Chefarzt am Tag nach der Geburt in den Arm nahm und sagte: „Frau Rosen, haben Sie nicht ein hübsches Baby?“, da sprach er mir aus der Seele. Und auch meine Geschwister und meine Mutter freuten sich sehr über den Familienzuwachs, sprachen mir Mut zu und unterstützten mich.

Vierzehn Tage nach der Geburt – mein Kind hatte ich bereits als Mädchen angemeldet – erfuhr ich, dass ihr Chromosomensatz männlich sei. Welche Geschlechtsorgane es im Inneren habe, könne man noch nicht sagen. Zusammen mit der Diagnose „Intergeschlechtlichkeit“ teilte mir der Arzt mit, ich solle es auf keinen Fall jemandem sagen – nicht einmal meinen Eltern und Geschwistern. „Und wenn Sie das nicht aushalten, dann sprechen Sie mit uns!“ Dieses Tabu empfand ich als schrecklich und ich hielt mich nicht daran. Alle Menschen in meinem Familien- und Freundeskreis, denen ich davon erzählte, reagierten gut, niemand lehnte mein Kind deswegen ab und meine Mutter reagierte mit dem Satz: „Aber sie ist doch trotzdem mein Enkelkind, das ich lieb habe!“ Und als sehr hilfreich empfand ich den Satz eines anderen Arztes: „Sagen Sie niemals, mein Kind hätte eigentlich ein Junge werden sollen. Sagen Sie immer: So wie mein Kind ist, so hat der liebe Gott es gewollt.“

Ich habe mein Wunschkind von Anfang an so angenommen, wie es war.

Ich habe mein Inter*Kind, das sich heute als Frau definiert, immer seinen Weg selbst gehen lassen und ich habe versucht, meinem Kind zu vermitteln: So wie du bist, bist du gut und ich liebe dich mit allem, was dich ausmacht und zu dir gehört.

Sie wusste von Anfang an, dass ich hinter ihr stehe, um sie festzuhalten, wenn sie Hilfe braucht, dass ich aber auch nicht vorangehe, um ihre Richtung nicht zu beeinflussen.

Heute lebt sie als erwachsene Frau in einer anderen Stadt, hat einen schönen Beruf und einen sehr netten Partner gefunden, der sie in ihrer Besonderheit annimmt und liebt. Und er ist ein Mensch aus einer sehr katholischen Familie, in der christliche Werte und Zusammenhalt eine große Rolle spielen. Hier schließt sich der Kreis. Meine Beziehung zur Kirche ist heute nur noch sehr lose, mein Glaube aber ist immer noch da und ich glaube fest daran, dass es zu den christlichen Werten gehört, die Vielfalt der Schöpfung, zu der auch die geschlechtliche und die sexuelle Vielfalt gehören, zu sehen und anzuerkennen.

Geschwister

30. „Ich will kein Mitglied in so einer Institution sein“

Christian, geb. 1988

Vor einigen Wochen las ich in der Tagesschau-App einen Artikel über die Segensverweigerung von homosexuellen Menschen in der katholischen Kirche. Ich weiß noch, wie mich diese Nachricht mit Wut erfüllte.

Für mich – selbst von Kind an bis zum jungen Erwachsenenalter aktiv in der heimischen Kirchengemeinde – war das Maß voll und der Entschluss des Kirchenaustrittes stand fest.

Wie es dazu kam: Schon seit Jahren habe ich akute Identifikationsprobleme mit den Handlungen der katholischen Kirche. Die Liste der verwerflichen Aktionen ist lang geworden, was meine Meinung über die Institution Kirche über die Jahre stark verschlechtert hat. Viele Werte konnte ich nicht teilen bzw. ich habe angefangen, über viele Dinge kritisch nachzudenken.

In meiner Kindheit habe ich aber viel Zeit bei unserer Pfarrjugend verbracht, war Messdiener, bin auf viele Fahrten mitgefahren und habe dort viele Freunde gehabt. Kurzum: Ich habe diese Zeit sehr genossen und konnte viele schöne sowie für mich wichtige Erfahrungen sammeln. Diese Verbundenheit hat mich lange über viele Zweifel hinwegsehen lassen.

Meine Schwester und mich hat in Jugendjahren die gemeinsame Zeit in der Pfarrjugend verbunden, und sie war ein Element unserer engen Bindung, die wir trotz sechs Jahren Altersunterschied haben. Ich weiß, dass sie immer begeisterte Katholikin war, die durch ihre offene Art Zugang zu den Leuten bekommen hat und diese für den Glauben begeistern konnte. Ihre damalige Wahl, ein Religionspädagogik-Studium anzufangen, empfand ich als sehr gute Idee. Ich dachte schon damals: So eine, wie meine Schwester, braucht die Kirche viel häufiger!

Nach Abschluss ihres Studiums kam dann die Ernüchterung und mein erstes Unverständnis. Als eine der wenigen aus ihrem Jahrgang wurde ihr kein Job im Kirchendienst angeboten. Ich kenne nicht mehr alle Hintergründe und erinnere mich auch nicht mehr an alles. Ich weiß aber, dass ich diese ablehnende Entscheidung nicht nachvollziehen konnte. Erstens, weil ich glaube, dass sie eine hervorragende Arbeit geleistet hätte und zweitens, weil ich gesehen habe, wie sie darunter gelitten hat. Das war das erste Mal, dass ich gemerkt habe, wie sich meine Schwester „nicht gut genug für die Kirche" gefühlt hat.

Als mir meine Schwester ihre Homosexualität anvertraut hat, war ich nicht überrascht. Für mich hat sich nichts geändert. Sie war immer noch die gleiche Person und ich war froh, dass sie einen wichtigen Schritt gehen konnte, glücklich zu sein. Für mich spielt es keine Rolle, wen und wie sie liebt. Den Anspruch, sie so zu akzeptieren, wie sie ist, habe ich an alle Menschen. Mit Personen, die ihre Einstellung nicht billigen oder sie gar ändern wollen, will ich nichts zu tun haben. In einer modernen Gesellschaft ist es sogar für mich ein Ausdruck von Dummheit, Leute nach ihrer sexuellen Ausrichtung zu diskriminieren. Treffe ich auf solche Personen, distanziere ich mich.

Das ist für mich nun der Fall bei der katholischen Kirche. Mit einer Institution, die meine Schwester nicht so akzeptiert, wie sie ist, will ich nichts zu tun haben.

Vor allem vor dem Hintergrund, dass die Kirche seit so vielen Jahren einen enorm wichtigen Part in ihrem Leben einnimmt.

Eine gläubige, engagierte Frau, die viele Werte lebt und weitergibt, so offensichtlich zu diskriminieren, ist für mich unerklärlich. Dass sie nach so vielen Rückschlägen, offenen Ablehnungen und damit verbundenen Strapazen noch die Kraft hat, dabei zu bleiben, finde ich bewundernswert. Sie glaubt nach wie vor daran, dass sich etwas ändern kann und kämpft dafür. Aus meiner Sicht sollte die katholische Kirche unglaublich dankbar für solche Leute wie meine Schwester sein. Stattdessen wird ihnen der Segen verweigert – etwas, dass sogar Autos erhalten können.

Ich will kein Mitglied in so einer Institution sein und habe daher meinen Entschluss getroffen, aus der Kirche auszutreten. Ich will nicht ausschließen, dass ich zurückkehre, aber so will ich meine Abneigung ausdrücken, in der Hoffnung, dass irgendwann ein Umdenken eintritt. Allen Personen, die wie meine Schwester weiterhin aktiv dafür kämpfen, dass sich etwas ändert, wünsche ich die gleiche Durchhaltekraft – ich befürchte, dass ihr Weg noch lang und steinig wird.

Seelsorgende

31. „Apriori-Urteile verhindern Begegnungen. Doch Begegnungen können Urteile ändern.“

Ein Priester

Das Gleichnis vom barmherzigen Samariter gehört zu meinen Lieblingstexten aus dem Neuen Testament. Es zeigt mir: Neben der Bibel sind Alltagserfahrungen ausschlaggebend, wenn wir Gottes Willen erkennen möchten. Auf die Frage „Was muss ich tun, um das ewige Leben zu erben?“, antwortet Jesus mit zwei Geboten des Alten Testaments: „Du sollst Gott lieben und deinen Nächsten wie dich selbst.“ Doch auf die Frage „Wer ist mein Nächster?“ erzählt er eine Geschichte. Darin gibt ausgerechnet ein von Juden verhasster Samariter ein positives Beispiel dafür, wie Menschen anderen zum Nächsten werden können. Begegnungen können Offenbarungscharakter haben und Vorurteile korrigieren.

Als Pfarrer neu in einer ländlichen geprägten Kleinstadt eingesetzt, erteilte ich Religionsunterricht in der 9. Klasse einer Hauptschule. Ich hatte dort zu sehr mit der Disziplin in der Klasse zu kämpfen, als dass ich mich einzelnen Schülern so hätte widmen können, wie es wünschenswert gewesen wäre. Ein Schüler fiel mir besonders auf, obwohl er sich nie zu Wort meldete und auch nicht störte. Er wirkte auf mich extrem unglücklich. Seine Haltung und Mimik konnte ich nicht anders deuten, als würde er sich dafür entschuldigen, dass er existierte. Er tat mir leid, aber ich kam nicht an ihn heran. In einem der darauffolgenden Jahre bekam er ein Geschwisterkind. Zum Taufgespräch besuchte ich die Familie. Es kam zu einer kurzen Begegnung und ich fragte ihn, ob er nicht bei der Unterhaltung dabei sein wolle. Er aber schlich wortlos an mir vorbei in sein Zimmer. Sein Vater gab statt seines Kindes zur Antwort: „Unser N. ist eigen. Er geht nicht unter Leute. Er will das nicht." Ich äußerte mein Bedauern. Zu einem Gespräch über die Ursache kam es nicht.

Wieder ein paar Jahre später, wieder bei einem Taufgespräch erfuhr ich von einer ehemaligen Schülerin derselben Klasse, dass N. jetzt eine Frau sei. N. habe Kontakt zu ihren ehemaligen Mitschülerinnen, sie gingen miteinander shoppen und unternähmen andere Dinge gemeinsam. Sie sei jetzt locker drauf und glücklich.

Ich glaube: Wer immer *ihn* vorher erlebt hat, kann sich für *sie* nur freuen und die Geschlechtsumwandlung oder besser Angleichung nur gutheißen. Es kann für sie nur besser geworden sein, hoffentlich sogar gut. Wenn ein junger Mensch im ländlich kleinstädtischen Milieu aufgewachsen ist, wo es so etwas nicht zu geben scheint, und einen solchen Schritt tut – wie groß war dann sein Leidensdruck? Da sind nur Akzeptanz und Respekt ihm gegenüber angesagt. Das mag uns zunächst schwerfallen, weil es unser Bild von Gott und seiner Schöpfung durcheinanderbringt.

Wie können Seelsorger*innen Menschen in solchen Konfliktsituationen hilfreich begegnen? Die Kirche insgesamt sendet wohl eher negative Signale aus. Apriori-Urteile verhindern Begegnungen. Doch Begegnungen können Urteile ändern.

„Es ist, was es ist, sagt die Liebe." Ich glaube, diesen Satz des Dichters Erich Fried müssen wir uns in der Kirche immer wieder vor Augen halten. Wir sind nicht dazu berufen, alle Phänomene moralisch einzuordnen und zu beurteilen. Durch das eigene Versagen haben wir dazu auch die Berechtigung verloren. Wir müssen nicht zu allem eine feste Meinung haben. Wir sollten uns immer wieder prüfen: Geht es mir um Glück und Heil der Menschen oder darum, in meinen Prinzipien bestärkt zu sein?

32. Ich habe gespürt, was ihnen dieser Segen bedeutet

Tobias Schäfer, Propst,
Worms, geb. 1965

Seit ungefähr 30 Jahren bin ich Priester. Und ich bin es nach wie vor gern und mit Überzeugung. Kirchenpolitisch würde ich mich in die Schublade „gesunde Mitte" einordnen, manche in meinen Gemeinden sehen mich vielleicht eher als konservativ. Ganz sicher bin ich kein Revoluzzer. Schon gar nicht in kirchlichen Dingen.

Als in meiner Studentenzeit die *„Kölner Erklärung"* heiß diskutiert wurde, fand ich das alles viel zu platt, und überhaupt: Was sollte diese Nestbeschmutzerei von ein paar 68er-Professoren? Und als Mitte der 90er-Jahre das *„Kirchenvolksbegehren“* die Gemüter erhitzte, fand ich das alles nur undifferenziert und billig: „Mehr Menschlichkeit statt pauschaler Verurteilungen in Fragen der Sexualmoral“? – Also bitte: Wer verurteilt denn hier pauschal? Die kirchliche Lehre ist doch sehr differenziert, dachte ich. Und als schließlich 2011 das *„Memorandum: Kirche 2011 – Ein notwendiger Aufbruch“* heiß diskutiert wurde, konnte ich nur noch die Augen verdrehen. Alle paar Jahre werden dieselben Themen rausgekramt: Frauen, Zölibat, Macht, Sexualmoral. Fällt denen denn nichts anderes ein? Als ob es nicht wichtigere Themen in Kirche und Welt gäbe …

Damit man mich nicht falsch versteht: Ich bin diesen Themen nie ausgewichen. Ich habe jedes Mal in meinen Gemeinden Diskussionsveranstaltungen organisiert, die Leute eingeladen, miteinander zu diskutieren, und dabei meinerseits leidenschaftlich die Lehre der Kirche verteidigt, versucht, differenziert zu argumentieren, zu überzeugen, deutlich zu machen, dass der Papst und das Lehramt der Kirche ja auch nicht einfach nur per se dumm und borniert sind, dass hinter der Lehre der Kirche durchaus auch theologische Begründungen stehen und man sich bemühen muss, die erst einmal zu verstehen, bevor man alles pauschal als unzeitgemäß verurteilt. Ich habe Spaß an leidenschaftlichen Diskussionen und auch am Streit, wenn er mit Niveau geführt wird. Und ich kann in solchen Diskussionen durchaus mit Lust Menschen auch „platt-argumentieren“.

Gleichzeitig war und bin ich vor allem und mit ganzem Herzen Seelsorger. Ich begleite seit 30 Jahren Menschen und war und bin mir immer bewusst, dass es in der Seelsorge einen ganz anderen Ton braucht. In der pastoralen Begleitung denke und spüre ich nicht von der Lehre her, sondern vom Menschen. Dass da nicht selten ein Widerspruch entsteht, war mir immer bewusst. Aber gegen jene, die das schnell als „Doppelmoral" anprangern, wusste ich mich hier immer in guter Gesellschaft mit dem, der mit Leidenschaft alle, die auch nur ein Jota vom Gesetz ändern wollen oder solches lehren, noch im Himmelreich in die hinterste Ecke degradiert (vgl. Matthäus 5,17ff.), der aber gleichzeitig im Umgang mit den größten Sündern eine Offenheit und Weite hat, der zuerst den Menschen sieht und ihn im Zweifel immer vor das Gesetz stellt („Der Sabbat wurde für den Menschen gemacht, nicht der Mensch für den Sabbat" (Markus 2,27).)

Dazu kommt bei mir ein starkes Gefühl der Loyalität meiner Kirche gegenüber. Mehr als das Versprechen des Zölibats war für mich als Priester immer das des Gehorsams eine wichtige Herausforderung, die ich sehr ernst nehme. Es bedeutet mir, dass ich ein Grundvertrauen habe in das, was meine Oberen – mein Bischof, das Lehramt, der Papst – sagen. Dreimal habe ich in meinem Leben meinem Bischof als Vertreter dieser Kirche Gehorsam versprochen: vor meiner Diakonenweihe, vor der Priesterweihe und noch einmal, als ich zum Ehrendomherrn eingesetzt wurde.

Deshalb hatte für mich der „seelsorgliche" Ansatz immer dort Grenzen, wo die klaren Regeln der Kirche anderes geboten. Ich habe mehrfach Geschiedenen, die sich nach einem Segen für ihre erneute Ehe sehnen, deutlich gemacht, warum das schlicht nicht geht: die Verwechslung mit einer sakramentalen Trauung ist zu groß; wir können nicht einfach so tun „als ob". Das waren oft sehr schmerzliche Gespräche. Auch wenn ich gern den Menschen eine Tür geöffnet hätte: Hier wusste ich mich in Loyalität den Regeln meiner Kirche verpflichtet.

Genauso schmerzlich war für mich, als meine Schwester und ihre Lebenspartnerin mich einmal sehr vorsichtig anfragten, ob ich vielleicht, gern ganz privat, ihrer Lebensgemeinschaft in irgendeiner Form den Segen spenden könne. Ich habe das damals abgelehnt, weil ich der Überzeugung war, was ich für andere nicht tun würde, das kann ich dann auch nicht für meine Schwester und ihre Partnerin tun. Dafür schäme ich mich heute noch.

Und dann kam vor ein paar Jahren mein Bruder, Vater von sechs Kindern, katholischer Religionslehrer, und fragte mich für einen engen Freund und dessen Lebenspartner, die heiraten würden und denen ein kirchlicher Segen wichtig wäre. Natürlich war mir klar: Das geht auch nicht. Aber ich wollte nicht so einfach absagen, ohne mit den beiden gesprochen zu haben. Sie sollten wenigstens verstehen, warum das nicht geht.

Im Gespräch habe ich es dann einfach nicht fertiggebracht, Nein zu sagen. Ich habe gespürt, was ihnen dieser Segen bedeutet, auch wie viel an Versöhnung mit der Kirche damit verbunden ist – mit der Kirche, die sie lieben und der sie verbunden sind, von der sie aber dauernd das Gefühl vermittelt bekommen, nicht in Ordnung zu sein. Wir haben lange gesprochen, miteinander überlegt, wie diese Feier gestaltet werden könne, damit nur ja nicht der Eindruck einer kirchlichen (sakramentalen) Trauung entstehen kann. Ich habe meine Predigt angefangen mit den Worten: *„Ihr wisst genau: Was wir heute hier tun, das geht eigentlich gar nicht nach den Gesetzen der katholischen Kirche. Das ist aber gerade das Spannende: dass die Liebe möglich macht, was eigentlich gar nicht geht!"*

Diese Erfahrung hat mich innerlich befreit: Ja, die Liebe macht möglich, was dem Gesetz nach nicht geht. Die Liebe und der Mensch: die stehen an erster Stelle im Evangelium.

Wie kann falsch oder Sünde sein, was von echter, verbindlicher, treuer Liebe getragen ist? Sünde ist doch gerade das Gegenteil von Liebe.

Dann kam am 15. März 2021 das *„Responsum ad dubium“*[4] aus Rom! Ich hatte es noch gar nicht mitbekommen. Mein Bruder schickte mir eine Whatsapp – und es war zu spüren, wie entsetzt und verzweifelt er war: „Wie kann ich da als Religionslehrer vor meinen Schülern für eine solche Kirche stehen?“ Ich habe den Text gegoogelt und war gleichermaßen entsetzt. Aus einem Impuls heraus habe ich ein Videostatement aufgenommen und auf meine Facebookseite gestellt. Und war plötzlich zum ersten Mal in meinem Priesterleben doch ein wenig „Revoluzzer“.

Es ist nicht so sehr das, *was* in diesem Dokument gesagt wird, das war ja in der Sache wirklich nicht neu. Und – mit sehr viel Wohlwollen freilich – konnte man das Dokument sogar positiv lesen. Immerhin wird gesagt, dass auch homosexuell empfindende Menschen durchaus gesegnet werden dürfen – nur halt nicht ihre Beziehung. Dass man sie keinesfalls diskriminieren darf, steht dort und so fort. Was mir mit diesem Dokument aber schlagartig klar geworden ist, das ist die Tatsache, dass wir in der Kirche längst den Platz der Pharisäer zur Zeit Jesu eingenommen haben. Wir legen das Gesetz aus, wir definieren exakt und glasklar, was gut und was böse, was in Ordnung und was Sünde ist, wer rein und wer unrein. Und was die Konsequenzen und Sanktionen sind. Aber die Welt ist nicht einfach nur schwarz und weiß, sie

4 In dem sogenannten „Responsum ad dubium“ (Antwort auf einen Zweifel) heißt es, Segnungen menschlicher Beziehungen seien nur möglich, wenn damit den Plänen Gottes gedient sei. Unzulässig sei jede Segnungsform, die homosexuelle Partnerschaften anerkenne. Die christliche Gemeinschaft sei aber aufgerufen, Menschen mit homosexuellen Neigungen zu respektieren. (dpa-Meldung vom 15.3.2021, *https://www.zeit.de/news/2021-03/15/vatikan-kein-segen-fuer-homosexuelle-paare?*)

ist bunt. Während Jesus kompromisslos und klar immer die Gemeinschaft mit denen gesucht hat, die von den Pharisäern als „unrein" qualifiziert wurden und den Pharisäern ihre Selbstgerechtigkeit in drastischen Worten vorgehalten hat, argumentieren wir, messerscharf und geschliffen, genau wie die Pharisäer nur vom Buchstaben des Gesetzes her. Und haben aufgehört danach zu fragen, wie Jesus wohl handeln würde. Diese Erkenntnis hat mich tief geschockt und beschämt. In diesem Moment konnte ich nicht mehr schweigen – gerade wegen meiner Loyalität der Kirche gegenüber.

Ich wünsche mir eine Kirche, die aufhört, Menschen auszugrenzen; eine Kirche, die den Mut hat, wie Jesus gerade und zuerst die Gemeinschaft mit denen zu suchen, die am Rand stehen. Und wir müssen anfangen mit denen, die wir selbst an den Rand oder sogar hinaus gedrängt haben durch unsere pharisäerhaften Urteile. Ihnen gilt Jesu Liebe und Zuwendung. Und was ist Segen anderes als die Zuwendung Gottes?

Mein geistliches Leitbild ist das Bild von der himmlischen Stadt, wie sie in der Bibel beschrieben wird (Offenbarung 21). Die Stadt Gottes, wie Johannes sie beschreibt, hat zwar auch Mauern, aber keine, die ausgrenzen wollen, sondern eine Mauer, die geöffnet ist und aufgebrochen durch unzählige Tore – eine einzige Einladung an Menschen aller Kulturen, Herkünfte, Anschauungen, Meinungen, sexueller Orientierungen und Identitäten: eine bunte, lichtdurchflutete Stadt, die Mauern aus in allen Farben glitzernden Edelsteinen. Und die Farben des Regenbogens gehören da unbedingt dazu.

Aus dem Umfeld

33. „Bleibt mir Zeit, Fehler gutzumachen?“

Rolf Pitsch, geb. 1957

Mein (weiteres) Erwachsenwerden im christlichen Glauben hat mit dem Altwerden meiner Eltern zu tun. Als meine Mutter (Jg. 1926) erkennbar Federn ließ, weil sie meinen Vater (Jg. 1921) pflegte, konfrontierte ich sie aus dem Bauch heraus mit dem aus Kindertagen gelernten Bibelvers: *„Liebe deinen Nächsten wie dich selbst“* (Markus 12,29–31). Es war eine Zeit, in der ich mich um Mutter mehr sorgte als um den Vater. Natürlich lehnte sie diese falsche Priorisierung, eine Beachtung der Eigenliebe bei der Nächstenliebe, mit dem Hinweis auf ihr Eheversprechen „bis das der Tod euch scheidet“ ab.

Dominanter als dieses in Fleisch und Blut übergegangene Versprechen, so erlebte ich es, war aber wohl der Druck gleichaltriger Frauen im Dorf. Statt durch wechselseitige Ermutigung oder erleichternde Aussprache stachelten sie sich durch Aufrufe zur Pflichterfüllung und Vorbildfunktion auf.

Handeln im Alltag aus Pflichterfüllung, dominiert durch ein recht klares Gerüst an Regeln, kontrolliert durch das familiäre und soziale Umfeld und gestützt bzw. befeuert in der sonntäglichen Predigt – so lernte ich (auch) den christlichen Glauben. Und so kam ich bis dahin gut durchs Leben. Ob es gut ist, wie ich durchs Leben ging und gehe, entscheiden andere – wie im Himmel, also auch auf Erden. Mit zunehmendem Alter merke ich, dass dieser Lebensgang so sicher verlief, weil ich oft einer (Glaubens-)Mehrheit angehörte und wenig, jedoch zunehmend häufiger, die Alltagsregeln hinterfragte. Seit ich mehr zweifele, entdecke ich im Regelgerüst zunehmend lockere Schrauben. Aus der Zusage *„Zur Freiheit hat uns Christus befreit"* (Galater 5,1) wird so eine neue, wohl lebenslange Herausforderung mit irritierendem Klang.

Heftig beschleunigt wird diese Entwicklung, seitdem Klaus Mertes SJ im Jahr 2010 Missbrauchsfälle am Berliner Canisiuskolleg öffentlich machte. Den „ersten Schuss" zur Thematik 1999 (Irland) hatte (auch) ich nicht verstanden, ich hatte trotz unmittelbarer Anschauungschance keine Zusammenhänge erkannt. Zu „Merkwürdigkeiten" an der Schule der eigenen Kinder fielen mir erst nach 2010 die Schuppen von den Augen. Immer wieder suche ich im Band von Klaus Mertes „Widerspruch aus Loyalität", erschienen im Echter Verlag 2009 (sic!) Rat und Stärke. Es ist anstrengend, eingeübte Pfade zu verlassen und nach neuem Sehen zu neuem Urteilen und neuem Handeln zu kommen. Bleibt mir Zeit, Fehler gutzumachen?

Natürlich haben das dreifache Liebesgebot und der Missbrauch nichts mit den Regeln unserer Kirche für die „richtige" sexuelle Orientierung zu tun. Dennoch kommen alle diese (auch) mit Sexualität verbundenen Themen in meiner

Sozialisation unter dem Begriff einer sexuellen Regelkonformität zusammen.

Die erste Irritation als junger Student, gerade den heimischen Gefilden ansatzweise entwachsen, habe ich in ihrer Dimension nicht verstanden. Ein befreundeter Kommilitone outete sich mir gegenüber, „weil du es sonst nicht merkst". Was wollte er mir sagen? Warum wollte er mich in der großen Universitätsstadt, in die wir beide wechselten, lieber nicht mehr sehen? Ich war zu sehr in eine Frau verliebt, um etwas anderes als eine heterosexuelle Beziehung sehen, denken, fühlen zu können. Diese sexuelle Unaufmerksamkeit setzte sich fort, als sich ein Freund in vielen für alle schmerzhaften Schritten aus seiner Familie verabschiedete, um in einer Beziehung zu einem Mann zu leben. Wir hatten zusammen mit Freude und religiöser Begeisterung die Ehevorbereitung durchlaufen, beide waren wir dreifacher Vater geworden. Und dann „sowas". Er kämpft um sein Mitglied-Sein in kirchlichen Kontexten, bis heute haben wir nicht wirklich offen gesprochen und wechselseitig in Erfahrung gebracht, ob und wie unsere sexuelle Orientierung unseren Glauben, unsere Gottesvorstellung, unser Leben in dieser Kirche prägt.

Meiner Mehrheitserfahrung und dem mangelnden Bedenken und Berücksichtigen anderer Lebensentwürfe kann ich im beruflichen Kontext besser Raum geben. Dies zumal, wenn es in kirchlichen Arbeitsfeldern um den schmalen Grat zwischen beruflicher Professionalität und privater Überzeugung geht. Natürlich hängt diese Entwicklung wesentlich vom Lernen auf dem Beziehungsweg mit meiner Frau zusammen, die mich an ihren 40-jährigen Berufserfahrungen in der katholischen Kirche Anteil nehmen ließ. Manchmal mehr als mir lieb war, bekam ich doch Schelte für die kirchliche Männermacht ab. Doch diese Hinweise und Lebenslektüren hinterließen Spuren. Wie entscheide ich? Wie kann ich die tradierten Rollen und Aufgabenzuteilungen hinterfragen?

Zunehmend übe ich einen Blick, ein wenig auch ein Verständnis für sexuelle Orientierungen, soweit Personen sich in beruflichen Kontexten ermutigt fühlen, diese nicht zu verstecken, vielleicht sogar sie zu benennen. Oft ist es eine von mir geübte, genderfreundliche Sprachpluralität oder Themensetzung, eine angenommene Einladung. Nein, ich gehe nicht wirklich offensiv vor, selber suchend, mit Hinweisen auf Gender aus dem privaten Kontext (auch dank der Kinder) konfrontiert. Der Widerstand gegen die Ungerechtigkeit meiner Kirche gegenüber Frauen wird zur Haltung und zur geäußerten Meinung. Ich lernte radebrechend Mitarbeitende mit erkennbar lesbischen oder schwulen (aber versteckten) Leben anzusprechen.

Es sind sehr stockende, vereinzelte Erfahrungen, Schritte, Fortschritte, die mich – immer wieder angetrieben durch gute persönliche Erfahrungen aus dem unmittelbaren Lebensumfeld – ermutigen. Solche selbstverständlichen Begegnungen schmerzen, da ich gerne als Mitglied meiner Kirche lebe und erkennbar bleibe. Ich verdanke meiner wohl sehr selbstverständlichen religiösen Biografie viel. Als Geschöpf Gottes mich zur Freiheit berufen zu fühlen trägt mich. Dass es so täglich schwer ist, diese Freiheit – gegenüber dem Nächsten wie sich selbst – zu leben, lerne ich weiterhin und dabei lasse ich mich von anderen in die Pflicht nehmen. Die moralischen Vorgaben meiner Kirche in ihrer konkreten Umsetzung im Alltag auch laut anzufragen, wird mir verstärkt zur Aufgabe. Und wenn ich Kirche sage, bin ich weit davon entfernt, nur auf die männerbegrenzte Kirchenleitung zu schauen. Ich selbst habe Anteil an Ungerechtigkeiten, an nicht aufrichtig und öffentlich betriebenen Konsequenzen, wie wir in Deutschland christlichen Glauben leben, gestalten und als Anteil einer gesellschaftlichen Teilhabe organisieren. Und immer wieder bin ich in privaten wie beruflichen Kontexten überrascht, wenn ich die Weite und Breite unserer Kirche aufzeige und die vielen Menschen benenne, die sich nicht oder nicht ausreichend bewegen.

34. „Wer es fassen kann, der fasse es“

Dr. Michael Brinkschröder,
kath. Theologe und Soziologe, geb. 1967

Als Paul Raschka sich bei seinem Pfarrer als trans outete, wies dieser ihn mit der Begründung zurück, „dass es solche Menschen in der Bibel nicht gebe und in der Kirche kein Platz dafür sei“.[5] Derart krasse Zurückweisungen erleben viele transidente und nichtbinäre Menschen immer wieder – leider auch in der katholischen Kirche. Konsequenzen hat diese Ablehnung auch im Beruf: Ein Theologiestudent z.B. ringt bislang vergeblich mit seinem Bischof darum, dass er in seinem Heimatbistum als Pastoralreferent arbeiten darf. Ein anderer Transmann, der sein Theologiestudium mit einer glänzenden Note abgeschlossen hat, schreckte jahre-

5 Paul Raschka: Als Mädchen geboren und erzogen, als Junge gedacht und gelebt. Endlich ein Mann!, in: Michael Brinkschröder et al. (Hg.): Aufgehende Saat. 40 Jahre Ökumenische Arbeitsgruppe Homosexuelle und Kirche, Stuttgart: Kohlhammer 2017, S. 271–280, S. 277.

lang davor zurück bei der Kirche zu arbeiten, weil er sich die mögliche Konfrontation mit der Ablehnung durch die Kirchenleitung oder in einer Gemeinde nicht antun wollte.

Begründet werden solche Ablehnungen meistens damit, dass Trans*-Personen sich dem Willen des Schöpfers oder dem göttlichen Plan für die Schöpfung widersetzten, weil sie ihr von Gott gegebenes Geschlecht ablehnten. Diese Auffassung setzt das körperliche Geschlecht mit Geschlecht überhaupt oder sogar dem Wesen des Menschen gleich. Übersehen wird dagegen, dass der Mensch und sein Geschlecht auch eine seelische Dimension haben, von der wiederum das Geschlechtsempfinden und die Geschlechtsidentität zwei Aspekte darstellen. Eine andere, aber ähnlich gelagerte theologische Argumentation deutet die Transgeschlechtlichkeit als Ausdruck eines „offenkundige[n] Dualismus", bei dem „sich das Individuum zum Demiurgen macht, der nach Willkür und seinen eigenen Sehnsüchten handelt"[6]. Da die materielle Dimension der göttlichen Schöpfung abgelehnt werde, wird Transgeschlechtlichkeit in die Schublade der gnostischen Häresie gesteckt. Doch der Gnosis-Vorwurf führt in die Irre, weil sich das Leiden an der „Genderinkongruenz", so der aktuelle klinische Begriff, bei Trans*-Menschen in der Regel nicht auf die Materialität oder ihren Körper im Ganzen, sondern „nur" auf dessen Geschlechtsmerkmale bezieht.

Freilich kann die Ausgrenzung aus christlichen Gemeinden auch einfach damit begründet werden, dass Cis-Menschen nicht mit Trans-Menschen identifiziert werden möchten, weil sie Angst haben, dass sich deren Stigma dann auch

6 Vgl. Gerhard Kardinal Müller: Die Botschaft der Hoffnung. Gedanken über den Kern der christlichen Botschaft. Gerhard Kardinal Müller im Gespräch mit Carlos Granados, Freiburg/Basel/Wien: Herder 2016, S. 183.

auf sie überträgt, sodass sie selbst verächtlich gemacht werden könnten.

Aber auch wenn das in der Kirche so gesehen wird, stellt sich für mich die Frage, ob das auch eine christliche Haltung ist? Oder gilt auch gegenüber solcherlei Ausgrenzungsversuchen das Wort Jesu: *„Bei euch aber soll es nicht so sein"* (Markus 10,43)? Jesus lädt nicht nur Hurer und Säufer, Sünder und Zöllner ausdrücklich in das Reich Gottes ein, sondern auch die Eunuchen *„um des Himmelreiches willen"* (Matthäus 19,12).

Bei diesen Eunuchen handelt es sich meines Erachtens nicht um eine zölibatäre Lebensform, sondern um „echte" Eunuchen. Sie galten in der Antike als „unmännliche Männer" und damit als ein Geschlecht jenseits der einfachen Kategorien von männlich und weiblich. Jesus fordert seine Jünger:innen auf: „Wer es fassen kann, der fasse es!" Er ist sich offenbar dessen bewusst, dass es nicht allen von ihnen leichtfällt, sie als Teil der göttlichen Schöpfung und als Mitbürger:innen im Reich Gottes zu akzeptieren. Sein Auftrag aber an alle, die ihm nachfolgen wollen, ist klar und deutlich, nämlich Personen, die nicht den zwei Geschlechtern männlich und weiblich entsprechen, in die Gemeinschaft der Kirche ohne weitere Bedingungen aufzunehmen. Wenn diese Fähigkeit zur Akzeptanz aber nicht allen gegeben ist, so erfordert dies eine intensive, selbstkritische Auseinandersetzung mit den inneren Widerständen und der Abwehr, die sich in Form von Transphobie niederschlagen.

Begegnungen mit Trans*-Personen sind auch für mich oft irritierend verlaufen. Nach einem Vortrag von Waltraud Schiffels über ihre Erfahrungen als (Trans-)Frau bin ich zum Beispiel, ohne es zu bemerken, auf die Damentoilette gegangen und war dann völlig verwirrt darüber, dass da auf einmal nur Frauen waren. Offensichtlich hatte die Auseinandersetzung mit der Transidentität von Frau Schiffels für einen Moment dafür gesorgt, dass ich mich selbst als Frau gesehen habe oder dies zumindest nicht mehr verdrängt habe. Meine männliche Geschlechtsidentität war plötzlich fraglich geworden, weil (mehr oder weniger) unbewusste Wünsche oder Ängste hochkommen konnten. Viele reagieren auf eine solche Infragestellung ihrer eigenen Geschlechtsidentität leider mit Aggression und wollen den Auslöser dafür unterdrücken, was nicht zuletzt erklärt, warum Trans*-Menschen so häufig Opfer von Gewalttaten werden.[7]

Man kann dies aber auch so deuten, dass eine Transidentität nicht etwas absolut Anderes darstellt, sondern auch für Cis-Menschen potenziell immer eine Möglichkeit darstellt, weil entsprechende Fantasien schon vorhanden sind, selbst wenn sie sich nicht im Sinne einer Identität verstetigen.

Noch viel größere Schwierigkeiten hatte ich damit, zu verstehen, was es bedeutet „nichtbinär" zu sein. Nicht-Binarität lässt sich als Oberbegriff für verschiedene Ausprägungen von Geschlechtsidentität (z. B. genderqueer, agender, demigender) verstehen, die weder eindeutig männlich noch eindeutig weiblich sind. Obwohl ich seit vielen Jahren nichtbinäre Menschen kenne, hat sich irgendetwas in mir dagegen gesträubt, nichtbinäre Identitäten als Transidentitäten aufzufassen. Stattdessen habe ich sie primär als politische Strategie aufgefasst, die dazu dienen soll, der Ordnung der Zweigeschlechtlichkeit die Legitimation zu entziehen, quasi als Inkarnation der Queer Theory. Ich vermute, dass diese Abwehr in meinem Verständnis damit zusammen-

7 Vgl. die weltweiten Daten des Trans Murder Monitoring Project von Transgender Europe (TGEU): https://transrespect.org/en/tmm-update-tdor-2020/. Opfer von transphober Gewalt sind vor allem Frauen mit Transhintergrund.

hängt, dass Klarheit in der Theorie und in der Begrifflichkeit mir das Verstehen anderer erleichtert und daher für mich beruhigend ist. Nicht-Binarität dagegen stellt die (bisherige) Klarheit der Geschlechtertheorie grundlegend infrage, was in ihren Konsequenzen (zumindest von mir) auch noch lange nicht zu Ende gedacht ist.[8]

Greifbar wird dies an der geschlechtergerechten Sprache, wenn es darum geht, nicht nur Frauen, sondern auch (diversen und) nichtbinären Menschen gerecht zu werden. Momentan entscheidet im deutschsprachigen Raum jede nichtbinäre Person individuell, welche Pronomen sie verwendet wissen möchte – seien es Standardpronomen mit *, eins der zahlreichen Neopronomen, die Übernahme des singularisch gebrauchten „they" aus dem Englischen oder überhaupt kein Pronomen. Obwohl ich jeder nichtbinären Person im Gespräch gerne gerecht werden möchte, empfinde ich es doch insgesamt als eine Überforderung, weil ich praktisch bei jedem Satz über diese Forderung stolpere. Ist dies auch eine Form von Transphobie oder einfach nur Ausdruck einer Über-Forderung?

Aber letztlich fällt dieser Einwand gegenüber den unfassbar gravierenden Demütigungen und Diskriminierungen, denen Trans*-Menschen ausgesetzt sind, nicht ins Gewicht. Darum möchte ich dazu beitragen, dass Menschen, die trans* und nichtbinär sind, nicht nur in gesellschaftlichen Institutionen, sondern vor allem auch in der Kirche wertschätzend und respektvoll behandelt werden, ohne dass ständig neue Gründe erfunden werden, die dies untergraben.

---

8 Im Übrigen stellt diese Abwehr eine lediglich etwas raffiniertere Variante der falschen Behauptung dar, dass Transidentitäten frei wählbar seien, sodass sie heute so und morgen anders ausfallen könnten. Diese Behauptung steht oft im Kontext des Antigenderismus und seiner Lesart der Queer Theory von Judith Butler.

35. Ein Interview: Diskriminierung von Regenbogenfamilien

Mit Michaela Herbertz-Floßdorf, Supervisorin und Coach[9], geb. 1977

Zuerst wurde im Beisein von Michaela Herbertz-Floßdorf das Interview mit Maria (Bericht Nr. 6) geführt, sodass sie Bezug auf diese Aussagen nimmt.

Sie arbeiten als selbstständige Pädagogin, Supervisorin, Coach, Trainerin, Mediatorin und Autorin viel zum Schwerpunkt Regenbogenfamilie und mit Regenbogenfamilien. Kennen Sie weitere Fälle wie Marias?

Ja, auf jeden Fall. Es kommt häufiger vor, dass ich vor allem von lesbischen Frauen angesprochen werde. Vor allem rund um das Thema Familiengründung, da bis vor Kurzem die Stiefkind-Adoption nur mit der Eheschließung beziehungsweise mit der eingetragenen Lebenspartnerschaft möglich war. Das hat sich jetzt mit der Reform des Adoptionshilfegesetzes geändert, aber bis dahin waren lesbische Paare zur Ehe gezwungen, um gleichberechtig rechtliche Elternschaft leben zu können. Die Gleichstellung mit heterosexuellen (Ehe-)Paaren im Abstammungsgesetz steht immer noch aus. Mit der Ungleichbehandlung war immer klar: Sobald es eben im katholischen Kontext um das Thema Verkündigung geht oder um die Arbeit mit Kindern und Jugendlichen, läuft es immer auf eine Kündigung hinaus.

Aber das „Problem" gibt es durchaus auch in nicht verkündigenden Berufen – beispielsweise für Menschen in Gesundheitsberufen. Diese Berufe sind auch häufig durch katholische

9 *www.mundwerk-training.de*

Trägerschaft besetzt (also Krankenhäuser, Krankendienste, Altenpflege etc.) und trotz staatlicher Finanzierung werden die Regeln dort auch von der katholischen Kirche gemacht. Ich habe als Mediatorin Prozesse begleitet, wo lesbische Mütter dazu gebracht wurden, zu erklären, dass sie nicht offen über ihre sexuelle Identität am Arbeitsplatz sprechen. Das mussten sie teilweise unterschreiben in Abmahnungen, damit sie keine weitere und auch die Kündigung nicht bekommen.

Auch betroffen sind Lehrerinnen, die eben durch die *Missio Canonica* (katholische Lehrerlaubnis) die Sorge haben, dass ihnen die Lehrbefähigung entzogen wird, beziehungsweise, wenn sie an Schulen in katholischer Trägerschaft tätig sind, dass sie komplett rausfallen und auch zusätzlich ihre Rentenansprüche verlieren würden. Die Konsequenzen sind in vielen Fällen eben nicht nur für den Moment, sondern sehr viel weitreichender.

Also mit der Erfahrung ist Maria auf jeden Fall nicht allein.

Ist die katholische Kirche ein häufiges oder wichtiges Thema bei (werdenden) Regenbogenfamilien?

Es ist auf jeden Fall ein Thema. Sinnsuche oder Transzendenz ist ja ein menschliches Thema insgesamt und gerade im Bereich von Familie sind wir ganz schnell auf Institutionen angewiesen. Und diese Institutionen – Kitas, aber auch die gesamte Beratung, der Bereich Kuren für Familien, die Behindertenhilfe, Familienangebote – sind durchaus auch in katholischer Trägerschaft. Dadurch haben Familien Kontakt und suchen diese Angebote auf – auch Regenbogenfamilien – und je nach Lage, vor allem auf dem Land, sind sie auch auf diese Institution in Trägerschaft angewiesen.

Es gibt immer wieder das Thema, das katholische Lesben* Familie gründen, und es dann zu solchen Situationen kommt wie zum Beispiel, dass sie nicht gemeinsam an der Kommunionsfeier des Kindes teilnehmen dürfen, beziehungsweise, dass nur eine Mutter teilnehmen darf und die andere ausgeschlossen wird. Das sind Erfahrungen, die ich begleite und die natürlich sehr, sehr schmerzhaft für die Familien sind.

Was sind die Folgen kirchlicher Diskriminierung für betroffene Familien?

Zum einen haben wir auf jeden Fall wie in der Geschichte von Maria den Entzug der Lebensgrundlage, sprich: Die monetäre Existenzgrundlage wird der Familie durch die Kündigung entzogen. Das ist ein sehr wesentlicher Teil, der Familien schwächt.

Weiterhin gibt es das Thema des sozialen Ausschlusses. Denn natürlich findet mit der Kündigung auch ein Ausschluss aus dem sozialen Umfeld statt, wo man nicht mehr so einfach anschließen kann. Häufig geht das auch mit einer Stigmatisierung einher. Heute wissen wir, dass sozialer Ausschluss wie Schmerz empfunden wird. Dafür gibt es mittlerweile ausreichend Belege aus der Neurowissenschaft, dass tatsächlich Menschen, die diesen Ausschluss erleben, unter Schmerzen leiden. Und das passiert auf jeden Fall im Kontext der katholischen Kirche.

Außerdem ist Familiengründung wirklich ein herausforderndes Unterfangen und die Ansprüche an Eltern und an Familie sind sehr stark gestiegen. Der Wunsch danach, eine Werteorientierung zu haben und auch eine Institution, die einen im Familie-Sein begleitet, der ist schon sehr groß bei vielen Familien. Und da könnte die Kirche eigentlich eine gute Begleitung sein, aber stattdessen schwächt sie Familien an der Stelle, indem sie sagt: So wie ihr seid als Familie, so wie du bist in deiner Identität, darfst du hier nicht sein. Das schwächt die ganze Familie. Darüber hinaus wird auch den Kindern vermittelt, dass ihre Familie so nicht in Ordnung sei. Es wird eine gewisse Scham damit verbunden, dass die Familie nicht vollzählig an Feiern wie Taufe und Erstkommunion teilnehmen darf, sondern dann getrennt wird – ein Elternteil muss draußen bleiben. Das ist ein sehr hartes Vorgehen in der Spaltung einer Familie und hat natürlich eine Wirkung auf die Kinder, die fragen: Warum dürfen nicht alle meine Elternteile hier dabei sein?

Gibt es katholische Institutionen, die sich an Sie wenden, um inklusiver und sensibler zu werden? Haben solche Einrichtungen einen weiteren Weg zu gehen als andere?
Ich habe da ein sehr spannendes Phänomen: Ich bin vor allem im Gesundheits- und Sozialwesen unterwegs. Das ist mein Schwerpunktthema, da komme ich von der Berufsausbildung und vom Studium her und darauf bin ich spezialisiert. Und das ist ein Bereich, in dem die katholische Kirche auch durch Trägerinnenschaft sehr stark vertreten ist. In all den Jahren, in denen ich selbstständig bin, bin ich sehr oft angefragt worden, aber immer für meine Fachkompetenz in anderen Bereichen. Ich habe viel mit katholischen Verbänden und Gemeinden gearbeitet zu Themen wie zum Beispiel Kommunikation, Demenz, Neurodiversität, Anti-Gewalt-Arbeit usw. – aber nie spezifisch zu queeren Themen. Vor einem größeren Auftrag wurde ich mal gefragt, ob ich denn etwa Lesben und Schwule mit Kinderwunsch unterstützen würde. Ich habe gesagt: Ja, selbstverständlich unterstütze ich auch queere Personen, die Familie gründen wollen. Und damit war klar, dass ich den Auftrag nicht mehr bekomme – das wurde auch sehr deutlich gesagt. Über die Jahre hat es sich dann so entwickelt: Je deutlicher ich gemacht habe, dass ich queere Personen unterstütze, umso weniger Anfragen habe ich von katholischen Verbänden und Gemeinden bekommen. Und heute habe ich kaum noch Klienten*innen und Anfragen in diesem Bereich.

2014 war ich bei einer Akademie zu einem Kamingespräch zum Thema Regenbogenfamilien eingeladen. Dafür waren in gleicher Anzahl Vertreter*innen der katholischen Kirche und der queeren Community anwesend. Im Nachgang wurde ich noch mehrfach für Podien angefragt, wo ich dann aber immer die einzige Vertreterin der queeren Community gewesen wäre. Darum habe ich immer abgelehnt, denn ich wollte nicht alleine mit ansonsten ausschließlich katholischen Vertreter*innen, wie zum Beispiel Herrn Woelki, dort sitzen.

Ich habe als Fachvertreterin der Regenbogenfamilien über viele Jahr im Land NRW gearbeitet, u. a. in der *Landes-Arbeitsgemeinschaft Familie* und im *Fachforum Familienhilfe und Selbsthilfe*. Und dort sitzen auch die katholischen Familienverbände, die personell immer sehr gut vertreten sind, während ich ehrenamtlich meistens allein war. Darin zeigt sich gerade im Familienbereich ein Machtverhältnis, das einfach nicht ausgeglichen ist. Langfristig hat sich dort auf persönlicher und kollegialer Ebene ein guter Kontakt entwickelt. Aber die Vertreter*innen haben mich trotzdem nicht zu Veranstaltungen eingeladen. Das fand ich sehr schade, weil es eine große Chance gewesen wäre, einander zu begegnen.

Also ja: Ich denke, da ist noch ein weiter(er) Weg. Und nicht nur in der Kirche. Gerade wenn es darum geht, Homo- und Transfeindlichkeit auf zugewanderte Gruppen zu schieben, führe ich immer auf, dass wir auch noch die katholische Kirche haben, die homo- und transfeindlich ist, und zwar sehr deutlich in ihren Strukturen. Das ist durch die Kirche geschichtlich tief in Deutschland verankert, und es ist unglaublich wichtig zu sehen, dass das in der Mitte unserer Gesellschaft ist – und nicht etwas, wo wir sagen können: Das kommt von außen oder das sind die anderen. Nein, das sind wir.

36. Internalisierte LGBT*-Phobie und LGBT*-Minoritätenstress: die psychischen Folgen der kirchlichen Verurteilung

Dr. phil. Ruben Schneider, geb. 1978

Dieser Beitrag[10] möchte die Aufmerksamkeit auf die oft ignorierten und allgemein unterschätzten psychischen und körperlichen Folgen der strukturellen, institutionellen und moralischen Diskriminierung von LGBT*-Personen richten – hier im Kontext der geltenden römisch-katholischen Sexualmoral.

Im Zentrum der Betrachtung stehen LGBT*-Minoritätenstress und (als wesentlicher Stressor) internalisierte LGBT*-Phobie. Da ich als schwuler Mann einen erstpersönlichen Zugang zum Thema internalisierte Homophobie (bzw. internalisierte Homonegativität) habe, möchte ich mich in diesem Beitrag auf den Minoritätenstress Homosexueller beschränken. Das vorgestellte Forschungsmodell (das Minority Stress Model) lässt sich jedoch problemlos auch auf andere sexuelle und geschlechtliche Minderheiten in der LGBTQIA+community übertragen.[11]

10 Dieser Beitrag ist eine überarbeitete und leicht erweiterte Fassung meines Beitrags „Seelischer Missbrauch an Homosexuellen – die psychischen Folgen der kirchlichen Lehre" auf feinschwarz.net vom 8. Sept. 2020 (https://www.feinschwarz.net/seelischer-missbrauch-an-homosexuellen-die-psychischen-folgen-der-kirchlichen-lehre/, Stand: 05.08.21).

11 Vgl. Remafedi, Gary / French, Simone / Story, Mary / Resnick, Michael D. / Blum, Robert (1998), „The relationship between suicide risk and sexual orientation: results of a population-based study", in: American journal of public health (88:1), 57—60; Frost, David M. / Lehavot, Keren / Meyer, Ilan H. (2015), „Minority stress and physical health among sexual minority individuals", in: Journal of behavioral medicine (38:1), 1–8; Saha, Koustuv et al. (2019), „The Language of LGBTQ+ Minority Stress Experiences on Social Media", in: Proceedings of the ACM on Human-Computer Interaction (PACM HCI) (3), No. CSCW, Art. 89; für Trans*personen explizit Hen-

Homosexualität als „objektiv ungeordnete Neigung": die lehramtliche Diskriminierung

Verfechter*innen der gültigen katholischen Sexualmoral weisen oft darauf hin, dass die gültige Lehre homosexuelle Personen nicht diskriminiere, da ein Unterschied zwischen der Person und ihrer sexuellen Orientierung einerseits und ihren sexuellen Handlungen andererseits gezogen werde. Die homosexuelle Person mit ihrer Orientierung werde nicht verurteilt, ihr solle „mit Achtung, Mitleid und Takt" begegnet werden – homosexuelle Handlungen jedoch werden als „objektiv ungeordnet" und „intrinsisches Übel" (*malum intrinsecum*) verdammt.[12] Diese Unterscheidung ist jedoch eine Verschleierung der tatsächlichen Diskriminierung. Die Lehre betrifft nämlich nicht nur das Ausleben der Orientierung: Nach scholastischer Lehre wird die Natur jeder Veranlagung (*potentia*) durch ihren zugehörigen Vollzug (*actus*) bestimmt. Daher ist dem lehramtlichen Dokument *Homosexualitatis problema* (1986) zufolge auch die homosexuelle Veranlagung unabhängig von ihrem tatsächlichen Vollzug eine „objektiv ungeordnete Neigung" (*propensio obiective inordinata*).[13] Bereits das bloße Verlangen nach ungeordneter Lust ist laut KKK 2351 in sich Unkeuschheit. Die homosexuelle Orientierung als solche, d. h. die homosexuelle Gefühlswelt und Liebe, ist eine Hinordnung auf

dricks, Michael L. / Testa, Rylan J. (2012), „A conceptual framework for clinical work with transgender and gender nonconforming clients: An adaptation of the Minority Stress Model", in: Professional Psychology: Research and Practice (43:5), 460—467; Tebbe, Elliot A. / Moradi, Bonnie (2016), „Suicide risk in trans populations: An application of minority stress theory", in: Journal of Counseling Psychology (63:5), 520—533.

12 Katechismus der Katholischen Kirche (KKK), Nr. 2357f.; Homosexualitatis problema: Über die Seelsorge für homosexuelle Personen, Rom, 1986, Nr. 3, https://www.vatican.va/roman_curia/congregations/cfaith/documents/rc_con_cfaith_doc_19861001_homosexual-persons_ge.html

13 Homosexualitatis Problema, Nr. 3.

ein intrinsisches Übel. Dies betrifft das Innerste einer Person, die innersten sexuell-erotisch-romantischen Bedürfnisse und Gefühle. Der Lehre zufolge gärt also in der eigenen Seele ständig das unfreiwillige Verlangen nach einem intrinsischen Übel. Das subjektiv Höchste, die eigene Liebe, verkehrt sich in das objektiv Schrecklichste, in den Abgrund der Gottesferne.[14] Dieser Horror bleibt für homosexuelle Menschen, die im Raum der katholischen Kirche leben und von ihr geprägt werden, nicht ohne massive psychische Folgen.

Von Kritiker*innen der geltenden Lehre wird oft auf den Stand der Humanwissenschaften hingewiesen, die Homosexualität in freien, erwachsenen Beziehungen als eine natürliche Normvariante menschlicher Beziehungsfähigkeit ansehen.[15] In moraltheologischer Hinsicht ist es zudem seit Jahrzehnten Forschungskonsens, dass die naturrechtliche Verurteilung homosexueller Handlungen und Beziehungen einer beziehungsethischen Betrachtung zu weichen hat.[16] Unablässig scheint mir darüber hinaus auch der Blick auf diese massiven psychischen und auch körperlichen Folgeschäden zu sein, welche die systematische Stigmatisierung und Viktimisierung bei Homosexuellen auslöst. Hier erweisen sich die lehramtlichen Normen als in sich schädliche Normen, und damit *eo ipso* als falsche Normen.

14 Schneider, Ruben (2019), „Found Again. Mein Leben als homosexueller Katholik im Kampf mit internalisierter Homophobie“, in: Remenyi, M. / Schärtl, Th. (Hrsg.), Nicht ausweichen. Theologie angesichts der Missbrauchskrise, Regensburg: Pustet, S. 38–51, hier S. 41.

15 Vgl. Bosinski, Hartmut A.G. (2015), „Eine Normvariante menschlicher Beziehungsfähigkeit: Homosexualität aus der Sicht der Sexualmedizin“, in: Goertz, Stephan (Hrsg.), Wer bin ich, ihn zu verurteilen? Homosexualität und katholische Kirche (Katholizismus im Umbruch, 3), Freiburg i. Br.: Herder, S. 91–130.

16 Goertz, Stephan (Hg.) (2015), „Wer bin ich, ihn zu verurteilen?“ Homosexualität und katholische Kirche (Katholizismus im Umbruch 3), Freiburg i. Br.: Herder.

Diskriminierung und chronischer Minoritätenstress

Die empirische Psychologie und die Sozialforschung haben zu den psychosozialen Folgen der religiösen und säkularen Verurteilung von Homosexualität in den letzten Jahrzehnten in Quer- und Längsschnittstudien sowie in Meta-Analysen einen beachtlichen Bestand an empirischer Forschung zusammengetragen. Das etablierte psychologische Modell hierzu nennt sich Minoritätenstressmodell (*Minority Stress Model*).[17] Mit ihm wird der sogenannte chronische Minoritätenstress erfasst, dem Homosexuelle meist ihr Leben lang signifikant ausgesetzt sind. „Stress" ist hier nicht im alltäglichen Sinne zu verstehen, sondern es handelt sich um eine ernsthafte körperliche Auswirkung auf das Nervensystem (*Distress*). Im chronischen Fall kann Distress dramatische Folgen für die psychische und körperliche Gesundheit haben.

Diese Folgen werden von sogenannten minoritäten-spezifischen äußeren und inneren Stressfakoren bzw. Stressoren (*stressors*) verursacht. Zu den äußeren Stressoren (*distal stressors*) gehören Vorurteilserfahrungen (*prejudice events*) wie Diskriminierung, Stigmatisierung und Marginalisierung, körperliche und psychische Gewalt, aber auch alltäg-

17 Meyer, Ilan H. (1995), „Minority Stress and Mental Health in Gay Men", in: Journal of Health and Social Behaviour (36), 38–56; Meyer, Ilan H. (2003), „Prejudice, Social Stress, and Mental Health in Lesbian, Gay, and Bisexual Populations: Conceptual Issues and Research Evidence", in: Psychological Bulletin (129:5), 674–697; Hatzenbuehler, Mark L. (2009), „How Does Sexual Minority Stigma 'Get Under the Skin'? A Psychological Mediation Framework", in: Psychological Bulletin (135:5), 707–730; Frost, David M. / Lehavot, Keren / Meyer, Ilan H. (2015), „Minority stress and physical health among sexual minority individuals", in: Journal of behavioral medicine (38:1), 1–8; Saha, Koustuv et al. (2019), „The Language of LGBTQ+ Minority Stress Experiences on Social Media", in: Proceedings of the ACM on Human-Computer Interaction (PACM HCI) (3), No. CSCW, Art. 89; Timmins, Liadh / Rimes, Katharine A. / Rahman, Qazi (2020), "Minority Stressors, Rumination, and Psychological Distress in Lesbian, Gay, and Bisexual Individuals", in: Archives of Sexual Behavior (49), 661–680.

liche Mikroaggressionen. Ebenso zählen strukturelle und institutionelle Diskriminierung dazu, wie etwa moralische Verdammung (z. B. durch die geltende katholische Sexuallehre), sozialer Ausschluss und rechtliche Diskriminierung (etwa der Ausschluss von der Ehe). Diese äußeren Stressoren wirken bereits auf homosexuell veranlagte Kinder und Pubertierende, bevor ihre Homosexualität erwacht. Da sie die heteronormativ-antihomosexuelle Welt, in der sie aufwachsen, als eine natürlich gegebene und sinnstiftende Welt erfahren, verinnerlichen sie unhinterfragt die Vorurteile dieser Welt, bevor sie sich dagegen wehren können.[18]

Internalisierte Homonegativität

Diese Verinnerlichungs- bzw. Internalisierungsprozesse, die das ganze Leben von homosexuellen Menschen fortlaufen können, führen zu sogenannten inneren Stressoren (*proximal stressors*):[19] Der erste innere Stressfakor ist *internalisierte Homophobie* bzw. *internalisierte Homonegativität* (IH). Es handelt sich dabei teils um ein unbewusstes Introjekt und teils um eine bewusste Aneignung der heteronormativen Antihomosexualität: Wir lernen spätestens seit Beginn der Pubertät, dass die eigene Sexualität nicht in die Ordnung der Welt passt, dass sie abartig und verabscheuungswürdig ist. Diese negative Sicht wird zu einem tiefsitzenden Teil des eigenen Selbstverständnisses. Das, was das Zentrum der eigenen Sehnsucht ist, die Liebe zu Menschen gleichen Geschlechts, wird von uns selbst verdammt und stigmatisiert

18 Parra, Luis A. / Benibgui, Michael / Helm, Jonathan L. / Hastings, Paul D. (2016), „Minority Stress Predicts Depression in Lesbian, Gay, and Bisexual Emerging Adults via Elevated Diurnal Cortisol", in: Emerging Adulthood (4:5), 365–372.

19 Timmins, Liadh / Rimes, Katharine A. / Rahman, Qazi (2020), "Minority Stressors, Rumination, and Psychological Distress in Lesbian, Gay, and Bisexual Individuals", in: Archives of Sexual Behavior (49), 661–680, hier S. 661f.

(*self-stigma*). An die Stelle der Liebe und Selbstliebe treten toxischer Selbsthass sowie Schuld- und Schamgefühle. Homosexuelle verbannen durch diese psychischen Mechanismen ihre sexuelle Identität aus ihrem Ich und entwickeln zu Überlebenszwecken eine deviante Fake-Persönlichkeit.

Der zweite, eng damit zusammenhängende innere Stressor ist *Stigma-Wahrnehmung* (*perceived stigma*): Damit ist die konstante Sensibilisierung für Diskriminierung und Stigmatisierung gemeint. Homosexuelle befinden sich in einem Zustand ständiger Hyper-Wachsamkeit gegenüber möglichen Gefahren, und in einem Zustand der sozialen Unsicherheit und chronischen Angst vor Ereignissen, die ihr innerstes Selbst angreifen könnten.[20]

Internalisierte Homonegativität (IH) ist eine Form von sogenannter konflikthafter unbewusster Introjektion bzw. von Selbstinfiltration (*self-infiltration*).[21] Sie führt zu einem Konflikt zwischen der impliziten homosexuellen Identität bzw. den impliziten homosexuellen Bedürfnissen und dem expliziten Ziel, keine homosexuelle Person sein zu wollen. Im Gehirn sind implizite Bedürfnisse neuropsychologisch im parallelverarbeitenden System des rechten präfrontalen Kortex („integrated Self") lokalisiert. Die expliziten Ziele hingegen haben ihre neuropsychologische Basis in

20 Malyon, Alan K. (1982), „Psychotherapeutic Implications of Internalized Homophobia in Gay Men", in: Journal of Homosexuality (7:2-3), 59–69, hier S. 60f.; Meyer, Ilan H. (1995), „Minority Stress and Mental Health in Gay Men", in: Journal of Health and Social Behaviour (36), 38–56, hier S. 40f.; Berg, Rigmor C. / Munthe-Kaas, Heather M. / Ross, Michael W. (2016), „Internalized Homonegativity: A Systematic Mapping Review of Empirical Research", in: Journal of Homosexuality (63:4), 541–588; Saha, Koustuv et al. (2019), „The Language of LGBTQ+ Minority Stress Experiences on Social Media", in: Proceedings of the ACM on Human-Computer Interaction (PACM HCI) (3), No. CSCW, Art. 89, hier S. 6f.

21 Baumann, Nicola / Kuhl, Julius / Kazén, Miguel (2005), „Left-Hemispheric Activation and Self-Infiltration: Testing a Neuropsychological Model of Internalization", in: Motivation and Emotion (29:3), 135–163.

der linken Gehirn-Hemisphäre, die der Sitz des analytischen „Ego" ist.[22] Ein authentisches Selbst reift, wenn beide neuropsychologischen Systeme in Harmonie gebracht werden. Durch internalisierte Homonegativität entsteht hingegen eine dauerhafte, tiefe Disharmonie zwischen Ego und Selbst, die nicht ohne konkrete körperliche Folgen bleibt. Unser eigentliches Selbst bleibt zu lange unterdrückt und verleugnet, die homosexuelle Identitätsformung (*Homosexual Identity Formation,* HIF) ist gebrochen. In der entscheidenden Entwicklungsphase der Jugend entsteht daher kein gesundes und authentisches Selbstverhältnis. Abwehrmechanismen, Erkenntnismuster, psychische Integrität und Objektbeziehungen bleiben unterentwickelt und sind gestört.[23] Dieses gebrochene Selbstverhältnis kann die Form eines Traumas annehmen, das sich tief in die Nervenbahnen einschreibt. Die meisten homosexuellen Jugendlichen haben nie authentische Liebe erfahren: alle Liebe, selbst die der Eltern, erreicht nicht ihr authentisches Selbst. Viele Homosexuelle bleiben daher ihr Leben lang seelisch tief verwundete Menschen.[24]

22 Kuhl, J. / Quirin, M. / Koole, S.L. (2015), „Being Someone: The Integrated Self as a Neuropsychological System", in: Social and Personality Psychology Compass (9:3), 115–132.

23 Malyon, Alan K. (1982), „Psychotherapeutic Implications of Internalized Homophobia in Gay Men", in: Journal of Homosexuality (7:2-3), 59–69, hier S. 60; Rowen, Christopher J. / Malcolm, James P. (2003), „Correlates of Internalized Homophobia and Homosexual Identity Formation in a Sample of Gay Men ", in: Journal of Homosexuality (43:2), 77–92; Jellison, William A. / McConnell, Allen R. (2003), „The Mediating Effects of Attitudes Toward Homosexuality Between Secure Attachment and Disclosure Outcomes Among Gay Men ", in: Journal of Homosexuality (46:1-2), 159–177.

24 Downs, Alan (2012), The Velvet Rage. Overcoming The Pain of Growing Up Gay In A Straight Man's World, 2nd edition, Boston: Da Capo Press, S. 19–29.

Psychophysische Langzeitfolgen, höheres Krankheitsrisiko und höhere Selbstmordrate

Die psychischen Langzeitfolgen dieser Mechanismen umfassen unter anderem:[25] Angststörungen, Coping-fatigue, ADHS, Körper-Dysphorie, Posttraumatische Belastungsstörung (PTBS), Depression, Psychosen, Persönlichkeitsstörungen und eine hohe Suizidalität.

Die im weiteren Sinne körperlichen Folgen umfassen Herz-Kreislauf-Erkrankungen, Essstörungen, Störungen im Hormonhaushalt, Alkoholismus und Drogensucht und vieles mehr. Mehrere Studien konnten einen signifikanten Zusammenhang zwischen internalisierter Homophobie und Depression aufzeigen, indem empirisch nachgewiesen wurde, dass homosexuelle Menschen weniger des stress-regulierenden Hormons Cortisol produzieren als Heterosexuelle (*Allostatic-Load-Modell*).[26] Andere Studien konnten zeigen, dass Homosexuelle bereits ab dem Teenageralter ein höheres Risiko für kardiovaskuläre Erkrankungen aufweisen.[27]

Die gesundheitlichen Auswirkungen von Minoritätenstress konnten bis auf die Ebene der Gen-Expression nach-

---

25 Meyer, Ilan H. (1995), „Minority Stress and Mental Health in Gay Men", in: Journal of Health and Social Behaviour (36), 38–56; Lick, David J. / Durso, Laura E. / Johnson, Kerri L. (2013), „Minority stress and physical health among sexual minorities", in: Perspectives on Psychological Science (8:5), 521–548; Sattler, Frank A. (2018), Minderheitenstress und psychische Gesundheit von Lesben, Schwulen und Bisexuellen, publikationsbasierte Dissertation im Fachbereich Psychologie der Philipps-Universität Marburg, S. 5f.

26 Parra, Luis A. / Benibgui, Michael / Helm, Jonathan L. / Hastings, Paul D. (2016), „Minority Stress Predicts Depression in Lesbian, Gay, and Bisexual Emerging Adults via Elevated Diurnal Cortisol", in: Emerging Adulthood (4:5), 365–372; Sattler, Frank A. (2018), Minderheitenstress und psychische Gesundheit von Lesben, Schwulen und Bisexuellen, publikationsbasierte Dissertation im Fachbereich Psychologie der Philipps-Universität Marburg, S. 11.

27 Hatzenbuehler, Mark L. (2009), „How Does Sexual Minority Stigma 'Get Under the Skin'? A Psychological Mediation Framework", in: Psychological Bulletin (135:5), 707–730.

gewiesen werden.[28] Mit zunehmendem Alter wird der allgemeine Gesundheitszustand von LGBT*-Personen im Vergleich zu Heterosexuellen deutlich labiler, und insgesamt ist aufgrund von höherem Krankheitsrisiko und höherer Selbstmordrate die Lebenserwartung deutlich geringer als die Heterosexueller.[29] In den Niederlanden ist die Suizidrate Homosexueller um das Zehnfache höher als bei Heterosexuellen, in Schweden um das Dreifache – und das, obwohl in den Niederlanden seit 2001 und in Schweden seit 2009 die gleichgeschlechtliche Ehe legal ist. Auch in Kanada wurde trotz Gay Marriage kein Rückgang in den Suizidraten Homosexueller beobachtet.[30]

Intra-minority stress

Der Kern all dieser Probleme der Gay Community liegt darin, dass sich die durch Stigmatisierung induzierten Entwicklungsstörungen der Jugend in Psyche und Körpergedächtnis einbrennen und das gesamte Erwachsenenalter hindurch weiterwirken. Daher bestehen die eigenen Probleme auch nach dem Coming-out weiter und verstärken sich sogar, wenn in der Gay Community gebrochene Men-

28 Flentje, Annesa et al. (2018), „Minority stress and leukocyte gene expression in sexual minority men living with treated HIV infection", in: Brain, Behaviour, and Immunity (70), 335–345.

29 IOM (Institute of Medicine) (2011), The Health of Lesbian, Gay, Bisexual, and Transgender People: Building a Foundation for Better Understanding, Washington, DC: The National Academies Press; Sattler, Frank A. (2018), Minderheitenstress und psychische Gesundheit von Lesben, Schwulen und Bisexuellen, publikationsbasierte Dissertation im Fachbereich Psychologie der Philipps-Universität Marburg, S. 9.

30 Aggarwal, Sanjay / Gerrets, Rene (2014), „Exploring a Dutch paradox: an ethnographic investigation of gay men's mental health", in: Culture, Health and Sexuality (16:2), 105–119; Björkenstam, Charlotte / Andersson, Gunnar / Dalman, Christa / Cochran, Susan / Kosidou, Kyriaki (2016), „Suicide in married couples in Sweden: Is the risk greater in same-sex couples?", in: European Journal of Epidemiology (31:7), 685–690; Hobbes, Michael (2017), „Together Alone. The Epidemic of Gay Loneliness", *https://highline.huffingtonpost.com/articles/en/gay-loneliness/*

schen aufeinander treffen: Der *extra-minority stress* wandelt sich in einen *intra-minority stress.*[31] Dieser besteht u. a. in gegenseitiger Diskriminierung wegen Aussehen und Status, in Körper-Dysphorie und enormer Ablehnungssensitivität (*rejection sensitivity*): Wenn einen die „eigenen" Leute ablehnen, wird dies als schlimmer empfunden als die Ablehnung durch die heterosexuelle Mehrheitsgesellschaft.[32] Intra-minority stress kann zu sozialängstlichen Symptomen führen, die auch nach dem Coming-out fortdauern. Auf diese Weise führt er zu tiefer Einsamkeit (*gay loneliness*), konstanter Re-Traumatisierung und Verstärkung von Depression und Angst.[33] Das ändern auf Dauer auch keine rein äußerlichen, rechtlichen Verbesserungen wie die Einführung der Ehe für alle, wie es die Erhebungen zu den Suizidraten zeigen. Wahre Verbesserung muss an den inneren Wurzeln ansetzen. Denn Selbsthass und Depression sind nichts anderes als internalisierte Wut (*internalized rage*): die gegen sich selbst gerichtete Wut darüber, seines authentischem Selbst beraubt worden zu sein.[34]

---

31 Kumar, Naveen (2020), „The Gay Community's Obsession With Status and Looks Has Huge Mental Health Costs", *https://www.them.us/story/gay-bi-racism-looks-grindr-anxiety-depression*

32 Pachankis, John E. / Goldfried, Marvin R. / Ramrattan, Melissa E. (2008), „Extension of the Rejection Sensitivity Construct to the Interpersonal Functioning of Gay Men", in: Journal of Consulting and Clinical Psychology (76:2), 306–317.

33 Pachankis, John E. / Cochran, Susan D. / Mays, Vickie M. (2015), „The mental health of sexual minority adults in and out of the closet: A population-based study", in: Journal of Consulting and Clinical Psychology (83:5), 890–901; Hobbes, Michael (2017), „Together Alone. The Epidemic of Gay Loneliness", *https://highline.huffingtonpost.com/articles/en/gay-loneliness/*

34 Downs, Alan (2012), The Velvet Rage. Overcoming The Pain of Growing Up Gay In A Straight Man's World, 2nd edition, Boston: Da Capo Press, hier S. 33–38.

Minority Stress als psychischer Missbrauch und Notwendigkeit einer Lehrkorrektur

Das römische Lehramt trägt mit seiner Doktrin, dass Homosexualität eine Hinordnung auf ein intrinsisches Übel ist, zu dieser Beraubung des authentischen Selbst bei. Diese Doktrin und ihre dramatischen psychophysischen Folgen sind eine „Form von Missbrauch".[35] Eine Korrektur ihrer Lehre kann die Kirche jedoch aus ihren eigenen spirituellen Quellen schöpfen: So haben etwa die Regeln zur Selbstfindung des Ignatius von Loyola genau das Ziel, das eigene authentische Selbst zu finden, es anzunehmen und in das Gesamt des eigenen Lebens in gelingender Weise zu integrieren.[36] Mit der ignatianischen Methode und Anthropologie könnten die destruktiven Folgen der Selbstinfiltration via Internalisierter Homophobie in den Seelen homosexueller Menschen spirituell-psychologisch adressiert und einer Heilung zugeführt, und ein tieferes theologisches Verständnis für eine Lehrkorrektur erreicht werden. Und eine solche Korrektur aus den eigenen Quellen erlaubt keinen endlosen Aufschub, denn es geht bei LGBT*-Inklusion nicht nur um irgendwelche progressiven Ideologien, sondern es geht um Menschenleben.

---

35 Remenyi, Matthias / Schärtl, Thomas (2019), „Einleitung", in: Dies. (Hrsg.), Nicht ausweichen. Theologie angesichts der Missbrauchskrise, Regensburg: Pustet, 9–15, hier S. 13.

36 Brüntrup, Godehard (2020), „Was uns antreibt", Interview in: *https://die-neue-vernunft.de/magazin-interview-mit-bruntrup/*

Teil 3

PERSPEK-TIVEN

von Verantwortungs-träger*innen

Bischöfliche Perspektiven   Perspektiven von Verantwortlichen in der Seelsorge   Perspektiven aus den katholischen Lai*innenverbänden   Perspektiven aus der Theologie

Bischöfliche Perspektiven

37. Wirkliche Begegnung ermöglicht neues Denken

Bischof Heinrich Timmerevers,
Bistum Dresden-Meißen

Unter den verschiedenen Anfragen von Personen und Gruppen um eine persönliche Begegnung mit mir fand ich vor Monaten einen Brief des „Christlichen Schwul-LesBischen Stammtisch Dresden" auf meinem Schreibtisch, mit der Bitte um ein Gespräch. Zunächst fühlte ich mich relativ hilflos: Wie gehe ich mit dieser Anfrage um? Wenn es zu einer Begegnung kommt, welche Fragen werden mir gestellt und wie und was werde ich darauf antworten können? Ich stellte mir vor, eine solche Begegnung wird für alle Beteiligten nicht einfach sein. Mir war aber klar, der Bitte um ein Treffen will ich mich nicht verweigern.

Ich habe daraufhin zu einem Gespräch in meinen Dienstbereich eingeladen und mir vorgenommen, diese Begegnung sollte gastfreundlich sein. So trafen wir uns im Esszimmer der „Bischofsetage" im Haus der Kathedrale, ein kleiner Abendimbiss und ein Gläschen Wein sollte mein Willkommen ausdrücken. In meinem bisherigen Dienst als Priester und Bischof war ich bis zu diesem Zeitpunkt immer nur einzelnen Personen begegnet, die im Gespräch ihre sexuelle Orientierung deutlich machten und thematisierten.

Im Mai 2019 kam es zu dieser ersten Begegnung, nun saßen sie an meinem großen Esstisch. Zu meiner Verwunderung: Es waren manche bekannte Gesichter dabei. Einige kannte ich vom Gottesdienst in der Kathedrale. Einer erwachsenen Person hatte ich schon das Sakrament der Firmung gespendet. Wir begannen mit einer Vorstellungsrunde – und die hatte es in sich! Jede und jeder stellte sich nicht nur mit Namen, Alter, Herkunft und Beruf vor, sondern jede und jeder gab mit großer Offenheit einen Teil der ganz persönlichen Lebensgeschichte preis. An meinem Esstisch saßen Personen mit ihren jeweils ganz eigenen Prägungen. Lebenswege, gezeichnet von Fragen, Suchen und Kämpfen, mit sich und vertrauten Menschen, Geschichten mit Unverständnissen, Verwundungen, Zerwürfnissen, Brüchen und Ablehnungen. Und für mich wurde erkennbar, wie sehr das Suchen nach geschlechtlicher Identität, das Coming-out, das Ringen um eine Antwort und die Entscheidung, die entdeckte geschlechtliche Identität anzunehmen, zermürbend sein kann. Denn von den Menschen an meinen Tisch waren Aussagen dabei, wo Tränen nicht verborgen blieben.

In dieser großen Austauschrunde wurde für mich auch erkennbar, dass sie alle als Gläubige und praktizierende Christen hier am Tisch saßen und es schimmerte immer wieder durch, wie sehr der Glaube an Gott, an Jesus Christus ihnen in diesen Prozessen Kraft gegeben hat und gibt.

Auch wurde für mich erlebbar, wie sehr diese Personen nach ihrem Coming-out und nach ihrer Geschlechtsangleichung in ihrer neuen Situation inmitten ihren alten und neuen Familienkonstellationen, in Beruf und in Gesellschaft durch ihren praktizierten Glauben Halt fanden, vor allem aber auch ihren Glauben nicht ad acta legten, obwohl sie gerade in der katholischen Kirche wenig Akzeptanz gefunden haben.

Diese erste Begegnung mit der Gruppe hat mich sehr nachdenklich gemacht und lässt mich fragen, ob die Lehre der katholischen Kirche zu den angedeuteten Fragen nicht neu bedacht und weiterentwickelt werden müsste.

Es folgte eine zweite Begegnung: Die Gruppe „Christlicher Schwul-LesBischer Stammtisch Dresden“ lud mich Monate später zu einem ihrer monatlichen Treffen ein. Sie fragten an, ob wir miteinander ein Schriftgespräch führen könnten. Dieser Bitte stimmte ich sofort zu. Ich wurde gebeten, die Schriftstelle selbst auszuwählen. Für die Einladung an die Teilnehmer sollte ich vorher die Schriftstelle bekanntgeben. Ich wählte eine Schriftstelle, die an diesem Tag als Tageslesung vorgesehen war: Matthäus 14,22–33.

Wir führten über sie ein sehr intensives und bereicherndes Gespräch. Was mich aber noch mehr beeindruckte, war etwas anderes: Denn als ich die auf ein Blatt kopierte Schriftstelle austeilte und mit dem Gespräch beginnen wollte, signalisierte man mir, dass man diese Kopie nicht benötigte. Fast jede/jeder hatte ihre/seine eigene Bibel mitgebracht. Und ich nahm wahr, dass viele Teilnehmer (bis auf zwei Ausnahmen keine Theologen!) die angegebene Schriftstelle schon aufgeschlagen hatten. Der Blick auf die verschiedenen Ausgaben der Bibel in den Händen der Teilnehmer zeigte mir: Diese Bibeln kommen nicht aus dem Bücherregal, sie werden häufiger gebraucht und gelesen. Ich fragte mich selbst: „Mit welcher Gruppe, mit der ich ein Schriftgespräch geführt habe, hast du das in den vergangenen Jahren schon einmal erlebt?"

Diese beiden Begegnungen führten dazu, dass ich mich intensiver mit der Frage beschäftigt habe: Wie bilden sich sexuelle Identität und sexuelle Orientierung im Leben eines jungen Menschen aus? Nach der Lektüre entsprechender Fachliteratur und nach Gesprächen mit Wissenschaftlern wuchs in mir die Erkenntnis: Biologische, soziale und kulturelle Einflüsse prägen Menschen und sind nicht einfach auseinanderzudividieren. Was zur Festigung einer Anlage führt, bleibt vage. Man sucht sich seine Sexualität nicht aus. Die sexuelle Identität entwickelt sich aus einer gewissen Offenheit, sie ist vermutlich im 16. Lebensjahr einigermaßen „safe". Mir wurde sehr deutlich, dass die katholische Kirche ihre gesamte Sexualmoral, die Positionierung zur Bewertung der Homosexualität, gleichgeschlechtlicher Partnerschaften, Transgender und Diversität grundsätzlich aufgrund neuer Erkenntnisse der Sexualwissenschaft neu bewerten und dementsprechend die Lehre weiterentwickeln muss. Ebenso wurde mir klar, dass wir mit unserer kirchlichen Bewertung der unterschiedlichen Phänomene über Jahrhunderte hinweg Menschen falsch beurteilt und mit ihrer Situation und Befindlichkeit alleingelassen und de facto in ein Abseits gestellt haben. Hier haben wir Unrecht begangen und sind auch schuldig geworden.

Unabhängig von all diesen Fragen habe ich mich in den vergangenen Jahren intensiv mit dem Nachsynodalen Apostolischen Schreiben von Papst Franziskus *„Amoris Laetitia"* beschäftigt. In einer Reihe von verschiedenen Klausurtagungen mit den Seelsorgerinnen und Seelsorgern unseres Bistums sind wir der Frage nachgegangen: Was zeigt uns *„Amoris Laetitia"* an Neuem für die Pastoral, welche Korrekturen vor allem in unserer Haltung sind anzugehen?

In der Reflexion darüber sind mir zwei Aspekte sehr wichtig geworden: Zunächst die Feststellung, dass wir mit unserer rigiden Morallehre eher eine exklusive Pastoral betrieben haben. Wer unseren Moralvorstellungen, unseren Normen und Geboten nicht entsprechen konnte (kann) – aus welchem Grund auch immer –, der wurde vom kirchlichen Leben ausgeschlossen, ausgegrenzt. Seitdem ist in mir die Frage virulent (und darin sehe ich einen Auftrag): Wie können wir heute Ausgrenzungen in der pastoralen Arbeit überwinden?

Der Papst schreibt, dass *„zwei Arten von Logik (…) die gesamte Geschichte der Kirche durchziehen: Ausgrenzen und Wiedereingliedern"* (AL 296)[37], und macht sich dann eindeutig die zweite Form zu eigen:

„Die Logik der Integration ist der Schlüssel ihrer pastoralen Begleitung, damit sie nicht nur wissen, dass sie zum Leib Christi, der die Kirche ist, gehören, sondern dies als freudige und fruchtbare Erfahrung erleben können" (AL 299).

Etwas Zweites ist mir wichtig geworden, auch hier ist ein Umdenken angesagt: Es braucht eine Haltungsänderung! Papst Franziskus schreibt in AL 37 zum Thema „Gewissen":

37 Nachsynodales Apostolisches Schreiben Amoris Laetitia, 19. März 2016, *https://www.vatican.va/content/francesco/de/apost_exhortations/documents/papa-francesco_esortazione-ap_20160319_amoris-laetitia.html*

„Wir tun uns ebenfalls schwer, dem Gewissen der Gläubigen Raum zu geben, die oftmals inmitten ihrer Begrenzungen, so gut es ihnen möglich ist, dem Evangelium entsprechen und ihr persönliches Unterscheidungsvermögen angesichts von Situationen entwickeln, in denen alle Schemata auseinanderbrechen. Wir sind berufen, die Gewissen zu bilden, nicht aber dazu, den Anspruch zu erheben, sie zu ersetzen."

In der Folge müssen wir uns als Kirche auch hinterfragen, mit welcher Haltung wir Menschen begegnen. Ist es unser primärer Auftrag, in gute und schlechte, fromme und nichtfromme Menschen, Christen, Homosexuelle usw. zu unterteilen? Wohl kaum! Das Fundamentalste ist eine Haltung, die den anderen annimmt, so wie auch Gott jeden Menschen trotz und mit allem annimmt – jeden Menschen, Sie und mich eingeschlossen.

Und ein Drittes: Im Schreiben des Papstes habe ich eine sehr tragfähige pastorale Regelung entdeckt, die mit einem Dreischritt sehr einfach zu erklären ist: begleiten, unterscheiden, integrieren. Vereinfacht gesagt: Es ist unser Auftrag, die Menschen in ihrer Lebenssituation mit ihren Fragen und mit ihren Herausforderungen zu begleiten. Wir können ihnen mit der Botschaft des Evangeliums und der Lehre der Kirche Hilfen geben, in denen sie im Für und Wider unterscheiden und klären können, welcher Schritt für sie von Gott her im Rahmen ihrer Möglichkeiten jetzt richtig und angesagt ist. Und dann bleibt es unsere Aufgabe als Kirche, die Menschen in ihren ganz unterschiedlichen Lebenssituationen, mit all ihren manchmal vielleicht auch fragwürdigen Entscheidungen anzunehmen, willkommen zu heißen und zu integrieren. Papst Franziskus schreibt dazu in AL 297:

„Es geht darum, alle einzugliedern; man muss jedem Einzelnen helfen, seinen eigenen Weg zu finden, an der kirchlichen Gemeinschaft teilzuhaben, damit er sich als Empfänger einer ‚unverdienten, bedingungslosen und gegenleistungsfreien' Barmherzigkeit empfindet."

Auf diesem Hintergrund bin ich zu der Überzeugung gekommen, dass wir als Kirche uns diesen Fragen stellen müssen und unsere bisherige Lehre kritisch hinterfragen und weiter entwickeln müssen. In Anlehnung an die Pastoralkonstitution des Zweiten Vatikanischen Konzils beten wir im Hochgebet der Kirche „Jesus, unser Weg":

Lass die Gläubigen die Zeichen der Zeit verstehen und sich mit ganzer Kraft für das Evangelium einsetzen. Mache uns offen für das, was die Menschen bewegt, dass wir ihre Trauer und Angst, ihre Freude und Hoffnung teilen und als treue Zeugen der frohen Botschaft mit ihnen dir entgegengehen.

Die Begegnungen haben mich verändert: Diesem Gebet sollten Taten folgen! Seelsorge verändert sich.

38. Vorurteile überwinden

Bischof Dr. Franz-Josef Overbeck,
Bistum Essen

Es gibt gegenwärtig kaum ein anderes Thema, das in weiten Teilen unserer außer- und innerkirchlichen Öffentlichkeit auf so viel Unverständnis stößt, wie das Festhalten an einer Sexualmoral, die zum Beispiel gleichgeschlechtlich liebenden Menschen die Möglichkeit einer gelingenden und erfüllenden Beziehung praktisch verwehren möchte.

In der Wende zu einem personal-ganzheitlichen Verständnis von Sexualität sehen viele Gläubige einen längst überfälligen Schritt. Diese Wende setzt voraus, den vielfältigen Lebensrealitäten der Gläubigen und aller Menschen gerecht zu werden, die sich weltweit unterschiedlich darstellen. Papst Franziskus spricht in solchen Zusammenhängen oft von einer „heilsamen Dezentralisierung". Er fordert damit explizit dazu auf, differenziert auf Herausforderungen zu reagieren, die je nach Kontext unterschiedliche Antworten verlangen. So wirbt der Papst für die „Kunst der Unterscheidung", die in allen Fragen des Lebens sorgfältig abwägt, unterschiedliche Perspektiven einnimmt und auf vorschnelle Urteile und Bewertungen verzichtet.

Die „Kunst des Unterscheidens" geschieht im Verhältnis von ortskirchlicher Vielfalt und weltkirchlicher Einheit, wobei Vielfalt eben nicht mit Beliebigkeit verwechselt werden darf: Diskriminierung und Verfolgung aufgrund der sexuellen Orientierung oder Identität dürfen unter keinen Umständen toleriert werden. Mit Blick auf die Würde der Person gelten überall jene fundamentalen Rechte, die in der

Pastoralkonstitution *Gaudium et spes* klar und universell verbindlich formuliert worden sind:

„Doch jede Form einer Diskriminierung in den gesellschaftlichen und kulturellen Grundrechten der Person, sei es wegen des Geschlechts oder der Rasse, der Farbe, der gesellschaftlichen Stellung, der Sprache oder der Religion, muss überwunden und beseitigt werden, da sie dem Plan Gottes widerspricht" (GS 29).[38] Damit sind wir als Kirche verpflichtet, entschieden gegen die Verfolgung und Diskriminierung ausnahmslos aller Menschen vorzugehen. Dieser Imperativ ist stets gültig und muss insbesondere in Ländern, in denen Menschen mit homosexueller Orientierung oder transidentem Hintergrund herabgesetzt und ausgegrenzt werden oder gar um ihr Leben fürchten müssen, Mindestmaßstab kirchlichen Handelns sein.

Die von Papst Franziskus beworbene Haltung rechnet damit, dass Gottes Gegenwart sich in allen Zeiten und Situationen des Lebens zeigt, wo das wahrhaft Gute und Menschliche zur Entfaltung kommt. Dies geschieht ganz besonders in allen respekt- und liebevollen Beziehungen, die Menschen miteinander eingehen. Indem Papst Franziskus zusätzlich deutlich macht, dass gleichgeschlechtliche Partnerschaften rechtlichen Schutz verdienen, bringt er so eine neue Form der Wertschätzung zum Ausdruck, die den Ausgangspunkt für eine (ortskirchliche) Neubewertung der Homosexualität bilden kann. Dennoch stehen diese Entwicklungen in einem Spannungsverhältnis zu dem Schreiben der vatikanischen Kongregation für die Glaubenslehre

38 Pastorale Konstitution „Gaudium et spes – über die Kirche in der Welt von heute", *https://www.vatican.va/archive/hist_councils/ii_vatican_council/documents/vat-ii_const_19651207_gaudium-et-spes_ge.html*

zur Frage der Segnung gleichgeschlechtlicher Partnerschaften, dass diese neuen Töne der Würdigung vermissen lässt.

Als Bischof und Seelsorger kann ich dieses Spannungsverhältnis nicht auflösen. Aber ich werbe für eine neue Perspektive, die ich vor allem aus vielen Gesprächen mit einzelnen Betroffenen für mich gefunden habe. Die Lebenserfahrungen und tiefen Empfindungen derer, die homosexuell oder transident sind, haben mich sehr berührt. Ich bin deshalb zutiefst davon überzeugt, dass die kirchliche Lehre diese konkreten Lebenszeugnisse und Lebenserfahrungen aufgreifen und integrieren muss. Das schlichte Wiederholen der bisherigen lehramtlichen Bewertung von Homosexualität kann niemanden mehr überzeugen, sondern führt lediglich dazu, dass sich Menschen, die zu Recht auf eine wertschätzende Neubewertung hoffen, gekränkt und verletzt abwenden.

Jeder Versuch, Homosexualität als ‚unnatürlich' zu pathologisieren, steht dabei nicht nur im Widerspruch zu den Erkenntnissen human- und sexualwissenschaftlicher Forschung, sondern ignoriert auch die konkreten Lebenszeugnisse und -erfahrungen, die deutlich machen, dass Liebe in partnerschaftlicher Verantwortung keine einzig abstrakte naturrechtliche Frage ist, sondern eine Frage des Respekts, der gegenseitigen Achtung und der tiefen inneren Gefühle und Empfindungen. Bestimmten Gruppen von Menschen diese Möglichkeit zu verwehren und abzusprechen, ist der Ausdruck eines fatalen Urteils, das für Betroffene schwer zu ertragen ist und letztlich zu ihrer Diskriminierung oder gar Kriminalisierung beiträgt.

Vor diesem Hintergrund sinkt auch unter katholischen Christinnen und Christen zusehends die Bereitschaft, weiterhin eine Sexualmoral mitzutragen, die durch eine allzu restriktive Vorstellung von vermeintlich „natürlicher" Sexualität zahlreichen Menschen die Freiheit verweigern möchte, in einer verbindlichen Partnerschaft ein gutes und von Liebe erfülltes Leben zu führen.

Wer zudem die offene Ablehnung dieser Position sanktionieren will, hat scheinbar nicht verstanden, dass wir heute in einer Gesellschaft leben, in der sich die Bedingungen, den Glauben zu leben, fundamental verändert haben. Wir sollten alle, aber insbesondere junge Christinnen und Christen dazu ermutigen und befähigen, frei und selbstbewusst ihre Haltung dazu zu entwickeln, was es für sie bedeutet, heute Christ zu sein. Wie Menschen zu leben haben, lässt sich nicht mehr allgemein autoritativ verordnen, ohne das Gottesgeschenk der Autonomie mit Füßen zu treten.

Ohnehin ist in unserer Gesellschaft die Reaktion auf Autorität, die sich nicht durch gute Argumente ausweist, in der Regel nicht von Glauben und Vertrauen gekennzeichnet, sondern von Skepsis und Ablehnung. Aus meiner Sicht besteht der richtige Weg darin, in einem gemeinsamen Diskurs ohne Angst, Denkverbote und Scheuklappen Grundbedingungen und Kriterien zu beschreiben, die für ein gelingendes Leben als Orientierung dienen und so Verbindlichkeit erzeugen können. Die Lern- und Erkenntnisfortschritte der letzten Jahrzehnte sowie nicht zuletzt die Erfahrungen aus der alltäglichen Seelsorge müssen wesentlich tiefer als bisher in die Lehre der Kirche integriert werden.

Hier geht es – bei aller hohen Wertschätzung für Schriftzeugnis, Lehramt und Tradition – um die Übersetzung der Zeichen der Zeit, die von den Anfängen des Christentums an helfen, die gesamte Tradition als ein lebendiges Geschehen zu begreifen. Einfache, eindeutige und zeitlos gültige

Antworten werden dem menschlichen Leben und der Geschichtlichkeit aller Erkenntnis selten gerecht. In der gemeinsamen Vergewisserung darüber, wie die Wende zu einem personal-ganzheitlichen Verständnis von Sexualität und Identität in unserer Kirche auch theologisch verantwortet gelingen kann, sollten wir immer die Zuversicht des II. Vaticanums beherzigen:

„*Wer bescheiden und ausdauernd die Geheimnisse der Wirklichkeit zu erforschen versucht, wird, auch wenn er sich dessen nicht bewusst ist, von dem Gott an der Hand geführt, der alle Wirklichkeit trägt und sie in sein Eigensein einsetzt*" (GS 36).

Perspektiven von Verantwortlichen in der Seelsorge

39. „Umarmen – lieben – bestärken“ Was Mutter Kirche von Müttern (und Vätern) lernen kann

Dr. Martina Kreidler-Kos,
Leiterin des Seelsorgeamtes im Bistum Osnabrück

In manchen Ländern, so berichtet jüngst der emeritierte Dogmatiker von Innsbruck Józef Niewiadomski, sitzen Mütter weinend in Beichtstühlen, weil sie die homosexuellen Beziehungen ihrer erwachsenen Kinder tolerieren.[39] Als könne Gott ihnen die Liebe zu den eigenen Kindern übel nehmen, meinen sie bekennen zu müssen, dass sie diese annehmen mit all dem, was zu ihnen gehört.

39 Jósef Niewiadomski, Die Leiche im Keller. Zur Debatte um die Segnung homosexueller Paare, in: Herder Korrespondenz 5/2021, 13–16, 13.

Eine aufmerksame Pastoral und Seelsorge muss hier Alarm schlagen. Wie sollen solche Erfahrungen in den eigenen Glauben integriert werden? Von Eltern? Von Kindern? Und was sollte das für einen Sinn haben? Sollte man angesichts solcher Erfahrungen nicht endlich fragen, wer eigentlich von wem zu lernen hätte? „Die moralische Abwertung von Liebe ist die eigentliche Perversion, die einer christlichen Moral widerfahren kann“[40], dieses hellsichtige Urteil des Mainzer Moraltheologen Stephan Goertz gilt nicht nur für gleichgeschlechtlich liebende Menschen, sondern auch für all jene, die diese Liebenden lieben. Und gerade sie könnten eine theologische Reflexion über Ehe, Familie und Sexualität und eine Familienpastoral an die Hand nehmen, um zu neuen Erkenntnissen und einer konstruktiven, lebensermöglichenden und menschenfreundlichen Praxis zu finden. Denn eine solche ist auf der Grundlage der traditionellen katholischen Sexualmoral nicht zu leisten.

Die Konstruktion, die der Katechismus bietet – Menschen dürfen ihre Homosexualität zwar haben, aber leben dürfen sie sie nicht –, ist mit Blick auf die Praxis eher Ausdruck einer Ratlosigkeit, denn eine Hilfe zu gelingender Gestaltung von Sexualität. Der Hinweis, dass gleichgeschlechtlich liebenden Menschen nur die Askese bleibt, verdrängt das Moment der Freiwilligkeit, das sonst diesem Lebensentwurf als einem christlichen innewohnt. Was also tun?

Mit Blick auf die Selbstdefinition als Mutter, die vor allem Papst Franziskus stark macht, könnte die Kirche sich an mütterlichen Lösungen orientieren. Denn nicht immer münden solche Erfahrungen in Tränen, Ohnmacht und Resignation.

40 Stephan Goertz, Zwischen „himmelschreiender Sünde“ und „Geschenk der Liebe“, in: Stephan Goertz (Hrsg.), „Wer bin ich, ihn zu verurteilen?“ Homosexualität und katholische Kirche, Freiburg i. Br. 2015, 175–236, 234.

Im sogenannten „Bible Belt“, einem konservativen Landstrich in den Südstaaten der USA, gründete eine tiefgläubige Mitfünfzigerin im Jahr 2018 eine NGO mit dem Namen „Free Mom Hugs“.[41] Mit einer bestechend einfachen Idee ruft sie seitdem Eltern zusammen, junge LGBTIQ Menschen zu unterstützen: mit Liebe, Wärme und Umarmungen. Wenn in christlichen Familien heranwachsende Kinder aus ihren Familien verstoßen, verleumdet oder aus Scham versteckt werden, weil sie sich als schwul, lesbisch oder transsexuell outen, springt Sara Cunningham ein: „Wenn du eine Mutter brauchst, ruf mich an“, postet sie und wird auf diese Weise zur Trösterin und Wegbegleiterin für viele. „Umarmen – lieben – bestärken“ ist ihre vom Glauben getragene Devise. Weitere Mütter und Väter schlossen sich Cunnigham an und beschenken mittlerweile in fast allen Staaten der USA Alleingelassene mit Liebe und Anerkennung.

Auch wenn im März 2021 die Glaubenskongregation ein kurzes, striktes „Nein“ auf die Frage nach Segnungen für gleichgeschlechtliche Paare geäußert hat, beginnt Mutter Kirche in den letzten Jahren von all diesen Müttern und Vätern zu lernen. Schon vor der Familiensynode 2014/2015 schrieb der belgische Bischof Johan Bony – noch etwas ungelenk und doch wegweisend: „Zwar stellen Menschen Fragen in Bezug auf den Lebensweg ihrer Verwandten, zwar würden sie ihn lieber anders sehen und stimmt sie dies traurig, dennoch lassen sie einander nicht fallen. Für die betroffenen Personen ist diese Solidarität ein wichtiges Zeichen von Gottes Treue zu jedem Menschen, gleich was ihm oder ihr widerfahren mag. Ihrem Empfinden nach darf die Kirche nicht hinter dem zurückstehen, was sie sich gegenseitig

41 Vgl. *freemumhugs.org*

in der Familie auch weiterhin an Unterstützung und Gastfreundschaft zukommen lassen."[42] Auch wenn im Nachsynodalen Schreiben *Amoris laetitia* von Papst Franziskus Homosexualität nur kurz benannt wird[43], hat sich mit den von ihm einberufenen Familiensynoden 2014 und 2015 einiges verändert.

Die Erfurter Dogmatiker Julia Knop fasst die Entwicklungen zusammen: „Insbesondere auf der Außerordentlichen Synode 2014 waren [...] Worte der Wertschätzung von Liebe und Fürsorge in homosexuellen Beziehungen und Impulse zu einer besseren pastoralen Wahrnehmung homosexueller Paare und ihrer Familien zu hören. Im Zwischenbericht (30.10.2014) der Synode 2014 heißt es in kirchlich bisher nicht bekannter Offenheit und unter Verwendung des Terminus ‚sexuelle Ausrichtung/Orientierung' anstelle ‚homosexueller Tendenzen', ‚Neigungen' oder ‚Handlungen': Homosexuelle Menschen besitzen Gaben und Qualitäten, die sie der Christengemeinschaft schenken können. Können wir diese Menschen aufnehmen, indem wir ihnen einen Raum der Brüderlichkeit in unseren Gemeinschaften zusichern? [...] Sind unsere Gemeinschaften in der Lage, dies zu tun und ihre sexuelle Ausrichtung zu akzeptieren und zu bewerten, ohne die katholische Familien- und Ehelehre zu gefährden?"[44]

Einen Weg hin zu solch sicheren Räumen eröffnet *Amoris laetitia*. In Abschnitt 292 würdigt Papst Franziskus:

---

42 Johan Bonny, Die Bischofssynode über die Familie. Erwartungen eines Diözesanbischofs, in: Zerreißprobe Ehe. Das Ringen der katholischen Kirche um die Familie, hrsg. v. Ulrich Ruh/Myriam Wijlens, Freiburg i. Br. 2015, 257–304, 282.

43 Vgl. Papst Franziskus, Die Freude der Liebe. Das Apostolische Schreiben Amoris laetitia über die Liebe in der Familie, 19.03.2016, 250 und 251.

44 Julia Knop, Beziehungsweise. Theologie der Ehe, Partnerschaft und Familie, Verlag Friedrich Pustet, Regensburg 2019, S. 96.

„Andere Formen [als die der sakramentalen Ehe] widersprechen diesem Ideal von Grund auf, doch manche verwirklichen es zumindest teilweise oder analog. Die Synodenväter haben betont, dass die Kirche nicht unterlässt, die konstruktiven Elemente in jenen Situationen zu würdigen, die noch nicht oder nicht mehr in Übereinstimmung mit ihrer Lehre von der Ehe sind.“[45]

Mit seinem Familienpapier hat der Papst einen Perspektivwechsel vollzogen: Nicht mehr die Lehre steht an erster Stelle, wenn es um Fragen der Lebensführung geht, sondern das Leben selbst. Davon lassen sich auch Amtsbrüder anstecken, etwa der Erzbischof von Manila, jüngster der vier „Presidenti Delegati“ der Familiensynode, der kurz nach dem Ende der Versammlung um ein Statement gebeten wurde. Interessanterweise beginnt auch er von seinen Erfahrungen zu erzählen: „Alle Familien haben ihre Konflikte, ihre Streitigkeiten, ihre Sorgen. Ich komme aus einer einfachen philippinischen Familie, die auf den ersten Blick traditionell wirkt. […] In Rom haben wir jetzt über die Probleme moderner Familien diskutiert. Aber ist die moderne Familie deshalb ein Problem? Nein. […] Den Wert dieser Beziehungen anzuerkennen, die Sorge, die Hingabe und das Verständnis füreinander in den verschiedenen Formen des Zusammenlebens zu würdigen – das ist jetzt die Aufgabe der katholischen Kirche. Dafür brauchen wir ein neues Verständnis von Familie und auch eine neue Vergebungsbereitschaft. […] Die Familien sind nicht dazu da, der Kirche zu gefallen. Sondern die Kirche ist für die Familien da.“[46]

Viele Hauptamtliche und Geweihte haben das längst verstanden und vermögen Schritte hin zur Anerkennung der

45 Amoris laetitia, 292.
46 Luis Antonio Kardinal Tagle, Erzbischof von Manila, in: Wir sollen Wunden heilen, Die ZEIT, Nr. 44, 29.10.15.

Liebes- und Lebenserfahrungen von Familien aller Art zu tun. Sie werden immer öfter auffindbar, werden lauter und sie kommen zunehmend auch aus der Mitte der Kirche.

Die jüngsten Entwicklungen rund um das Verbot von Segensfeiern zeugen nicht zuletzt davon. Unter *#liebegewinnt* haben sich zahlreiche Seelsorger*innen, Priester und Ordensleute in Deutschland im Frühjahr 2021 zusammengetan und gemeinsam verlautbart, dass sie in ihrem pastoralen Handeln nicht auf die Wertschätzung und Bestärkung – auch durch einen Segen – von gleichgeschlechtlich Liebenden verzichten werden. Eine Liste von 2600 Unterschriften kirchlicher Mitarbeiter*innen wurde am 27.03.2021 dem Synodalforum IV übergeben, das sich im Rahmen des Synodalen Weges mit den Fragen rund um Sexualität beschäftigt.

Józef Niewiadomski resümiert: „Wir alle sollten also beten für Papst Franziskus. Er möge den Mut aufbringen, eine ‚kopernikanische Wende' in Sachen theologischer Deutung gelebter Sexualität zu vollziehen, jenen Schritt also zu wagen, den das Zweite Vatikanum unterlassen hat: explizit Abschied zu nehmen vom alten Paradigma der Unkeuschheit des verdorbenen Triebes. Damit würde nicht nur die von ihm in *‚Amoris laetitia'* so oft zitierte Logik des Hoheliedes neue spirituelle Kraft entfalten. Auch all jene Fronten, an denen immer noch Positionskriege in Sachen Sex geführt werden, würden dann einer sinnstiftenden Diskussion über verantwortlich gelebte Sexualität Platz machen."[47]

Eine solch sinnstiftende Diskussion wird im Synodalforum „Leben in gelingenden Beziehungen" geführt. Es geht nicht darum, jegliche Sexualmoral abzuschaffen, sondern beziehungsethische Impulse zu setzen, die lebensnah und

47 Niewiadomski, S. 16.

alltagstauglich Halt und Orientierung geben können in der Frage, wie ein Leben in Liebe und Partnerschaft vor Gottes Angesicht gelingen kann.

Über das Gebet für den Papst und seine Amtsbrüder hinaus, werden alle Mütter und Väter, Freundinnen und Freunde und nicht zuletzt die homosexuellen Christen und Christinnen weiter mit ihrem Leben dafür einstehen, dass Homosexualität kein Webfehler in Gottes guter Schöpfung, sondern verantwortlich gelebt – wie Heterosexualität auch – ein Ausdruck derselben ist. Wie die Humanwissenschaften Homosexualität als „Normvariante“[48] menschlicher Sexualität betrachten, könnte auch die Theologie sie gelassen und dankbar als „Schöpfungsvariante“[49] annehmen. So wie Sara Cunningham.

Mittlerweile ist sie politische Aktivistin und schreibt: „I'm a Christian mom with a gay kid living in Oklahoma saying enough is enough. If I don't fight for my son (and his rights) like my hair is on fire, then who will? It's time we celebrate our LGBTQ+ children. And I won't stop until I no longer hear horror stories from the LGBTQ+ community and their mothers.“ (Ich bin eine christliche Mutter mit einem schwulen Kind, die in Oklahoma lebt und sagt, genug ist genug. Wenn ich nicht vehement und bis aufs Äußerste für meinen Sohn (und seine Rechte) kämpfe, wer wird es dann tun? Es ist an der Zeit, dass wir unsere LGBTQ+ Kinder feiern. Und ich werde nicht aufhören, bis ich keine Horror-

48 Hartmut A.G. Bosinski, Eine Normvariante menschlicher Beziehungsfähigkeit. Homosexualität aus Sicht der Sexualmedizin, in: Stephan Goertz (Hg.), „Wer bin ich, ihn zu verurteilen?“ Homosexualität und katholische Kirche, Freiburg i. Br. 2015, 91–130.

49 Dieser Vorschlag, den Julia Knop auf einer digitalen Veranstaltung des Bistums Essen am 30.04.2021 im Rahmen der Diskussion um Segensfeiern für gleichgeschlechtliche Paare machte, sollte theologisch und pastoral weiterverfolgt werden.

geschichten mehr von der LGBTQ+ Community und ihre Müttern höre.)

Unwillkürlich wünscht man allen weinenden Müttern in allen Beichtstühlen dieser Welt, dass sie sich auf diese Website verirren. Doch eigentlich wünscht man noch viel mehr: Eine Kirche, die sich von ihnen und ihrer umfassenden Liebe zu den eigenen Kindern die Botschaft zusagen lässt, die doch eigentlich ihr zu verkündigen aufgetragen ist: Gott sieht seine Schöpfung liebevoll an und sie ist sehr gut!

40. Willkommene Vielfalt? LGBTIQ+ Katholik*innen und ihr Kampf um Akzeptanz und Zugehörigkeit[50]

Jens Ehebrecht-Zumsande,
Religionspädagoge und Supervisor DGSv, leitet das Grundlagenreferat „Kirche in Beziehung" in der Pastoralen Dienststelle des Erzbistums Hamburg

Draußen vor der Tür – Regenbogenschafe und ihr Platz in der Herde

Auf seinem Instagramprofil *@nakedpastor* veröffentlicht David Hayward zahlreiche Cartoons. Häufig thematisiert er die Situation von LGBTIQ+ Personen in den christlichen Kirchen. Ein Cartoon[51] zeigt Folgendes: In der ersten Szene ist

50 Der Beitrag erschien in einer Langfassung zuerst im Onlinemagazin *www.futur2.org* in der Ausgabe Nr. 2/2020 „Jenseits" und wurde für die Veröffentlichung in diesem Buch gekürzt.

51 Siehe: *https://www.instagram.com/p/CFuQzqIhpts/?utm_source=ig_web_copy_link*

eine Kirche zu sehen, in der Jesus bei einer Herde mit weißen Schafen steht. Ihnen gegenüber steht ein Regenbogenschaf. Die weißen Schafe erklären dem Regenbogenschaf: „Du bist hier nicht willkommen!“ In der zweiten Szene verlässt Jesus mit dem Regenbogenschaf die Kirche. Erstaunt fragen die weißen Schafe: „Wo ist Jesus denn hingegangen?“

Für viele LGBTIQ+ Personen in der Kirche ist dies eine bittere Realität. Sie erleben Homo- und Transfeindlichkeit in Form von Diskriminierung und Ausgrenzung. Die Heimaterfahrung in der Kirche ist für LGBTIQ+ Personen also niemals selbstverständlich, oft schwer errungen und verteidigt.

Folgende Fragen möchte ich darum näher in den Blick nehmen: Welche Strategien verfolgen LGBTIQ+ Katholik*innen, um in der Kirche ihren Platz zu finden? Welche Dynamiken sind dabei zu beobachten? Und welches Potenzial ist in der Akzeptanz von Vielfalt für die Kirche und ihre Entwicklung zu entdecken?

Platzanweisung – oder: Identität durch Abgrenzung

Christiane Florin[52] spricht in der Analyse der Diskriminierung von Frauen in der Kirche von der „Platzanweisung“ und deckt die damit verbundenen Machtdynamiken auf: Männer der Kirchenleitung weisen Frauen ihren Platz und ihre Rolle zu, benennen Grenzen und erklären Diskussionen für beendet. LGBTIQ+ Personen kennen dieses Phänomen ebenso. Das Lehramt der Kirche definiert, welche Identitäten und welches Begehren im Schöpfungsplan Gottes vorgesehen sind, wer in der Kirche dazugehört und wer nicht.

Fragen der Zugehörigkeit sind immer Identitätsfragen. Die eigene Identität durch Abgrenzung zu anderen zu de-

52 Christiane Florin, Weiberaufstand. Warum Frauen in der katholischen Kirche mehr Macht brauchen, München, 3. Aufl. 2019.

finieren ist ein zutiefst menschliches Phänomen. Solche Unterscheidungen sind gar nicht verwerflich, sie schaffen Zugehörigkeit und Sicherheit, sie ordnen die Welt: ich und du, wir und die anderen, drinnen und draußen usw. Eine Versuchung liegt aber darin, solche Unterscheidungen mit (Ab-)Wertungen zu verbinden, und etwa die eigene Identität besser zu bewerten als die anderen Personen oder Gruppen.

LGBTIQ+ Personen machen in der Kirche häufig Erfahrungen mit Abwertung. Sie werden auf ihre sexuelle Orientierung oder ihre geschlechtliche Identität reduziert, und diese werden zu einem Ausgrenzungsmerkmal. LGBTIQ+ Christ*innen sind häufig nicht in gleicher Selbstverständlichkeit willkommen wie ihre heterosexuellen Glaubensgeschwister. Das mag in der konkreten Praxis vieler Gemeinden inzwischen – Gott sei Dank! – überwunden sein. Doch es genügt ein Blick in den Katechismus[53] und auch in jüngere lehramtliche Verlautbarungen, um die Widersprüche zu erfassen.[54]

Selbst in eher liberaleren katholischen Zusammenhägen wird deutlich, wie sehr das heterosexuelle Beziehungsmodell zum Leitbild und zur Norm erhoben wird, an dem sich auch LGBTIQ+ Personen und Paare selbstverständlich zu orientieren haben[55]. LGBTIQ+ Personen sind vor allem dann geschätzt, wenn sie sich den Lebensentwürfen der Mehrheitsgesellschaft anpassen. Das Potenzial des An-

53 Siehe: Katechismus der katholischen Kirche, 1992, Nr. 2357ff.

54 Zu den toxischen Auswirkungen dieser Situation vgl. u.a. Ruben Schneider auf: *https://www.feinschwarz.net/seelischer-missbrauch-an-homosexuellen-die-psychischen-folgen-der-kirchlichen-lehre/*

55 Siehe die Diskussion im entsprechenden Forum des Synodalen Weges „Leben in gelingenden Beziehungen – Liebe leben in Sexualität und Partnerschaft" und z. B. der Arbeitstext für die Regionenkonferenzen des Synodalen Weges am 4. September 2020: *https://www.synodalerweg.de/fileadmin/Synodalerweg/Dokumente_Reden_Beitraege/Regionenkonferenz-20200904-4_Synodalforum-IV-Arbeitstext.pdf*

deren und vielleicht auch Irritierenden, welches queere Lebens- und Beziehungsentwürfe einbringen können, wird oft ausgeblendet, zu wenig geschätzt oder gar von vornherein moralisch abgewertet.

Strategien zum Dableiben: Störung aus Verantwortung

Die argentinische Theologin Marcella Althaus-Reid hat eine queere Theologie entwickelt, die sie „unanständige Theologie" (= „indecent Theology") nannte.[56] „In ihren Augen war es unerlässlich, sich der Heteronormativität … zu widersetzen und die Wahrheit auszusprechen, dass das wirklich Ungeheuerliche nicht die sexuelle ‚Abweichung' sei, sondern die Ausgrenzung solcher ‚Abweichler' durch religiöse und andere Autoritäten. Sie bestand darauf, dass die Theologie lernen müsse, mit der Unsicherheit und Fluidität zu leben und ihre Obsession mit Grenzen und Einteilungen, wer dazugehört und wer nicht, hinter sich zu lassen."[57]

Queertheologische Diskurse decken darum heteronormative, patriarchale Machtstrukturen und hegemoniale Männlichkeitskonstrukte auf. Sie können sich dabei bewusst auf Jesus selbst beziehen und ihn als einen „queeren Jesus" entdecken. Damit ist zunächst keine Aussage über die sexuelle Identität oder das Begehren Jesu gemeint, sondern die Elemente in der Verkündigung und Praxis Jesu, die gängige Normvorstellungen und Machtstrukturen seiner Zeit durchbrechen und infrage stellen. Exemplarisch lässt sich anführen, dass Jesus verschiedentlich mit den geltenden Gewohnheiten seiner Zeit brach. Das bezieht sich sowohl

56 Marcella Althaus-Reid, Indecent Theology. Theological Perversions in sex, gender and politics, London 2000.

57 Susannah Cornwall, Was ist Queer-Theologie? Konstruktive theologische Perspektiven, in: Concilium, Queer Theology – Zum queeren Leib Christi werden, Nr. 5/2019, Mainz 2019, S. 510.

auf Reinheitsgesetze bezüglich der Speisen, als auch auf den Umgang Jesu mit Personen, die als unrein galten.

Safe spaces – Vielfalt Raum geben

Dass viele LGBTIQ+ Katholik*innen ihrer Kirche längst den Rücken gekehrt haben, ist nachvollziehbar. Glücklicherweise gibt es aber auch Netzwerke, Gruppen und Initiativen, in denen sich LGBTIQ+ Katholik*innen für gleichberechtigte Teilhabe in ihrer Kirche engagieren. Solche Initiativen sind nicht unumstritten. Braucht es heute noch diese Nischen, oder muss die Strategie nicht eher dahingehen, in den herkömmlichen kirchlichen Strukturen sichtbar zu sein?

Wie so oft geht es hier aber nicht um ein Entweder-oder, sondern um ein Sowohl-als-auch. Viele LGBTIQ+ Personen suchen geschützte Räume, in denen sie ihren Glauben teilen und sich mit anderen über ihre Identität austauschen können. Aus der Vielzahl der Beispiele möchte ich stellvertretend drei Projekte benennen. Zunächst das bereits seit 1991 in Frankfurt bestehende Projekt: *schwul und katholisch in Maria Hilf. Christliche Gemeinschaft von und für Schwule, Lesben und ihre FreundInnen.*[58] Diese queere Gemeinde bietet LGBTIQ+ Personen eine Heimat und trägt durch ihre Existenz wesentlich zur Akzeptanz von Vielfalt in der katholischen Kirche bei.

Zweitens die inzwischen zahlreichen Initiativen von Queer-Gottesdiensten.[59] Sie „bieten einen Freiraum, der spannungsfrei die eigene Spiritualität zulässt, und der angstfrei für alle ist; er lässt erfahren: Die anderen sind auch

---

58 Siehe *http://www.psk-ffm.de*. Der Theologe Gregor Schorberger hat die Geschichte dieses Projektes in seiner Dissertation beschrieben: Gregor Schorberger, Schwul und katholisch. Eine christliche Gottesdienstgemeinschaft, Berlin 2013.

59 Eine Übersicht verschiedener Queer-Gottesdienst-Initiativen findet sich auf: *https://www.queergottesdienst.de* und: *http://www.lsgg.org*

homosexuell, und sie sind auch religiös-spirituelle Menschen."[60]

Drittens ein digitales Projekt: der Instagramkanal *@fak. kollektiv*.[61] Hier gibt es wöchentlich christliche Andachten aus feministischer Perspektive. Die Motivation für ihr Engagement beschreiben die Aktivist*innen so: „Die intersektional feministische Stimme der Kirche, die uns vertritt, war für viele von uns kaum hörbar. Also fingen wir an, sie laut und stark zu machen. Den Gottesdienst, den wir wollen und brauchen, gibt es nicht? – Dann machen wir ihn eben selbst."[62]

„Dann machen wir es eben selbst!" LGBTIQ+ Katholik*innen als kreative Minderheiten

Marcella Althaus-Reid spricht von einem „queeren Gott in der Fremde" bei den Menschen am existenziellen Rand. „Queer theologies gehen in die Diaspora, indem sie Taktiken der zeitweisen Besetzung nutzen; unterbrechende Methoden, die nicht unbedingt wiederholbar sind, und Reflexionen, die irritieren wollen."[63]

Als Hamburger ist mir die Diasporaerfahrung vertraut und für mich positiv konnotiert. Die Minderheitensituation fördert die Kreativität und die eigene Eindeutigkeit. Sie bietet die Chance, den eigenen Glauben stetig zu hinterfragen, Antworten nur als vorläufig zu verstehen und sich um die eigene Sichtbarkeit und um anschlussfähige Narrative zu bemühen. Das ist eine Erfahrung, die ich als schwuler Mann in einer heteronormativen Mehrheitsgesellschaft übrigens

60 Zitiert von: *http://www.lsgg.org*

61 Siehe: *https://www.instagram.com/fak.kollektiv/*

62 Siehe: *https://www.feinschwarz.net/dein-feministische-andachtskollektiv/*

63 Zitiert aus: André S. Musskopf, So queer, wie es nur werden kann, in: Concilium, Queer Theology – Zum queeren Leib Christi werden, Nr. 5/2019, Mainz 2019, S.503.

oft ähnlich mache, wenn auch unter ganz anderen Vorzeichen.

Viele LGBTIQ+ Personen kennen die biografische Erfahrung, scheinbar „anders“ zu sein, „nicht richtig zu passen“. Diesen vermeidlichen Makel positiv umzudeuten und als Gabe und Aufgabe anzunehmen, ist ein wesentlicher Teil jedes Coming-out-Prozesses und bleibt eine lebenslange Baustelle.

Dass das „Anderssein“ geradezu ein Geschenk sein kann, habe ich bei der FreshX- Bewegung[64] neu entdeckt: Dort ist die Rede vom „gift of not fitting in“, von der Gabe, nicht in das Bestehende zu passen. Das ist aus meiner Sicht ein wunderbares Refraiming: Diejenigen, die (aus welchen Gründen auch immer) als „anders“ wahrgenommen werden, sind keine Störfaktoren, die sich anpassen müssen, sondern sie werden als „prophetische Fremde“ und Geschenk wahrgenommen.

Das Potenzial einer vielfaltssensiblen Kirche

Zu seinem Cartoon schreibt David Hayward: „Wenn wir Menschen ablehnen, berauben wir uns tatsächlich einer volleren Liebe.“[65] Es geht also nicht allein um die Frage, welche verletzenden Diskriminierungserfahrungen LGBTIQ+ Katholik*innen machen. Auch die Mehrheit der Katholik*innen erleidet einen Verlust. Bei der Akzeptanz von sexueller und geschlechtlicher Vielfalt geht es um weit mehr als eine erneuerte Sexualmoral. Es geht um Grundsätzliches: das Gottes-, Menschen- und Kirchenbild, das Grundverständnis von Pastoral, die Frage, wozu und für wen Kirche da ist. Hier ist von heterosexuellen und cisgender Katholik*in-

64 Fresh expressions of church, siehe auch: *www.freshexpressions.de*
65 Im Original: „When we reject people we actually rob ourselves of a fuller love.“

nen vor allem Solidarität mit ihren LGBTIQ+ Geschwistern gefragt. Der Kampf um Gleichberechtigung darf nicht den marginalisierten Minderheiten überlassen werden. Ob die privilegierte Mehrheit die Ausgrenzung von LGBTIQ+ Katholik*innen still duldet, sich widerstrebend mit ihr arrangiert, sie vielleicht sogar aktiv mitgestaltet, oder ob sie sie als Unrecht benennt und sich für eine inklusive Kirche engagiert, ist immer eine bewusste Entscheidung!

Unterschiedlichkeit kann die eigene Identität bereichern und bestärken. Das scheinbar Fremde lässt mich fragen, wer ich bin oder sein könnte. Und das berührt den Wesenskern christlicher Identität. Meine christliche Identität ist ein Geschenk, das ich teilen kann. Als Gottes geliebtes Geschöpf bin ich zugehörig zur Gemeinschaft der anderen Geschöpfe. Vor allen Unterschieden kommt der gemeinsame Ursprung in den Blick. Darin liegt viel Potenzial: eine verbindende Identität durch Unterschiedlichkeit und Zugehörigkeit zu entwickeln. Diese ist offen für vielfältige Lebensentwürfe und Kulturen. Die katholische Kirche als Global Player könnte hier gerade mit Blick auf aktuelle gesellschaftliche Dynamiken einen wirklich missionarischen Auftrag erfüllen.

LGBTIQ+ Katholik*innen fordern das bestehende System zur Veränderung und damit zum Wachstum heraus. Hierbei kann die Kirche viel gewinnen: ein Mehr an Gerechtigkeit, Weite und Glaubwürdigkeit und darin eine noch größere Nähe zum Evangelium und zum Reich Gottes.

Perspektiven aus den katholischen Lai*innenverbänden

41. Ein weiter Weg – unter den Regenbogen

Dr. Claudia Lücking-Michel,
Vizepräsidentin des Zentralkomitees der deutschen Katholiken

Hier in diesem Buch ein persönliches Statement schreiben zu dürfen, ist für mich eine besondere Chance, ja Ehre. Ich habe mich in meinem Leben schon zu manchen Themen geäußert und mich für vieles eingesetzt – vor allem Frauenanliegen habe ich mit besonderer Verve verfolgt –, aber ich bin nun wirklich nicht als Kämpferin für die Rechte von Menschen in der LSBTI- Community aufgefallen.

Die längste Zeit meines Lebens – ja, ich will es ehrlich zugeben – hätte ich für diese Position auch gar nicht einstehen wollen. Die Lebenssituationen, die damit verbundenen Diskriminierungen, ja überhaupt Menschen, die davon betroffen sind, kamen in meinem Alltag und in meinem Weltbild überhaupt nicht vor. *„Weil nicht sein kann, was nicht sein darf?"* – Kann sein, aber eigentlich war ich auch dafür noch viel zu naiv. Es gab für mich kein Problem, das ich hätte leugnen wollen. Ich habe überhaupt keine Schwierigkeiten gesehen und von niemandem gewusst, der selbst dazugehörte und für seine Rechte hätte kämpfen müssen.

Bis weit in mein Studium hinein ging das so. *„Ich kenne niemanden, der homosexuell ist oder lesbisch. Ich weiß gar nicht, was ‚transgender' bedeutet und ‚queer' sagt mir schon mal gar nichts"*, hätte ich im Brustton der Überzeugung verkündet. *„Gibt es so etwas außer in absoluten Einzelfällen überhaupt?"*

„Na und wenn …" – und hier begann dann die katholische Sozialisation in mein explizites Denken hineinzuwirken – *„ … wenn Leute so leben, dann ist das ja gegen das Gebot der Kirche. Die kirchliche Sexuallehre verbietet es … "* – das war in meinem Denken damals schon fast identisch mit *„ … es spricht gegen die göttliche Schöpfungsordnung"*.

Zugegeben, auch mit meiner feministischen Kritik an den Zuständen in Kirche und Welt und meinem immer lauter werdenden Eintreten für Gleichberechtigung von Frauen in der Kirche, war ich eine echte Spätzünderin. Aber in Blick auf Menschen mit anderer sexueller Orientierung und bzw. oder anderer sexuellen Identität habe ich noch viel, viel länger gebraucht, um mich aus meinen voll abschirmenden katholischen Weltbild-Denk-Zwängen zu befreien.

Erst langsam, viel zu langsam wurde ich sensibel: Freunde und Bekannte, die sorgsam ihre private Situation „zu Hause" abschirmen, sich in Schweigen hüllen oder Nebelkerzen anzünden? Eine Mitstreiterin in katholischen Frauenrechtsfragen, die sich von ihrem Mann trennt, ihre Kinder zurücklässt und ab dann viel freier und öffentlich ihre lesbische Beziehung lebt? Alles absolute Ausnahmen? In meiner Weltsicht noch (viel zu) lange, aber immerhin als Menschen, die mir persönlich wichtig sind, stoßen sie mit ihrer persönlichen Situation und mit ihren Lebenslagen durch meine Bewusstseinssperre.

Sehr viel zu verdanken habe ich da bei meinem weiteren Lernweg der herausragenden katholischen Theologin Regina Ammicht Quinn. Als Wissenschaftlerin und Fachfrau für christliche Sozialethik forscht und publiziert sie viel zu Fragen der katholischen Sexuallehre. Unvergessen bleibt mir ihr Vortrag auf einem *Cusanus-Jahrestreffen* zur ganzen bunten Vielfalt sexueller Prägungen. Ich hörte ihr zu, war bereit ihre Sicht der Dinge nicht gleich abzutun, ja folgte ihr in ihren theologischen Interpretationen und ... blieb doch irgendwie weiterhin skeptisch am Rand. Für Regina Ammicht Quinn hatte ihr engagiertes und theologisch motiviertes Auftreten für diese Themen unmittelbare Konsequenzen. Sie bekam kein römisches *Nihil obstat*. Die Lehrbefugnis als katholische Theologie-Professorin wurde ihr irgendwann definitiv verweigert. Und dass ausgerechnet ihr, die mehr als manch andere die Qualifikation und das Zeug für einen Theologie-Lehrstuhl mitbringt.

Die nächste Ernüchterung kam für mich gleich hinterher: Für ein rechtlich transparentes Verfahren setzt sich öffentlich keiner der zuständigen Bischöfe ein. Ja, macht sich überhaupt jemand die Mühe, mit ihr offen zu sprechen?

Weichen für den weiteren Lebensweg werden gestellt, biografische Entwicklungen ausgebremst, aber es bleibt bei einem vagen *„die forscht ja immer zu so schwierigen Themen“*.

Ich bin in diesem Fall nur „Beobachterin“, aber wenn angesichts der katastrophalen Situation der katholischen Kirche in Deutschland die gleichen Oberhirten nun heute fordern „dazu müssten ‚unsere Theologen‘ am besten mal wissenschaftlich richtig zu arbeiten“, kann ich so viel Selbstgerechtigkeit kaum ertragen.

Wirklich in Bewegung bei meinen eigenen Ansichten kam ich allerdings auch selbst erst, als ich endlich Gelegenheit hatte, Menschen anderer sexueller Orientierungen persönlich kennen und schätzen zu lernen. Oder soll ich besser sagen: als ich gezwungen wurde bei immer mehr Menschen, die mir persönlich wert und wichtig sind, ihre ganze Lebenswirklichkeit wahrzunehmen. Dazu haben alle geholfen, die das große katholische Schweige-Leugnen durchbrochen haben.

„Ich bin homosexuell“ – was für ein starkes Bekenntnis, heute hoffentlich weniger bedrängend als vor einigen Jahrzehnten. Ich lernte Menschen kennen, die gleichgeschlechtlich liebten und ich lernte sie meinerseits zu schätzen und durfte sie zu meinen guten Freund*innen zählen. Und wie viele Nöte, wie viel Ungerechtigkeit und wie viel Verweigerung grundlegender Menschenrechte habe ich dann mitbekommen. Gesellschaftlich gab es dazu in unserem Land viel aufzuholen, aber alles kein Vergleich zu den „katholisch“ bedingten Menschenrechtsverletzungen in unserer Kirche.

Mein kämpferisches Bewusstsein gegen diese Form der Ungerechtigkeit war noch ein „zartes Pflänzchen“, da musste ich mich schon den aus meiner Sicht nächsten kritischen Anfragen stellen und mich positionieren. Was ist mit gleichgeschlechtlichen Beziehungen? Warum werden sie nicht kirchlich anerkannt und gesegnet, das heißt für gutgeheißen? In Deutschland wurden das Modell „eingetragene Lebensgemeinschaft" eingeführt, ein theoretisches Rechtskonzept. Ich fand das einen wahnsinnsgroßen Fortschritt – und dachte, jetzt wäre es dann aber auch mal gut. Ich habe noch einiges gebraucht, bis mir die Forderung nach einer Segnung für gleichgeschlechtliche Paare als die logische und notwendige Übersetzung in kirchliche Wirklichkeit erschien. Sehr gerne habe ich mich dann dem entsprechenden Antrag an die Vollversammlung des Zentralkomitees der deutschen Katholiken (ZdK) angeschlossen und dafür gestimmt.

Als Mitglied des Deutschen Bundestages, dem ich vier Jahre angehören durfte, hatte ich mit dem Thema „Ehe für alle" immer wieder zu tun. Ich empfand es zwar irgendwie wenig angemessen und unwürdig, wie der immer wiederkehrende Antrag der Oppositionsfraktionen „routinemäßig" von der CDU – geführten Regierungskoalition abgeschmettert wurde. Doch auf die Idee, mich inhaltlich von meiner Fraktion zu distanzieren, wäre ich nun wahrlich nicht gekommen. Als die Kanzlerin dann kurz vor Ende der Sitzungsperiode 2017 hier neue Weichen stellen wollte, kam die Aufgabe, sich jetzt tatsächlich inhaltlich mit der Frage auseinanderzusetzen, für viele plötzlich „ganz überraschend". Das Ringen um eine eigene Positionierung und die Gespräche mit den Kolleg*innen waren sehr spannend. Dabei waren viele – nicht zitierfähige – Verleumdungen zu hören, aber auch echtes Zweifeln, Suchen und Fragen. Gerade diejenigen Abgeordneten, die die Lehre ihrer katholischen Kirche zu Ehe und Sexuallehre ernst nehmen wollten, rangen oft um Verständnis und um Worte, um die kirchlichen Positionen mit der eigenen Haltung und dem eigenen Abstimmungsverhalten übereinzubringen. Es war eine namentliche Abstimmung und an vielen Stellen habe ich öffentlich argumentiert, warum ich gegen „die Ehe für alle" gestimmt habe. Nach reichlicher Überlegung – wie ich fand –, intensivem Nachdenken und aus einer komplizierten, aber aus meiner Sicht unbedingt diskriminierungsfreien Argumentation heraus. Tja, gut gemeint ist noch lange nicht gut gemacht und Intention und Wirkung oft nicht deckungsgleich. Ich wusste, dass ich die Hälfte meiner Anhänger*innen verprelle, wenn ich dafür stimme und die andere Hälfte enttäusche, wenn ich dagegen stimme. Häufig unterstellte wahltaktische Manöver und ein Abzielen auf Wählerstimmen waren also nicht mein Grund, denn hier konnte ich nur verlieren. Noch einmal zogen vielmehr mein katholisches Weltbild und meine tiefsitzenden Prägungen: „Ehe" – so meine Auffassung zu der Zeit – ist kulturgeschichtlich definiert als eine Beziehung von Mann und Frau, die auf Dauer ausgelegt ist und die Möglichkeit von Nachwuchs nicht ausschließt.

Heute möchte ich mich bedanken bei allen, die nach dieser Abstimmung „trotzdem" weiter mit mir gesprochen und gerungen haben, die wirklich meine Gründe und Argumente verstehen wollten, aber mich auch an ihren zum Teil sehr persönlichen Erfahrungen und Werten teilhaben ließen. Auf keine andere namentliche Abstimmung oder öffentliche Meinungsäußerung habe ich so viel Resonanz und so viel Kritik bekommen und in kaum einer anderen Situation wurde ich so ins „Kreuzverhör" genommen. Danke! Ich habe dazugelernt und würde, Stand heute, für die Ehe für alle stimmen. Damit verärgere ich nun auch diejenigen, die mich damals für meine klare Haltung gelobt hatten, aber – sei's drum.

Offen gelebte homosexuelle Beziehungen werden immer selbstverständlicher, Ehe für alle ist per Gesetz eingeführt. Gendergerechte Sprache, sensibles Bewusstsein und politisches Eintreten für Gleichberechtigung werden immer offener und kämpferischer. Zum Glück! Das ist nicht überall auf der Welt so. Und es ist noch lange nicht in unserer kirchlichen Wirklichkeit so. Ich bin sehr froh, dass aus dem zunächst doch noch etwas „verdrucksten" Beschluss des ZdK jetzt klare Forderungen und Positionierungen geworden sind. Ich setze große Hoffnung auf die Verantwortlichen im Sexualforum des Synodalen Wegs, die nicht nur die Segnung gleichgeschlechtlicher Paare eindeutig als Forderung im Blick haben, sondern auch mit ihren Texten die nötigen theologischen Untermauerungen dazu liefern.

Ein Hoffnungsschimmer war für mich die große „Regenbogenaktion" in unserer Kirche im Frühjahr 2021. Die römische Verlautbarung wollte wahrscheinlich einen klaren Schlussstrich setzen und die ersten synodalen Forderungen, die zu diesem Thema bekannt wurden, schon einmal vorsorglich als unmöglich beschwören. Aber wenn dies das Ziel war, so ist der Schuss nach hinten losgegangen. Wer hätte ansonsten gedacht, dass so viele Menschen – gerade auch Hauptamtliche und Seelsorger*innen – der römischen Lehrmeinung öffentlich und klar widersprechen. Jede Regenbogenfahne an einer unserer Kirchen war da für mich ein Hoffnungssymbol und Zeichen des Widerstandes. Der Weg bis dahin war für mich ein weiter. Selbstkritisch schaue ich zurück, ich musste sehr viel dazulernen. Dankbar bin ich für alle, die mich nicht zurückgelassen haben. Und jetzt lebe ich in der Hoffnung, mich unter dem Regenbogen nun auch in Zukunft weiter voran entwickeln zu können.

42. Segen schenken

Birgit Mock,
Vorsitzende des Synodalforums „Leben in gelingenden Beziehungen – Liebe leben in Sexualität und Partnerschaft", familienpolitische Sprecherin des Zentralkomitees der deutschen Katholiken (ZdK), Geschäftsführerin des Hildegardis-Vereins

Als ich am 26. Mai 2016 in Leipzig während des Katholikentages über den Augustusplatz ging, begegnete ich einem ZdK-Kollegen. Er war mit seinem langjährigen Freund unterwegs. Niemand im ZdK und an seinem (kirchlichen) Arbeitsplatz wusste von dieser gleichgeschlechtlichen Partnerschaft. Mir vertraute er sie in Leipzig an. Warum zu diesem Zeitpunkt? – Weil er gelesen hatte, dass ich auf einem Podium zu Segensfeiern für gleichgeschlechtliche Paare gesprochen hatte.

Eine Geschichte von Tabus und dem richtigen Zeitpunkt zum Anvertrauen. 2016 ist noch gar nicht so lange her. Mich hat diese Begegnung damals sehr berührt und bis heute verändert.

Ich glaube daran, dass alle Menschen die gleiche, unverfügbare Würde haben. Dass sie von Gott geschaffen und geliebt sind, auch mit ihrer Sexualität. Und dass Sexualität zum Leben dazugehört. Sie ist ein wichtiger Teil unserer Identität und untrennbar mit ihr verbunden.[66] Eberhard Schockenhoff schreibt gar von einer „lebensgeschichtlichen Aufgabe", „des Aufbaus einer Welt der Geborgenheit, Intimität und Nähe, in der sich der Mensch in seinem indi-

66 Jochen Sautermeister. Sexualität und Identität. Theologisch-ethische und moralanthropologische Reflexionen. In Konrad Hilpert. Zukunftshorizonte katholischer Sexualethik. Herder 2011. S. 112–133

viduellen So-Sein als unbedingt bejaht und angenommen erleben kann"[67].

Wie kann es da sein, dass wir als Kirche Menschen aufgrund ihrer sexuellen Identität ausgrenzen und ihnen Stillschweigen über ihre Beziehungen auferlegen, sofern sie ihren kirchlichen Arbeitsplatz behalten möchten? Und sie immer wieder vor die Frage stellen, ob sie sich für ihr Katholisch-Sein oder ihr gelebtes Lesbischsein, Schwulsein, Transsexuellsein entscheiden? Ist das gottgewollt und im Sinne der befreienden Botschaft unseres Glaubens? Sicher nicht.

Auf dem Katholikentag 2016 war ich als ZdK-Sprecherin für Familienpolitik unterwegs. Wir hatten ein Jahr zuvor anlässlich der Weltfamiliensynode des Papstes im Zentralkomitee der deutschen Katholiken (ZdK) ein Positionspapier verabschiedet und uns dafür ausgesprochen „Zwischen Lehre und Lebenswelt Brücken [zu] bauen". Wir wollten damals schon „eine Weiterentwicklung von liturgischen Formen, insbesondere Segnungen gleichgeschlechtlicher Partnerschaften, neuer Partnerschaften Geschiedener und für wichtige Weichenstellungen im Familienleben"[68].

2019 folgte darauf dann eine intensive ZdK-Befassung mit der Situation gleichgeschlechtlicher Paare, die von einer Expert*innen-Arbeitsgruppe in einem über vierjährigen Prozess vorbereitet wurde. Ergebnis war ein klares Bekenntnis, das die Mitglieder des höchsten katholischen Laiengremiums in Deutschland am 23. November 2019 in Bonn mit überwältigender Mehrheit verabschiedet haben:

---

67 Eberhard Schockenhoff. Die Kunst zu lieben. Unterwegs zu einer neuen Sexualethik. Herder 2021. S. 306

68 „Zwischen Lehre und Lebenswelt Brücken bauen – Familie und Kirche in der Welt von heute", Erklärung des Zentralkomitees der Deutschen Katholiken, 9. Mai 2015.

„Jedes Paar ist in seiner verantwortlich gelebten Liebe ein Segen für uns als Kirche. (....) Als Gemeinschaft gläubiger Christinnen und Christen blicken wir auf die Werte der Paare. Als Gemeinschaft gläubiger Christinnen und Christen machen wir die Qualität einer Beziehung an der gelebten Liebe fest. Als Gemeinschaft gläubiger Christinnen und Christen wollen wir Paare auf ihren zuweilen auch zerbrechlichen und gefährdeten Wegen begleiten und unterstützen. Als ZdK setzen wir uns deshalb dafür ein, dass in naher Zukunft ein offizieller Ritus für die Segnungen homosexueller Paare erarbeitet wird.“[69]

In einem insgesamt achtseitigen Dokument haben wir über die Kraft des Segens geschrieben und offengelegt, warum wir handeln, sowie in fünf theologischen Begründungslinien „gute Gründe für den Segen“ ausgearbeitet.

Dieser Tage begleitet mich das Thema im Synodalen Weg. Zusammen mit Bischof Helmut Dieser aus Aachen leite ich das Synodal-Forum „Leben in gelingenden Beziehungen – Liebe leben in Sexualität und Partnerschaft“. Unser Arbeitsauftrag ist aus der MHG-Studie über sexuellen Missbrauch an Minderjährigen abgeleitet: die Sexualmoral der Kirche zu verheutigen und neu zu bewerten.

Auf welche Situation trafen wir? – Viel zu lange hatte die Kirche alle Nachfragen zu diesem Thema tabuisiert, Wissenschaftler*innen, die zu Sexualmoral forschten und Entwicklungsschritte aufzeigten, mussten um ihre Lehrerlaubnis fürchten und junge Menschen regten sich schon nicht mehr über die alltäglichen Verbote der kirchlichen Sexuallehre auf, fast dramatischer noch: Die kirchliche Orientierung in

69 „Segen schenken – Segensfeiern für gleichgeschlechtliche Paare“, Erklärung des Zentralkomitees der Deutschen Katholiken, 23. November 2019.

diesen Fragen spielt für die allergrößte Zahl der Jugendlichen in ihrem Leben *gar keine Rolle* mehr. Womit dann auch die vielen hilfreichen Orientierungspunkte nicht mehr gesehen werden.

Was habe ich bisher gelernt? – Es kommt auf das *Wie* an. In unserem Forum haben wir uns an die Kernpunkte herangetastet. Wir, das sind 31 Persönlichkeiten aus dem Bereich der katholischen Verbände und dem Kreis der Bischöfe, Wissenschaftler*innen und Expert*innen des eigenen Lebens. Den meisten geht alles viel zu langsam, anderen gehen wir viel zu weit nach vorne. Als Doppelspitze versuchen wir, einen Weg zu finden, mit diesen unterschiedlichen Geschwindigkeiten zurechtzukommen. Uns ist ein Rahmen wichtig, in dem es fair zugeht, in dem Verfahren transparent sind, in dem alle beteiligt sind (und sich auch positionieren und ihre Positionen redlich theologisch begründen müssen), in dem die Argumente auf den Tisch kommen, in dem Zeiten zum Zuhören und Zeiten für Klärungen vorhanden sind. Das geht tatsächlich langsamer, als von vielen erhofft. Aber wir kommen im Kern der Konflikte an und das ist gut so.

Einig sind wir uns darin, dass wir Sexualität als positive Kraft bewerten und das dürfte schon ein Meilenstein der Kirchengeschichte sein. Wir erkennen an, dass die sexuelle Identität das Ergebnis eines Reifungsprozesses ist, den sich so niemand selbst aussucht. Die Meinungen gehen dann auseinander, was das in der Konsequenz bedeutet: Enthaltsamkeit für alle diejenigen, die sich homosexuell vorfinden oder die in einer zweiten Beziehung zusammenleben, sagen einige wenige. So sieht es auch das kirchliche Lehramt (noch) vor. Die große Mehrheit im Forum ist hier anderer Meinung: Für sie integriert eine Ethik gelingender Sexualität[70] die verschiedenen Dimensionen von Sexualität: die beziehungsstiftende Wertigkeit, die lebensspendende Kraft, die identitätsstiftende Aufgabe, die lustspendende Dimension und die Erfahrung von Transzendenz. Sie verbindet die Anerkennung dieser Dimensionen mit der Voraussetzung einer verantwortlich gelebten Sexualität, die das Gegenüber (und die eigene Person) in unbedingter Würde anerkennt.

Nach diesen Grundsätzen setzen wir uns mehrheitlich dafür ein, Passagen im Katechismus zu ändern und zu verheutigen. Nach unserer Überzeugung ist die sakramental geschlossene Ehe zwischen Mann und Frau nicht die einzige Partnerschaftsform, in der Sexualität – ohne als schwere Sünde bewertet zu werden – gelebt werden darf. Gerade weil Sexualität eine identitätsstiftende Wirkung hat, wollen wir als Kirche die Verantwortung wahrnehmen, Paare, junge wie alte, in ihren Beziehungen begleiten, sie in den positiven Werten, die sie leben, bestärken, und ihnen Zuspruch für die Herausforderungen einer in Liebe und auf Dauer angelegten Beziehung zusagen. Denn so viel sei an dieser Stelle erwähnt, eine Liebesbeziehung bleibt neben allen beflügelnden Seiten auch (ein Leben lang) echte Arbeit. Ein Segen kann hier Rückenwind für schwere und schöne Zeiten sein.

„Dass ein Wunder passiert, und wir endlich kapier'n, dass wir alle gleich sind, und die Liebe gewinnt.“[71] – Davon sang die Kölner Band „Brings“ live am 10.5.2021 in der St. Agnes Kirche in Hamm. Ich war eingeladen zu dem

70 Sautermeister a.a.O.

71 Brings. Die Kölner Band komponierte den Titelsong zur Aktion #liebegewinnt. *https://www.liebegewinnt.de/*

Segnungsgottesdienst, den Pfarrer Bernd Mönkebüscher zeitgleich mit 100 anderen katholischen Gemeinden an diesem Tag in Deutschland gefeiert hat. Über 40 Paare waren in St. Agnes zugegen, alte und junge und viele sehr alte Paare, einige Männer-Paare, einige Frauen-Paare, sehr viele auch hetero, die meisten von ihnen vermutlich in zweiter Ehe verheiratet. Einige Frauen hatten einen kleinen Blumenstrauß dabei, andere waren besonders festlich gekleidet. Zu allen wurden Segensworte gesprochen. Viele hatten danach Tränen in den Augen. Hier ist wirklich etwas passiert, etwas sehr Schönes, etwas Heilsames – eine Gottesbegegnung.

Die Segenshandlungen im Mai reihen sich ein in eine große Bewegung in Deutschland: 200 Theolog:innen haben am 22. März 2021 in der Münsteraner Erklärung ausdrücklich die Praxis von Seelsorgerinnen und Seelsorgern in den Gemeinden begrüßt, die Segnungsfeiern für homosexuell lebende Menschen anbieten „und über angemessene liturgische Formen solcher Feiern reflektieren“[72]. Am 27. März 2021 nahmen Bischof Helmut Dieser und ich von Pfarrer Burkhard Hose 2600 Unterschriften von Seelsorgenden entgegen. Viele kirchliche Verbände, Diözesanräte, Fachgruppen und katholische Schulen haben uns danach noch geschrieben und weitere Unterstützung signalisiert.

Für die Schlussabstimmung des Synodalen Weges sind wir bei zwei Anfragen getragen von großer Zuversicht:

Anfrage eins: „Man darf die kirchliche Lehre nicht verändern.“ Das berührt unser Grundsatzverständnis. Es geht um die Frage, wie sich kirchliche Entwicklung voll-

72 *https://www.kirche-und-leben.de/fileadmin/redaktion/pdf/stellungnahme_publikationsform.pdf*

ziehen darf.[73] Deswegen hat ein Weihbischof unser Forum verlassen. Für ihn hat die Kirche keine Erlaubnis, die Lehre zu verändern. Das sehen wir anders. Wir sehen es geradezu als Auftrag. Uns geht es darum, glaubwürdig zu sein in der frohen Botschaft. Die kirchliche Geschichte zeugt von vielen Beispielen, in denen die Praxis der Lehre vorausgeht.

Anfrage zwei: „Es darf keinen deutschen Sonderweg geben." Der Herausforderung von Ungleichzeitigkeiten müssen wir uns ebenfalls sehr bewusst stellen. Wenn wir diese Frage nicht beantworten können, kann sich in der modernen Welt keine Weltkirche vollziehen, die gleichzeitig an allen Orten in der Zeit bleibt. Hierfür kann uns der Theologe und Mathematiker Nikolaus von Kues (1401–1464) in der Wegführung inspirieren. Seine Theologie einer „Einheit in Vielheit" wurde in Bernkastel-Kues in Architektur gegossen. Ich habe auf der Kueser Seite der Mosel den Kreuzgang des ehemaligen Altenstiftes besucht: Jedes Maßwerk ist verschieden, einzigartig und gleichzeitig entsteht durch die Einheit des Ortes seine göttliche Ästhetik. „Einheit in Vielheit" – darauf dürfen wir vertrauen.

Und so fassen wir hoffentlich auch Beschlüsse zum kirchlichen Arbeitsrecht, nach denen Mitarbeiter:innen ihre – auch in Beziehungen gelebte – sexuelle Identität nicht länger verleugnen müssen, sondern frei und voller Freude von ihrer Beziehung sprechen können.

---

73 Birgit Mock und Helmut Dieser im Interview für die Osnabrücker Kirchenzeitung, 21.7.2021, *https://www.kiz-online.de/kirchliche-sexualmoral*

43. Wir müssen besser werden! Die Auseinandersetzung Katholischer Jugendverbände mit LGBTI*Q-Personen in der Kirche

Gregor Podschun,
Bundesvorsitzender des Bundes der Deutschen Katholischen Jugend (BDKJ)

„Es ist […] nicht mehr vertretbar, gleichgeschlechtliche Liebe und gleichgeschlechtliche Beziehungen mit naturwissenschaftlichen oder mit theologischen Argumenten abzulehnen. Die an Menschen gerichtete Aufforderung des Katechismus, auf Entfaltung ihrer Liebesfähigkeit zu verzichten, ist unmenschlich und ungerecht.“[74]

Haltung katholischer Jugendverbände

„Gemeinsam für ein buntes Land“ – so lautete das Motto der Aktion „Zukunftszeit“ der katholischen Jugendverbände zu den Bundestagswahlen 2017 und 2021. Dieses Motto inkludiert die katholische Kirche als selbstverständlichen Teil der Gesellschaft und unseres Landes. Ein buntes Land, eine vielfältige Kirche wird gefordert.

Das Engagement gegen Menschenfeindlichkeit und für eine diskriminierungsarme, bunte und solidarische Gesellschaft gehört zum Wesen der katholischen Jugendverbände. Die Positionierung gegen Ungerechtigkeit sowie für eine starke Frauen- und Geschlechterpolitik hat im Bund der Deutschen Katholischen Jugend (BDKJ), dem Dachverband der katholischen Jugendverbände, Tradition. In dieser steht auch der Einsatz der katholischen Jugendverbände für strukturelle

74 „Zum kirchlichen Umgang mit Liebe und Partnerschaft“, Beschluss der BDKJ-Hauptversammlung 2016

Veränderungen der katholischen Kirche. Beide benennt der BDKJ in der Präambel seiner Bundesordnung.[75]

Spätestens seit 2010 die Fälle sexualisierter Gewalt in der katholischen Kirche eine breite Öffentlichkeit erlangt haben, fordert der BDKJ in mehreren Beschlüssen die Überarbeitung der kirchlichen Lehre zum Umgang mit Sexualität, Geschlecht und Partner*innenschaft. Für junge Menschen ist die kirchliche Lehre nicht unverständlich. Die Behauptung, die Lehre müsse nur besser erläutert und eifriger vorgelebt werden, ist falsch. Junge Menschen kennen diese Lehre und lehnen sie mit Blick auf ihre Lebensrealität und mit Blick auf den christlichen Einsatz für die Menschenrechte bewusst ab. Die katholischen Jugendverbände wenden sich aus ihrem katholischen Selbstverständnis heraus gegen die „Tradition der Homophobie und der Abwertung und Diskriminierung von Homosexualität“[76], weil für sie katholisch zu sein in dieser Welt bedeutet, dass es nicht um die Kirche geht, sondern um die Öffnung der Kirche zum Menschen hin, als ein Leben für andere. Es geht um eine katholische Kirche, die Menschen Verantwortung zutraut und einräumt, die ihnen „Selbstbestimmung, Selbstverantwortung und Selbstorganisation“ zuschreibt, damit sie „Freiheit und Verantwortung verwirklichen“ [77] können.

Als Teil der katholischen Kirche sind wir als Jugendverbände überzeugt, dass die katholische Kirche nicht auf Kosten der menschlichen Freiheit handeln darf. Kirche konstituiert sich gerade in der Anerkennung der Selbstbestimmung des Men-

75 *www.bdkj.de*

76 „Zum kirchlichen Umgang mit Liebe und Partnerschaft“, Beschluss der BDKJ-Hauptversammlung 2016.

77 „Anders katholisch! Das K im BDKJ – Kirche ohne Klischee, BDKJ Diözesanverband Berlin, 2019.

schen.[78] „Die Kirche kann aber nur Kirche in der Welt von heute sein, wenn sie sich nicht von sich selbst her bestimmt, sondern daraus lebt, dass sie sich nicht selbst garantieren kann, weil sie für das Heil steht, das nicht von ihr herkommt."[79]

Oder einfacher gesagt: Katholisch-Sein bedeutet für uns – mit Blick auf die Lebenswirklichkeit –, Kirche so zu gestalten, dass Würde, Selbstbestimmung und Menschenrechte für alle gewahrt sind. Wir setzen uns für eine bunte Kirche ein, für das Recht auf sexuelle Selbstbestimmung, für die gleichen Rechte für Menschen aller geschlechtlicher Identitäten, weil es ethisch geboten ist. Kein Mensch darf diskriminiert werden! Keinem Menschen darf Leid zugefügt werden!

Dies ist aus unserer Sicht eine zutiefst christliche Haltung, dies ist die Botschaft des Evangeliums. Dem liegt die Annahme zugrunde, dass Gottes gute Schöpfung nicht schlecht und sündhaft sein kann. Naturwissenschaftliche und psychologische Tatsachen zu geschlechtlicher Identität müssen von der Kirche anerkannt werden. Eine Änderung von Sexuallehre, der Haltung der Kirche, ja der damit zusammenhängenden Theologie ist unbedingt notwendig, um dem eigentlichen Auftrag des Evangeliums gerecht zu werden und für Menschenrechte einzustehen. Bisher ist die Kirche unmenschlich und verletzend – geradezu unchristlich.

Lernende Jugendverbände

Die Umsetzung bedeutet für die Jugendverbände allerdings einen Lernprozess. Die gesellschaftliche Akzeptanz vielfältiger geschlechtlicher Identitäten entwickelte sich in den

78 vgl. „Kirche im Zeichen der Diversität", M. Eckholt, in: Zeitschrift für Pastoraltheologie, 2017.

79 „Der Anteil der Verbände an der Sendung der Kirche. Beitrag zu einer Theologie der Verbände", Beschluss der BDKJ-Hauptversammlung 2015.

letzten Jahren weiter. Viele Menschen mussten großes Leid erfahren, bis wir an einen Punkt gekommen sind, an dem sexuelle Selbstbestimmung und Selbstdefinition von Identität zur Normalität wird. Am Ende sind wir damit noch nicht. Leidvolle Erfahrungen gehören zu oft noch zum Leben von LGBTI*Q-Personen. Noch größer ist das Leid, das in dieser Hinsicht die katholische Kirche über die Menschen gebracht hat, wie die Zeugnisse dieser Publikation zeigen.

Als katholische Jugendverbände haben wir das Ideal, uns mit der Gesellschaft weiterzuentwickeln – wir erwarten sogar von uns selbst, Vorbild in dieser Welt zu sein. Hinter diesem Ideal bleiben wir jedoch zurück. Zum einen müssen wir zugeben, dass wir als katholische Jugendverbände auch katholische Kirche sind. Verursachtes Leid wird nicht nur auf uns projiziert, sondern wir sind Teil der systemischen Problematik. Zugleich streben die Jugendverbände aber danach, besser katholisch zu werden, indem wir uns für gleiche Rechte aller Menschen in Kirche und Gesellschaft positionieren. Zum anderen haben auch die Jugendverbände ihren eigenen Anteil an Diskriminierung, insbesondere auch in ihren Strukturen. Katholische Jugendverbände lernen noch, wie Diversität diskriminierungsarm gelebt werden kann.

Es bedeutet, etwas zu riskieren

Als Teil der katholischen Kirche ist es für die Jugendverbände unerträglich, dieses Leid geschehen zu lassen und die Diskussionen um Menschenrechte immer wieder von Neuem zu führen. Zugleich sind auch wir gefordert, nicht aus einer überhöhten Perspektive auf die Sexuallehre zu schauen und sie zu kritisieren, sondern die negativen Wirkmechanismen der Lehre der Kirche in unseren eigenen Strukturen zu reflektieren und zu beseitigen. Hierbei sind wir gefordert, auf die

Stimmen der LGBTI*Q-Personen innerhalb und außerhalb der katholischen Kirche zu hören. Zu oft versäumen wir es, unseren Blick zu weiten. Für alles verursachte Leid und für die Komplizenschaft kirchlich verursachter Diskriminierung und Gewalt, müssen wir um Verzeihung bitten, diese aufarbeiten und intensiv an der Veränderung arbeiten. Das braucht Zeit, das verursacht auch neues Leid und der Weg ist schwierig.

Aber die Jugendverbände sind bereit, diesen Weg zu gehen, um bessere Katholik*innen zu werden. Die Herausforderung besteht auch darin, nicht den eigenen Interessen und der Selbsterhaltung zu folgen, sondern Menschenrechte und Verhinderung von Gewalt, Diskriminierung und Leid an erste Stelle zu stellen. Solch ein Prozess kann für Mitglieder der Jugendverbände auch schmerzlich sein. Es bedeutet, dass wir unsere Beziehung zur katholischen Amtskirche hinterfragen müssen. Es bedeutet außerdem zu verstehen, dass das Handeln der Jugendverbände auch verletzend war. Es bedeutet möglicherweise, sich von gewachsenen Strukturen und Inhalten zu lösen und eine Beschädigung des Ansehens der Jugendverbände sowie eine Trennung von kirchlichen Strukturen zu riskieren. Aber das ist eine Notwendigkeit, die wir als Jugendverbände eingehen müssen.

Wir müssen das Bestmögliche tun, damit alle Menschen gleichberechtigt in dieser Gesellschaft und Kirche leben können!

Was das in mir bewegt

Der*Dem aufmerksamen Leser*in wird der Wechsel zwischen dem Begriff „die Jugendverbände“ und dem persönlichen „wir“ nicht entgangen sein. Es spiegelt die Haltung und Rolle meiner Person wider. Als Bundesvorsitzender des Dachverbands der katholischen Jugendverbände bin ich Teil der katholischen Jugendverbandsarbeit und Mitglied in katholischen Jugendverbänden. Zugleich kann ich nicht für alle gleichermaßen sprechen. Sowohl der Bund der Jugendverbände, als auch jeder Verband für sich ist gefordert.

Und auch ich als Individuum bin gefordert. Die notwendigen Reflexionen und Veränderungen sind nur möglich, wenn Menschen dahinterstehen, sich ihrer annehmen und sie voranbringen. Es bedeutet auch für mich zu lernen und zu akzeptieren, dass der Verband, dem meine Leidenschaft gilt, in dem ich gewachsen bin, sozialisiert wurde und der eine Art Heimat für mich ist, anderen Menschen Schmerzen zugefügt hat. Und es ist meine Rolle, dies anzunehmen und die Jugendverbände bei ihrem Veränderungsprozess zu bestärken und zu begleiten.

Ich muss mich dabei immer wieder auch selbst reflektieren und bekomme viel zu oft den Eindruck, dafür zu wenig Zeit aufzuwenden. Ich möchte keine Menschen verletzen, tue es aber doch immer wieder – aus Unwissenheit, aus Ignoranz, aus einer selbstgefälligen Haltung heraus, aus Flüchtigkeitsfehlern und Unaufmerksamkeit. Ich bin ein heterosexueller Cis-Mann, schon allein das bedarf Reflexion und schon allein dadurch bin ich privilegiert und werde aus dieser Position heraus andere Menschen verletzen. Zu selten mache ich mir dies in meinem Handeln bewusst. Auch ich als Individuum bin Lernender und sehr dankbar für viele Menschen, die mich dabei begleiten, mich auf meine Unzulänglichkeiten hinweisen und die mir zeigen, wie ich mich für LGBTI*Q-Rechte in der Kirche als Ally einsetzen kann. Ich erfahre viel Zuspruch für mein Tun, welcher bestärkt. Aber ich höre auch viele Geschichten von Schmerz, die ich brauche, um zu verstehen, die mich auch wütend und kämpferisch werden lassen. Sie lassen mich ebenso immer wieder müde und zweifelnd an dieser Kirche werden. Ich muss mir bewusstmachen, dass dies ein unbedeutend kleines Übel gegenüber der Schuld der katholischen Kirche ist.

Hier helfen mir unter anderem auch die katholischen Jugendverbände mit ihrem Einsatz. In der Gemeinschaft zu lernen, sich in der Gemeinschaft zu engagieren und es zu wagen, katholische Kirche neu zu leben, Glauben und Theologie menschenfreundlich zu denken, ist ethisch richtig, ist christlich und macht mich stark. Mir helfen die vielen Begegnungen mit Menschen der LGBTI*Q-Community, mit gleichgesinnten Menschen und mit denen, die meine Sorgen anhören und mir mit Rat zur Seite stehen.

Der Antrieb, gemeinsam mit allen diesen Personen die Kirche zu einem lebenswerten Ort für alle Menschen zu machen, besteht noch. Ich hoffe, er bleibt mir und den Jugendverbänden erhalten.

44. Familienbilder im Wandel – Respekt und Wertschätzung für die Vielfalt, die in Familien lebt

Ulrich Hoffmann,
Präsident des Familienbundes der Katholiken

Der Familienbund der Katholiken hat in seiner Orientierungshilfe des Präsidiums zum Familienbild von 2015 folgende Sätze formuliert:

Überall dort, wo auf Treue gegründet Freundschaft, füreinander Eintreten und Verantwortlichkeit der Menschen gelebt werden, ist das moralisch achtenswert – gleichgültig, unter dem Vorzeichen welcher sexuellen Orientierung dies geschieht. Der Familienbund tritt deshalb für eine klare, vorbehaltlose Akzeptanz der Menschen und ihrer je eigenen familialen Lebensformen ein.

Verantwortungsbewusst gelebte Homosexualität in einer gleichgeschlechtlichen Lebenspartnerschaft ist in sich sinnvoll. Als verlässliche Lebensgemeinschaft sind Ehe und gleichgeschlechtliche Lebenspartnerschaft heute berechtigterweise faktisch gleichgestellt.

So weit die Orientierungshilfe. Ihr ging ein breit angelegter Diskussionsprozess im Familienbund zum eigenen Familienbild voraus. Dem eigenen Selbstverständnis nach ist der Familienbund der Katholiken die Interessengemeinschaft zur Vertretung und Koordinierung familienbezogener Anliegen in Kirche, Staat, Gesellschaft und Politik. Er sieht in der Familie den Ort, an dem am ehesten Glaubens- und Lebenswelt, Spiritualität und profane Alltäglichkeit, Lehre und Leben zusammenkommen können. Hieraus ergibt sich der besondere Auftrag des Familienbundes der Katholiken, für den Schutz und das Gelingen von Familie einzutreten; hier nimmt er seinen spezifischen Auftrag wahr. Dabei stützt er sich auf die Erfahrungen und Kenntnisse seiner Mitglieder sowie auf Ergebnisse familienwissenschaftlicher Forschung. Er orientiert sich am biblischen Gerechtigkeitsverständnis und den Grundsätzen der katholischen Soziallehre, die im Dialog mit den anderen christlichen Kirchen steht. Moraltheologie und christliche Sexualethik gehören also nicht zu den Schwerpunkten des Familienbundes. Und dennoch ist es wichtig, dass wir uns im Familienbund darüber verständigen, wen wir meinen, wenn wir von Familie sprechen.

Der Familienbund hält an einem Eheverständnis fest, dass die Ehe als eine emotional-ganzheitliche Lebensgemeinschaft von Frau und Mann versteht. Dies entspricht nicht nur der fest in der biblischen Anthropologie verankerten positiven Sicht auf die menschliche Zweigeschlechtlichkeit, sondern auch der einhelligen Auskunft der Kulturgeschichte. Damit verbunden müssen aber auch gleichgeschlechtliche Lebensgemeinschaften vorbehaltlos anerkannt und es muss darauf verzichtet werden, die in ihnen gelebte sexuelle Praxis moralisch zu disqualifizieren. Ebenso erkennen wir wertschätzend an, dass es Menschen gibt, die sich nicht in eindeutiger Weise dem weiblichen oder männlichen Geschlecht zuordnen können. Für den Familienbund entspringen diese Positionen nicht einer oberflächlichen Anpassung an den Zeitgeist, sondern einer Öffnung gegenüber den Erkenntnissen der gegenwärtigen Humanwissenschaften.

Als Teil der katholischen Kirche schien für den Familienbund über viele Jahre der Begriff Familie nicht erklärungsbedürftig, da in scheinbarer Selbstverständlichkeit damit „Mutter, Vater, Kinder" gemeint waren – vielleicht noch zusammen mit den Großeltern – und in klar definierter Rollenaufteilung zwischen den Geschlechtern. Es waren nicht nur die Erkenntnisse der Human- und Sozialwissenschaften, sondern auch die Zeugnisse von Familien aus unserem Verband, die einen tiefgehenden Diskussionsprozess über Familienbilder und sexuelle Orientierungen angestoßen haben. Da waren etwa Mütter und Väter, die damit gerungen haben, ihre homosexuellen Kinder und Schwiegerkinder anzuerkennen. Manche meinten: Was haben wir in der Erziehung falsch gemacht, dass unser Kind gleichgeschlechtlich orientiert ist? Wie befreiend wirken da auch aus dem Glauben gewonnene Einsichten, dass Gottes Liebe unabhängig von sexuellen Orientierungen der Menschen ist, dass Gott sich nicht nur in heterosexuellen Beziehungen finden lässt, dass niemand sich seiner Homo- oder Transsexualität schämen muss. Wir haben im Familienbund bemerkt, dass Familie mehr ist, mehr geworden ist, wahrscheinlich auch immer schon mehr war. Und wir haben bemerkt, dass für uns im Familienbund „der Blick in die Wohnzimmer" wichtiger ist als „der Blick in die Schlafzimmer".

Deshalb die Orientierungshilfe des Präsidiums, die lebendig ist und im Verband und darüber hinaus weiter diskutiert wird, die uns leitet in unserem Handeln für die Familien. Als Präsident des Familienbundes, aber auch als Ehe- und Familienseelsorger und Ehe-, Familien- und Lebensberater im Bistum Augsburg freue ich mich über diese Orientierungshilfe.

Die Kirche begleitet Menschen in den verschiedensten Lebenssituationen und spricht ihnen Gottes liebende Nähe und den Segen zu. Im Leben, besonders auch im Beziehungsleben, geht es immer wieder an den kleinen und großen Lebenswenden darum, einen neuen Schritt, einen neuen Anfang „in Gottes Namen" zu wagen.

Auch für Paare hat Segnung als kirchliches Handeln diese Bedeutung. Sie möchten ihren Glauben bezeugen; sie erklären sich bereit, diesem Glauben in ihrer Partnerschaft Raum zu geben und auf ihm ihre Beziehung zu gründen. Sie erkennen an, dass sie nicht allein aus sich selbst heraus das Gelingen ihrer Partnerschaft erreichen können, sondern dazu Gottes Beistand und Schutz bedürfen.

Ich wünsche mir Segensfeiern, die Paaren eine Form liturgischen Feierns ermöglichen, denen eine katholische Eheschließung kirchenrechtlich nicht offensteht. Damit meine ich zivil wiederverheiratete Paare ebenso wie gleichgeschlechtliche Paare, aber auch Paare, für die eine sakramentale Ehe aus persönlichen Erwägungen derzeit – noch – nicht infrage kommt.

Wenn wir in der Ehe- und Familienpastoral Paare segnen, dann tun wir das in der Überzeugung, dass in der Beziehung der Partner grundlegende Werte wie die Übernahme von Verantwortung für den Partner, Fürsorge und Treue gelebt werden. All das ist hoch anzuerkennen und des Segens würdig. In der Segensfeier danken wir Gott für die in Liebe gelebte Beziehung und bitten ihn um seinen bergenden Schutz für die Partner.

Als Ehe- und Familienseelsorger und auch in der Beratung begegnen mir Menschen, die in allen Brüchen und Verletzungen ihres Lebens eine Sehnsucht nach Gott, nach seinem Wort und Segen für ein gelingendes Leben in sich tragen. Ich bin überzeugt, dass wir als Kirche, als Seelsorgerinnen und Seelsorger großzügig beim Segnen sein dürfen und sein sollen – im Vertrauen darauf, dass der Segen, Gottes heilbringendes Handeln, seine Kraft bei den Menschen entfalten wird.

Gerade in der Beratung habe ich immer wieder mit Frauen und Männern zu tun, die tief verletzt sind, weil sie die Erfahrung gemacht haben oder manchmal auch nur der Überzeugung sind, in ihrer Lebensform, in ihrer sexuellen Orientierung, in ihrer Beziehung, des Segens nicht würdig zu sein. Die Vorenthaltung des Segens und des ermutigenden kirchlichen Sprechens und Handelns entfremdet die Menschen von Gott – das können wir meines Erachtens nicht verantworten!

In der Einführung in das katholische Benediktionale heißt es: *„Der Mensch ist segensbedürftig. Er verlangt nach Heil, Schutz, Glück und Erfüllung seines Lebens. Darum sprechen sich Menschen gegenseitig Segen zu. Vor allem erhoffen und erbitten sie Segen von Gott“* (Benediktionale, Nr. 1). Dieses urmenschliche Bedürfnis nach Segen dürfen wir, so meine ich, weder einzelnen Menschen noch menschlichen Beziehungen verwehren.

Im Forum des Synodalen Weges „Leben in gelingenden Beziehungen – Liebe leben in Partnerschaft und Sexualität“, in dem ich mitarbeiten darf, ringen wir um eine neue Beziehungs- und Sexualethik (Braucht es die überhaupt, oder reicht es aus, die geltende Sexualethik nur einfach besser zu erklären?) und um eine Sprache, die von den Menschen verstanden wird, sowie um die Wiedererlangung einer kritischen Zeitgenossenschaft der Kirche, die diese jedenfalls im Bereich der individuellen Ethik weitgehend verloren hat. Und da schmerzt es, wenn sich – wie jüngst im „responsum“

aus Rom zur Segnung gleichgeschlechtlicher Paare – Menschen durch die gewaltsame Sprache und Lehre der Kirche verletzt fühlen, wenn Kirche durch erstarrte Strukturen und mangelnde Veränderungsbereitschaft vielen den Zugang zum Glauben blockiert.

Wenn wir wirklich für geistlichen Missbrauch sensibler werden wollen, dann müssen wir unsere Sprachgewohnheiten überdenken – Gewaltlosigkeit beginnt bei der Sprache. Und so zitiere ich noch einmal die Orientierungshilfe des Präsidiums des Familienbundes der Katholiken:

Als Christen stehen wir auf dem Fundament der biblischen Botschaft und der daraus abgeleiteten und inspirierten Soziallehre der Kirche. Miteinander suchen wir je neu nach den angemessenen Ausdrucksformen unseres Glaubens und nach den gesellschaftlichen und politischen Imperativen, die aus diesem Glauben folgen. […]

Menschen sind geschaffen, um in Beziehung zu leben. In jeder liebenden Beziehung zu einem anderen Menschen ereignet sich auch etwas von Gottes Liebe. Der Mensch sehnt sich danach, geliebt zu werden und Liebe zu schenken. Liebe ist das umfassende und bedingungslose Ja zu einem anderen Menschen – um seiner selbst willen, ohne Hintergedanken und Vorbehalte.

Perspektiven aus der Theologie

45. Kurskorrektur!

Prof. Dr. Julia Knop,
Professorin für Dogmatik
an der Katholisch-Theologischen Fakultät der Universität Erfurt

In der römisch-katholischen Kirche legt man, was die Lehre angeht, Wert auf Kontinuität. Vorstellbar erscheint allenfalls eine harmonische, „organische“ Weiterentwicklung früherer Lehraussagen nach dem Motto: „Differenzierter? Okay! – Grundlegend anders? – Never!“ Eine Kehrtwende in der Lehre würde nämlich, so die Sorge, die Wahrheitsfähigkeit des Lehramtes infrage stellen. Was früher einmal richtig war, könne doch heute nicht falsch sein. In der Tat haben explizite Selbstkorrekturen des kirchlichen Lehramts Seltenheitswert. Aber es gibt sie, wenn wir an die heutige Anerkenntnis der Religionsfreiheit und die inzwischen prinzipielle Ablehnung der Todesstrafe denken. Sie sind also möglich.

Beim Thema LSBTI+ sowie allgemein in Fragen der Geschlechteranthropologie und Sexualethik mahnen Gläubige und Theolog:innen seit Langem Veränderungen bisheriger Lehren der römisch-katholischen Kirche an. Der Grund ist rasch benannt: Die lehrmäßig angenommene *Voraussetzung* katholischer Geschlechteranthropologie und Sexualethik erfasst die *Wirklichkeit* nicht. Sexuelle Identitäten und Orientierungen sind sehr viel bunter und vielfältiger, als das traditionelle Konstrukt einer binären, auf Zeugung angelegten Geschlechterordnung es suggeriert, das kirchlich immer wieder forciert wird. Immer mehr Länder und Kulturen ziehen aus der Wahrnehmung und Anerkenntnis einer ursprünglichen Diversität menschlicher Geschlechtlichkeit Konsequenzen für Politik, Gesetzgebung, Medizin und Bildungswesen. Dic Einführung der „Ehe für alle" ist ein symbolstarkes Moment dieser Entwicklung; der Eintrag „divers" im Meldewesen als Alternative zum Binom „männlich-weiblich" ein weiteres. Verändert hat sich dabei, das ist entscheidend, nicht das *Phänomen* sexueller Vielfalt, also nicht die Wirklichkeit menschlicher Sexualität, sondern ihre *Wahrnehmung*, Deutung und Einordnung. Verändert hat sich, anders gesagt, nicht die menschliche *Natur*, sondern ihre *kulturelle Beschriftung* – also die Ebene, auf der auch kirchliche Lehre angesiedelt ist: Ob queere Sexualität für abnorm gehalten, pathologisiert und kriminalisiert wird, wie es lang der Fall war, oder ob, worin heute in immer mehr Ländern der Welt Konsens besteht, das Recht aller Geschlechter auf sexuelle Integrität und Selbstbestimmung geachtet und verteidigt wird und entsprechende politische Konsequenzen gezogen werden.

Seitens der römisch-katholischen Kirche reagierte man, anders als in den anderen westlichen Konfessionen, auf diese Entwicklungen zum Thema LSBTI+ bekanntlich im besten Falle verhalten, meist aber offen ablehnend. Vor allem im Pontifikat Johannes Pauls II. (und bis heute) erfolgten seitens der kurialen Stellen katholische Positionierungen zu (v. a. männlicher) Homosexualität und queeren Beziehungen, zum „Wesen" der Geschlechter (v. a. der Frau) und zu einer binären Geschlechterordnung in expliziter Abgrenzung zu den großen gesellschaftspolitischen Veränderungen. Konfessionelle Identität wurde *im Unterschied* zur modernen Welt profiliert; dies sollte sich besonders in diesen anthropologischen Themen niederschlagen. Eine beherzte Kurskorrektur könnte insofern auf beiden Ebenen hilfreich sein: hinsichtlich einer freundschaftlichen Annäherung der katholischen Kirche an das 21. Jahrhundert und hinsichtlich einer Überwindung der Engführung konfessioneller Identität auf sexualethische und anthropologische Fragen.

Ein solcher Kurswechsel müsste aber klar und deutlich *als Kurskorrektur* kommuniziert werden. Konsequenzen in der Lehre, der Pastoral und im Ritus müssten erkennbar, nachhaltig und überzeugend gezogen werden. Ein öffentliches kirchliches Schuldbekenntnis könnte eine solche Kurskorrektur spirituell, moralisch und politisch validieren. Stillschweigendes Vergessen früherer Lehrmeinungen ist jedenfalls keine Option; zu vehement, zu scharf und zu oft erfolgten die kulturkritischen kirchlichen Positionierungen *in sexualibus*. Auch die Suggestion einer organischen Weiterentwicklung der alten Linie wäre wohl keine Option. Denn die römisch-katholische Kirche hat sich nicht „immer schon" für die Würde aller Menschen unabhängig von ihrer sexuellen Identität und Orientierung und die sexuelle Integrität und Selbstbestimmung der Menschen eingesetzt. Es wäre unehrlich, das zu behaupten. Sie hat bisher keine Gleichberechtigung aller (!) Geschlechter propagiert. Sie hat sich bisher auch nicht als Vorreiterin einer weltweiten Ächtung geschlechtsbezogener Diskriminierung hervorgetan. Hätte sie sich an die Spitze entsprechender Bewegungen gestellt, hätte sie als globaler Player unsagbar viel biografisches Leid verhindern und viel Gutes zur Humanisierung der Weltgesellschaft beitragen können. Eine kirchliche Kurskorrektur müsste also deutlich benannt werden. Damit würde die Kirche aber überhaupt nicht an Achtung verlieren, könnte vielmehr an Glaubwürdigkeit gewinnen. Die Fähigkeit zur Selbstkorrektur zeugt schließlich von Stärke, nicht von Schwäche.

Papst Johannes XXIII. hat bereits in den 1960er Jahren mit der Einführung des Begriffs der „Zeichen der Zeit" ein Instrumentarium in die theologische Debatte eingebracht, das auch heute Anwendung finden kann. Das II. Vatikanische Konzil hat diesen Begriff und Gedanken aufgenommen (*Gaudium et Spes* 4; vgl. 44). Gegen die „Unglückspropheten" seiner Zeit, die in den Zeitläuften stets Gefahr, Glaubensabfall und den Untergang des Abendlandes fürchteten, hatte der Konzilspapst zu einer beherzten Wahrnehmung der „Zeichen der Zeit" ermutigt. Dies würde der Kirche in ihren allfälligen Klärungsprozessen, also im allfälligen „Aggiornamento", helfen. Die Idee hinter dem Konzept lautet: Gottes gute Botschaft lässt sich auch jenseits kirchlicher Echoräume hören. Kirche ist nicht nur eine lehrende (missionarische), sondern auch lernende und lernfähige Größe (*semper reformanda*). Denn Gott spricht nicht nur durch die kirchliche Überlieferung, sondern er wirkt in seiner ganzen Schöpfung. Man muss es nur sehen (wollen). Deshalb ist es aus theologischen Gründen geboten und weiterführend, die Tonalität der Gegenwart aufzunehmen und sie im Licht des Evangeliums zum Klingen zu bringen.

In seiner Enzyklika *Pacem in Terris* (11.4.1963), die als kirchliche Magna Charta der Menschenrechte gilt, listete

Johannes XXIII. drei Zeitzeichen, die er für theologisch bedeutsam hielt:

1. Die Arbeiterschaft wird sich ihrer Würde und politischen Bedeutung bewusst;
2. die Frau tritt ins öffentliche Leben ein;
3. die Völker kooperieren im Ruf nach Freiheit und herrschaftsfreiem Zusammenleben.

Gemeinsam ist diesen Zeitzeichen, dass es sich um umfassende kulturübergreifende Entwicklungen und internationale Verbindlichkeiten zugunsten von Frieden, Freiheit und (Geschlechter-)Gerechtigkeit handelt, die nach und nach in immer mehr Ländern rechtliche und institutionelle Konsequenzen zeitigen. Zeitzeichen sind also nicht schnelllebige Moden oder Meinungen einiger *pressure groups* oder Lobbyisten, die man teilen kann oder nicht. Sie sind theologisch nicht indifferent, keine Meinungsfrage. Gemeint sind Momente, in denen Gott Heilsgeschichte schreibt. Solche Momente darf man als Kirche nicht übersehen.

Die international und transkulturell sich erneuernde Wahrnehmung von LSBTI+, die Aufmerksamkeit für sexuelle Diversität, ist – nicht zuletzt, weil daraus in immer mehr Ländern belastbare gesellschaftspolitische Konsequenzen gezogen werden – meines Erachtens ein Zeichen *unserer* Zeit. Dies ist eine Herausforderung an die Kirchen zu lernen, sich selbstkritisch mit überkommenen Positionen auseinanderzusetzen und diese zu korrigieren und weiterzuentwickeln: anthropologisch, ethisch und liturgisch, also in den Sektoren Glaube/Lehre, Ethos/Leben und Ritus/Gottesdienst. Wandel ist nicht nur theoretisch möglich und dogmatisch legitim, sondern um des humanen Niveaus der Kirche willen geboten.

Nicht das Phänomen menschlicher Sexualität, sondern ihre Deutung, nicht die menschliche Natur, sondern ihre kulturelle Formation, hat sich verändert, wurde oben gesagt. Auch dies lässt sich theologisch gut einholen. Der entscheidende Erkenntnisfortschritt beim Thema LSBTI+ liegt ja darin, sexuelle Diversität nicht (erst) auf der Ebene des Verhaltens, sondern der Identität eines Menschen, traditionell gesagt: seiner Natur, wahrzunehmen. Solang die menschliche Natur binär und heterosexuell konstruiert wird, erscheint queere Sexualität als abnormes, pathologisches oder schuldhaftes Verhalten wider diese Natur. Wenn aber diverse sexuelle Identitäten und Orientierungen als ursprünglich (an-)erkannt werden, also „normal" sind und wissenschaftlich als „Normvarianten" menschlicher Geschlechtlichkeit beschrieben werden – und hinter diese Erkenntnis gibt es, Gott sei Dank, kein Zurück –, bedeutet das in theologischer Sprache nichts anderes, als dass es sich um „*Schöpfungsvarianten*" handelt: um das natürlich gegebene, vom Schöpfer geschenkte je eigene So-Sein eines Menschen. Und was Gott geschaffen hat, ist gut. Sehr gut sogar (Genesis 1,31). Es ist gott-gesegnet. Diesen Segen Gottes weiterzusagen, ob im Ritus oder in alltäglichen Gesten, und ihn in Mentalität und Habitus, Struktur und Kultur der Kirche zu implementieren, auf dass er glaubhaft werde, ist Aufgabe der Kirche.

46. Über den Vorrang der Liebe

Interview mit Prof. Dr. Stephan Goertz,
Professor für Moraltheologie an der Universität Mainz

„Gottes Liebe ist bunt" – unter diesem Titel stand die Preisverleihung des Herbert Haag Preises 2020/21. Die Herbert Haag Stiftung für Freiheit in der Kirche zeichnet periodisch Menschen aus, die sich für Freiheit und Menschlichkeit innerhalb der Kirche einsetzen. In diesem Jahr haben Menschen den Preis erhalten, die sich allen Widrigkeiten zum Trotz zu ihrer gleichgeschlechtlichen Orientierung und Identität bekennen bzw. Christ*innen auffordern, sie zu achten. Die Preisträger 2020/21 sind die Ökumenische Arbeitsgruppe *Homosexuelle und Kirche* (HuK), Pierre Stutz, Dr. Ondrej Prostrednik und Dr. Hedwig Porsch.

Auf der Internetseite der Stiftung (www.herberthaag-stiftung.ch) ist das berührende Video zur Preisverleihung abrufbar, das einen Einblick in das Leben der Preisträger:innen ermöglicht. Im Anschluss an diese vier Zeugnisse führte Olivia Röllin, Moderatorin der „Sternstunde" beim SRF, ein Gespräch mit dem Mainzer Professor für Moraltheologie, Dr. Stephan Goertz.[80]

Herr Goertz, Sie sagen, die katholische Sexualmoral befinde sich in einer verfahrenen Situation. Weiterhin wird Homosexualität verurteilt und nicht als Normalität angesehen. Wo liegen denn die genauen Gründe dafür?

80 *www.herberthaag-stiftung.ch* – Video der Preisverleihung März 2021 (Minute 19:17-30:02, abgerufen am 30. Mai 2021), überarbeitete Fassung auf der Grundlage der Transkription des Gespräches.

Stephan Goertz: Die Situation ist verfahren, weil die vom Lehramt der katholischen Kirche vertretene Sexualmoral offiziell noch immer an der Vorstellung festhält, dass Sexualität zum einen nur im Rahmen der Ehe und zum anderen in der Ehe nur unter Beachtung des biologischen Gesetzes der Fortpflanzung verantwortlich gelebt werden kann. Der primäre Zweck der Sexualität besteht demnach darin, in der Ehe legitime Nachkommen zu zeugen. In traditionellen Gesellschaften gilt dies als unverzichtbar für die soziale Ordnung. Man denkt, das sei die natürliche Bestimmung der menschlichen Sexualität. Sowohl die Liebe zwischen Mann und Frau, als auch der sinnliche Genuss der Sexualität sind in diesem Konzept immer nur zweitrangig. Leidenschaftliche Liebe galt etwa in der Antike als Bedrohung des geordneten Zusammenlebens. Verfahren ist die Situation deshalb, weil wir heute in einer Kultur leben, in der diese Fixierung der Sexualität auf Ehe und Nachkommenschaft nicht mehr plausibel zu machen ist. Für die meisten Zeitgenossen basiert die Ehe auf der Liebe zweier Menschen. Die Ehe wird nicht länger als Institution betrachtet, die exklusiv dazu bestimmt ist, sexuelle Kontakte zu rechtfertigen. Und die Sexualität wird auch nicht mehr primär als eine Bedrohung wahrgenommen, die streng in Schach zu halten ist.

Das ist dann auch der Grund, weshalb Homosexualität in der vormodernen Zeit eben keine Anerkennung finden konnte?
Ja, denn weder die Aussicht auf Fortpflanzung noch die Ehelichkeit konnten diese Form des sexuellen Verhaltens rechtfertigen. Unter dem doppelten Vorrang der Ehe und des biologischen Gesetzes der Reproduktion konnte Homosexualität nur als Abweichung begriffen werden. Zudem ging man in der Vergangenheit davon aus, dass jeder Mensch von Natur aus heterosexuell ist. Das gleichgeschlechtliche Begehren wurde als

schuldhafte Verirrung oder krankhaftes Phänomen beurteilt. Das ist auch in den biblischen Texten, zum Beispiel beim Apostel Paulus, erkennbar. Man muss sich immer wieder klar machen, dass wir erst seit dem Ende des 19. Jahrhunderts Homosexualität als eine Variante menschlicher Beziehungsfähigkeit und menschlicher Sexualität betrachten und respektieren. Man muss sich ihrer nicht schämen, und sie ist weder ein Laster noch eine Krankheit – so Sigmund Freud in den 1930er-Jahren.

Jetzt sprechen Sie Laster und Krankheit an, also die verhängnisvolle Interpretation von Homosexualität. Unter Papst Franziskus scheint sich gleichwohl eine Veränderung anzudeuten?
Andeutung ist das richtige Wort, denn ob sich die Lehre tatsächlich ändern wird, das lässt sich noch nicht sagen. Neu ist auf jeden Fall, dass Papst Franziskus die Verurteilung von Homosexualität deutlich abschwächt. Er vermeidet es auffällig, auf die Bibel oder die Natur – den beiden alten Säulen der Verurteilung – zu verweisen, wenn er über Homosexualität spricht. Seine Haltung ist eine andere. Anstelle von Vorurteilen und Abwertungen versucht er offenkundig, eine Kultur der Akzeptanz zu etablieren. Franziskus, so mein Eindruck, akzeptiert die Wirklichkeit von Homosexualität und bringt homosexuellen Partnerschaften mehr Achtung als seine Vorgänger entgegen.

Aber Akzeptanz und Achtung, reicht das denn aus? Gerade im Angesicht dieser zuvor gesehenen berührenden Zeugnisse?
Tatsächlich ist es so, das offenbart den Zwiespalt, in dem die katholische Kirche bei dieser Frage nach wie vor steckt, dass sich vatikanische Dokumente zum Beispiel weiterhin gegen die Weihe von homosexuellen Männern aussprechen. Das Argument lautet, diese Männer seien in ihrer Beziehungsfähigkeit zu Frauen und Männern gestört. Auf diese Weise rückt man abermals

Homosexualität in die Nähe des sexuellen Missbrauchs. So baut man Vorurteile nicht ab, sondern tradiert sie. Welche negativen Auswirkungen ein solches Denken auf menschliche Biografien haben kann, das haben wir durch die Zeugnisse von „Betroffenen“ vorhin erleben können.

Ich frage mich natürlich auch, welche Rolle denn die Theologie in dieser ganzen Debatte spielt, sowohl inner-, als auch außerkirchlich?

Die Frage ist berechtigt, welche Bedeutung theologische Argumente für die kirchliche Lehre bisher hatten. Genauer: Welche Theologie stand eigentlich hinter den Vorurteilen und den Verurteilungen? Die Einsicht der Exegese, dass in der Heiligen Schrift von Homosexualität – in unserem heutigen Verständnis – gar nicht die Rede ist, hat so gut wie keine Rolle gespielt. Es gibt nur wenige biblische Texte, in denen gleichgeschlechtliche Sexualakte verdammt werden. Das Problem ist, dass man mit diesen Stellen unkritisch – beinah fundamentalistisch – umgegangen ist. Man hat die eigenen Ansprüche an eine hermeneutisch reflektierte Bibellektüre gerade bei diesem Thema ignoriert. Ein zweiter Hinweis: Moraltheologinnen und Moraltheologen weisen seit Langem darauf hin, dass es für ein moralisches Urteil nicht genügt, bloß die Tatsache zu erwähnen, dass wir es mit einer gleichgeschlechtlichen Praxis zu tun haben. Als wenn damit schon alles gesagt wäre. Es ist doch zwischen lieblosen und liebevollen homosexuellen Handlungen zu unterscheiden. Aber genau das tun kirchliche Dokumente noch immer nicht. Im Grunde sind die Argumente, die gegen das absolute Verbot der Tradition sprechen, seit gut einem halben Jahrhundert bekannt. Sie haben jedoch im römischen Lehramt bislang keine Resonanz gefunden. Ganz im Gegenteil: Kolleginnen und Kollegen, die das absolute Verbot kritisiert haben, sind in der Vergangenheit – vor allem im Pontifikat von Johannes Paul II. – häufig sanktioniert worden. Um es pointiert zu formulieren: Von der Theologie wurde eher Gehorsam als freimütiges Denken erwartet. Nun zum zweiten Teil der Frage. Außerhalb der Kirche, so mein Eindruck, wird häufig positiv registriert, wenn sich theologische Stimmen zu Wort melden, die für eine Überwindung von Vorurteilen eintreten. Eine liberale Gesellschaft hat Interesse daran, dass sich Religionen nicht fundamentalistisch abkapseln.

Es ist natürlich schon starker Tobak, wenn Sie sagen, die Theologie wurde gewissermaßen in die Ecke des Gehorsams gestellt. Aber was würden Sie denn sagen, woran kommt die Kirche auch angesichts solcher Biografien nicht mehr vorbei? Was haben Sie selbst für Erwartungen?
Wenn die Kirche nicht untergehen will wie die alte Welt, an deren Werte und Normen sie sich klammert, wird sie zweierlei anerkennen müssen. Erstens: Für die Erkenntnis und Bestimmung dessen, was Homosexualität als Phänomen ist, sind die Humanwissenschaften zuständig. Die Religion hat sich von den Wissenschaften an dieser Stelle aufklären zu lassen, und zwar ohne Vorbehalte. Das II. Vatikanische Konzil hat von der legitimen Autonomie, also Eigenständigkeit, der Wissenschaften gesprochen, die die Gesetze der Schöpfung Gottes erforschen. Eine katholische Sexualwissenschaft macht einfach keinen Sinn.

Sie haben von zwei Punkten gesprochen, was ist denn zweitens?
Der zweite Punkt: Es ist meines Erachtens ebenso überfällig, die Erfahrungen von Lesben und Schwulen, vor allem eben auch in ihren Beziehungen (in ihren Liebesbeziehungen!), in der kirchlichen Lehre endlich zur Kenntnis zu nehmen. Es gab in der Vergangenheit die anmaßende Überzeugung, besser als Homose-

xuelle selbst zu wissen, wie diese ihr Leben zu führen haben, um nicht unglücklich zu werden. Lehramtliche Texte behaupteten, es lägen objektive Gründe vor, die gegen ein glückliches Leben von Schwulen und Lesben sprächen. Ob diese selbst andere Erfahrungen machten, war dabei bedeutungslos. Letztlich geht es darum, anzuerkennen, dass die Zeit der kirchlichen Bevormundung der menschlichen Sexualität vorbei ist. Man könnte es auch so ausdrücken: Menschen wissen auch ohne den Katechismus, was es mit ihrer Sexualität auf sich hat und wie man ein verantwortliches Leben führt.

Das scheint mir ein ziemlich nachdenkliches Plädoyer zu sein. Gibt es denn auch etwas, das Sie konkret optimistisch stimmt?
Optimistisch stimmt mich die Tatsache, dass auch viele Bischöfe erkannt haben, dass es so wie bisher nicht weitergehen kann, wenn die katholische Kirche nicht jegliche Glaubwürdigkeit auf dem Feld von Sexualität und Geschlechtlichkeit verspielen will. Der Gedanke, in der Sexualmoral von einem Vorrang der Liebe auszugehen, findet sich inzwischen auch in päpstlichen Dokumenten, etwa im Schreiben *Amoris laetitia* aus dem Jahr 2016. Zugegebenermaßen steht die Debatte, welche Konsequenzen das für die kirchliche Sexualmoral hat, lehramtlich erst am Anfang. Meines Erachtens ist eines klar: Unter dem Vorrang der Liebe ist über die Sexualität und die Beziehungen von Menschen mit einer homosexuellen Orientierung völlig anders als bisher zu urteilen. Das alte Lehrgebäude, das beobachten wir seit Jahrzehnten, ist implodiert. Nun ist man frei, neu anzusetzen.

Homosexualität und katholische Kirche: Drei Thesen von Prof. Dr. Stephan Goertz zur Preisverleihung der Herbert Haag Stiftung am 7. März 2021[1]

1. Eine kirchliche Anerkennung von Homosexualität als naturgegebene Variante menschlicher Sexualität und Beziehungsfähigkeit ist angesichts der menschlichen Erfahrungen und der humanwissenschaftlichen Einsichten seit Langem überfällig. Die katholische Kirche sollte die Entpathologisierung, Entkriminalisierung und Entdramatisierung von Homosexualität als Ausdruck der Überwindung von Vorurteilen und der Anerkennung der Menschenrechte begrüßen.

2. Weil personale Liebe den sittlichen Rahmen gelebter Sexualität bildet, gelten für alle Menschen ungeachtet ihrer sexuellen Orientierung und Identität die gleichen moralischen Standards. Der tradi-

1 Empfehlung zur weiterführenden Lektüre: Christof Breitsameter, Stephan Goertz: Vom Vorrang der Liebe. Zeitenwende für die katholische Sexualmoral, Herder, Freiburg 2020.

tionelle Vorrang der Natur und ihrer Zwecke (Fortpflanzung, Ehe) ist in der Moderne abgelöst worden durch den Vorrang von Würde und Liebe und ihrer Normen (Freiheit und Gleichheit, wechselseitige Achtung). Das Recht auf verantwortlich ausgeübte sexuelle Selbstbestimmung gilt für Homosexuelle wie für Heterosexuelle gleichermaßen.

3. Die lehramtlichen Aussagen zur Homosexualität sind nach wie vor zwiespältig. Auf der einen Seite spricht man von der Würde aller Menschen und verurteilt jegliche Diskriminierung; auf der anderen Seite verweigert man homosexuellen Partnerschaften die Wertschätzung und tradiert alte Vorurteile, etwa die Vorstellung, Homosexualität könne biblisch und moraltheologisch nicht anerkannt werden und Homosexuelle seien zu authentischen und glücklichen Liebesbeziehungen nicht in der Lage. Die personale Würde und die sittlich legitimen Interessen von Homosexuellen sind in der katholischen Kirche vorbehaltlos anzuerkennen. Die rückständigen lehramtlichen Aussagen über Homosexualität – etwa im Katechismus der katholischen Kirche – sind zu revidieren.

47. Divers und doch katholisch

Prof. Dr. Thomas Schüller,
Professor für Kanonisches Recht
an der Westfälischen Wilhelms-Universität Münster[81]

Divers und katholisch? Geht das zusammen? Im Moment fällt es dem römisch-katholischen Lehramt noch immer schwer, Diversität a.) überhaupt wahrzunehmen und danach b.) wertschätzend den Menschen, die nicht in ein binäres Geschlechtermodell von Mann und Frau eingenordet werden können, zu begegnen. Die Weigerung des katholischen Lehramtes, in vielen Bereichen des menschlichen Lebens überhaupt erst einmal vorurteilsfrei Wirklichkeit wahrzunehmen und sie nicht sofort moralisch zu diskreditieren, schadet ihm sehr stark. So versäumen die amtlichen Lehrenden es, Menschen in ihren natürlichen, geistigen und psychischen Unterschieden als unverwechselbare Ebenbilder Gottes mit liebendem Blick anzuschauen. Wer nicht bereit ist, ohne Vorurteile Realität wertfrei zunächst zur Kenntnis zu nehmen als existente Wirklichkeit, verfängt sich schnell in seinen Vorurteilen und den sich ihnen anschließenden Verurteilungen in Form von Unwert-Urteilen.

Davor ist auch der aktuelle Papst Franziskus nicht gefeit, der vor allem in seinem nachsynodalen Schreiben *Amoris laetitia* in Form des allseits bekannten Pappkameradenargumentes ein Zerrbild von gender/queer entwirft. Dort dis-

81 Literatur zum Thema: Thomas Schüller, Drittes Geschlecht und seine kirchenrechtlichen Implikationen, in: Bernhard Sven Anuth, Bernd Dennemarck, Stefan Ihli (Hg.), „Von Barmherzigkeit und Recht will ich singen". Festschrift für Andreas Weiß, Regensburg 2020, 563–579; Bernhard Sven Anuth, Gottes Plan für Frau und Mann. Beobachtungen zur lehramtlichen Geschlechteranthropologie, in: Margit Eckholt (Hg.), „Gender studieren. Lernprozess für Theologie und Kirche", Ostfildern 2017, 171–188.

qualifiziert er Gendertheorien als Ideologie, die *„die natürliche Aufeinander-Verwiesenheit von Mann und Frau“* (AL Nr. 56) leugnen würden. Das biologische Geschlecht (sex) dürfe man zwar von der soziokulturellen Rolle des Geschlechts (gender) unterscheiden, aber nicht trennen. Es überrascht von daher nicht, dass die römische Bildungskongregation am 2.2.2019 ein Papier nachlegte, in dem alle diese Klischees über gender/queer noch mehr simplifiziert fröhliche Urständ feiern durften. Diese aktuellen Entwicklungen im laufenden Pontifikat belegen nachdrücklich, dass in der römisch-katholischen Kirche offiziell, aber auch weitverbreitet bei vielen katholischen Christinnen und Christen substanzielle Vorurteile gegenüber Menschen bestehen, die nicht in dem vermeintlich von der Natur vorgegebenen binären Raster von Mann und Frau existieren. Dies hat auch weniger mit der kirchenpolitischen und konfessionellen Beheimatung der Christinnen und Christen zu tun, wie die aktuellen Ereignisse zum Beispiel in Georgien zeigen. In der Tendenz verdichten sich die Hinweise, dass gerade in christlich geprägten Kontexten die Akzeptanz für queere Menschen abzunehmen scheint und mancherorts sogar in Gewalt umschlägt. Wenn schon Regenbogenfahnen oder entsprechende Beleuchtungen von Fußballstadien zum Politikum bei großen Sportveranstaltungen in Europa werden, dann deutet sich ein signifikanter Stimmungswandel in der europäischen Gesellschaft an, der nichts Gutes verheißt.

Meine Profession ist nun das Kirchenrecht, ein Metier, in dem ich lange Zeit als Verwaltungskanonist gearbeitet habe. Praktisches Kirchenrecht hat vor allem im Eherecht sehr stark mit diesen Polen von Frau und Mann zu tun. Das kanonische Eherecht ist das ins Recht transformierte binäre

Modell von Mann und Frau. Daneben scheint kein Platz für andere liebevolle und auf Dauer angelegte Beziehungen zu sein, wie die zum Teil irrational geführte Diskussion um die Segnung gleichgeschlechtlicher Beziehungen induziert.

Ansonsten kam ich durch Taufanfragen mit dem Thema in Berührung, denn es kommen Jahr für Jahr Kinder zur Welt, bei denen eben nicht klar und deutlich erkennbar ist, zu welchem biologischen Geschlecht sie gehören. Die Eltern wurden lange Zeit unter erheblichen Druck gesetzt, zeitnah das Geschlecht durch umfängliche Operationen zu vereindeutigen. Gott sei Dank gab und gibt es Seelsorgerinnen und Seelsorger, die Eltern in dieser Phase begleiten und ihnen den Rücken stärken, diesen ärztlichen Initiativen zu widerstehen. Und damit sind wir an einem wichtigen Punkt: Diese Kinder sind Ebenbilder Gottes, in ihrer leiblichen Existenzweise erlöst und geliebt.

Aus meinen ersten Semestern in Tübingen in den Vorlesungen in Alter Kirchengeschichte sind mir die leidenschaftlichen Diskussionen der Kirchenväter und Kirchenmütter präsent, die um die Menschennatur Jesu gerungen und gestritten haben. Nur wenn Jesus Mensch, ganz Fleisch war außer der Sünde, sind wir erlöst in Christus. Dieses soteriologische Mantra gilt allen Menschen, gleich welcher Chromosomensatz uns auszeichnet, wen wir begehren und wie sich Körper, Seele und Geist individuell bei jedem Menschen zueinander verhalten, vielleicht auch in einem Leben verändern mögen. Dieses Prae des göttlichen unbedingten Heilshandelns in Christus, diese soteriologische Matrix unseres Glaubens muss unser Glauben und Denken bestimmen. Dann wird Divers zum Synonym einer von Gott gewollten bunten Schöpfung, die er in die Freiheit beruft.

Doch bis dahin ist es noch ein langer Weg in der katholischen Kirche. Gerade im langen Eiszeitpontifikat von Papst Johannes Paul II. wurde unter Federführung von Joseph Ratzinger als seinem langjährigen Präfekten der Glaubenskongregation das anthropologische Modell von Mann und Frau naturrechtlich zementiert. Ratzinger gelang es im Vorgriff auf von ihm prognostizierte medizinische Fortschritte im Kontext der Geschlechtsumwandlung und ihren bürgerlich-rechtlichen Absicherungen auszuschließen, dass zum Beispiel eine zum Mann geschlechtsumgewandelte Frau geweiht werden kann, da sie immer ihr biologisches Ursprungsgeschlecht bewahre, gleich, was in ihrem Leben auch geschehen möge. Dies gelte auch im umgekehrten Fall, da ein Mann immer Mann bleibe. Auch der amtierende Papst gibt vor, wissen zu können, was den Frauen entspricht und was nicht, wenn er zum Beispiel davor warnt, Frauen zu weihen, weil dies der Weiblichkeit schade und sie hierdurch klerikalisiert werden könnten.

Das Lehramt der katholischen Kirche engt damit den göttlichen Schöpferplan ein, versucht Gott in ein Quadrat von binären Geschlechtskoordinaten einzupferchen und somit sein Schöpfersein zu diminuieren. Darauf kann sprichwörtlich kein Segen liegen.

Nur, wenn es um Macht, Geld und Realpolitik geht, können katholische Bischöfe kirchenrechtlich die Lehre auch mal flexibel beiseiteschieben.

Nachdem das Bundesverfassungsgericht 2017 der Klage einer Frau stattgab und den Gesetzgeber aufforderte, neben den personenstandsrechtlichen Einträgen von ‚männlich' und ‚weiblich' auch eine dritte Kategorie einzufügen, die all den Menschen, die sich nicht diesen beiden binären Codebegriffen zuordnen lassen wollen, eine nichtdiskriminierende Möglichkeit der personenstandrechtlichen Einordnung zu eröffnen und der Deutsche Bundestag dies in einem Gesetz Ende Dezember 2018 mit der Kategorie „divers" umsetzte, reagierten die deutschen Bischöfe sowohl in arbeitsrechtlichen wie datenschutzrechtlichen Kontexten schnell und zügig und setzen das ‚divers' in ihren Gesetzen um. Warum? – Zum einen, weil sie bei einer Weigerung, diese Kategorie auch in kirchlichen Kontexten rechtlich verbindlich zu implementieren, keine Meldedaten mehr vom Staat erhalten hätten, was weltkirchlich betrachtet ein ungewöhnliches „Privileg" im uneigentlichen Sinn darstellt und die Arbeit der Kirchen bei der Mitgliedererfassung, gerade, was den kirchensteuerbestimmten Kontext angeht, ungemein erleichtert. Und zum Zweiten befürchtete man bei katholischen Stellenausschreibungen ohne den Buchtstaben „d" zutreffend Schadensersatzklagen der Bewerberinnen und Bewerber, die sich ohne diesen Buchstaben diskriminiert fühlen.

Diese wenigen, kirchenrechtlich eingefärbten Beispiele zeigen einerseits einen realpolitisch pragmatischen Umgang mit gesellschaftlichen Wandlungsprozessen, wenn Macht und Geld sowie Einfluss in Gefahr geraten. Andererseits bleibt es auf der lehramtlichen Ebene bei einem starren Festhalten an überkommenen binären Geschlechtskoordinaten. Wie peinlich so ein Festhalten in der Praxis werden kann, zeigt die diesjährige Posse um die Nichtverleihung des Katholischen Kinderbuchpreises durch die Deutsche Bischofskonferenz. Augenscheinlich, weil die Autorin Elisabeth Steinkellner in ihrem Buch „Papierklavier" auch das Thema Transgender aufgegriffen hat, gelang es den Hardlinern unter den katholischen Bischöfen, die von der entsprechenden Kommission ausgesprochene Empfehlung zur Verleihung des Preises an Frau Steinkellner zu stoppen. Solchen Bischöfen ist die rote Karte für dieses ignorante Verhalten zu zeigen, weil es zeigt, dass sie augenscheinlich nichts von einem liebenden Schöpfergott und noch weniger von Kunst verstehen.

48. Inklusive Kirche?

Prof. Dr. Marianne Heimbach-Steins,
Professorin für Christliche Sozialwissenschaften
an der Westfälischen Wilhelms-Universität Münster

Kirche hat als soziale Institution teil an der Vielfalt der Lebensgestalten und an den Anerkennungskämpfen, die in einer je bestimmten geschichtlichen Situation eine Gesellschaft prägen und dynamisieren. Eines der Zeichen unserer Zeit ist ohne Zweifel das Ringen um einen nicht-diskriminierenden Umgang mit geschlechtlicher Diversität, um die Anerkennung entsprechender privater Lebensformen und um die sprachliche und soziale Repräsentation.

Diversität – Inklusion – Geschwisterlichkeit

In normativer Hinsicht bildet die regulative Idee der *Inklusion* einen Fluchtpunkt dieser Dynamiken. Sie verbindet zwei grundlegende Ansprüche: Bezogen auf die Individuen formuliert sie den Anspruch eines jeden Menschen auf Anerkennung und bestmögliche Förderung der individuellen Entfaltungsmöglichkeiten; keine Person darf aufgrund ihrer individuellen Verfasstheit einschließlich der geschlechtlichen und sexuellen Orientierung diskriminiert oder an gleichberechtigter sozialer Teilhabe gehindert werden. Bezogen auf das soziale Ganze einer Gesellschaft repräsentiert die

Idee der Inklusion den Anspruch, die tatsächliche Vielfalt bzw. Diversität menschlicher Existenz, ihrer kontextuellen Prägungen und Ausdrucksgestalten in der Lebensführung als eine (selbstverständliche) Voraussetzung des Zusammenlebens und zugleich als Gestaltungsaufgabe anzuerkennen. In der Programmatik der Vereinten Nationen wird dies in die Zielsetzung eines „selbstbestimmten Lebens in sozialen Bezügen" übersetzt; sie ist jeder Person in Anerkennung ihrer spezifischen Verfasstheit zu ermöglichen.[82]

Die regulative Idee der Inklusion bzw. Inklusivität erscheint an biblische und christliche Überlieferung und an ein davon inspiriertes Ethos sehr gut anschlussfähig (auch wenn patriarchale kirchliche Traditionen und Praxen sowie darauf bezogene Theologien diesen Zusammenhang häufig eher verstellt haben). Die Motive der Gotteskindschaft, der gottesbildlichen Erschaffung der Menschenwesen, die Überzeugung, dass Gott das Heil für *alle* Menschen will, können als religiöse Bezugspunkte für ein Ethos der Inklusion entziffert werden: *Jeder* Mensch wird durch das schöpferische, *wohl*wollende, die Integrität der ganzen Schöpfung erstrebende Handeln Gottes adressiert und darf sich in dieses *Projekt* Gottes hineingenommen wissen. In seiner Enzyklika *Fratelli tutti* (2020) wirbt Papst Franziskus emphatisch für ein Ethos der universalen Geschwisterlichkeit, das auf dem biblischen Doppel- bzw. Dreifach-Gebot der Gottes-, Nächsten- und Selbstliebe aufruht, die Anerkennung von Diversität und die Achtung individueller Verschiedenheit ausdrücklich einschließt.[83] In bestimmten

82 H. Bielefeldt, Zum Innovationspotential der UN-Behindertenrechtskonvention, in: Deutsches Institut für Menschenrechte (Hg.), Berlin 2006 (Essay Nr. 5), 11.

83 Vgl. hierzu u.a. M. Heimbach-Steins u.a., Die Enzyklika Fratelli tutti von Papst Franziskus (3. Oktober 2020). Sozialethische Beobachtungen und Analysen (Sozialethische Arbeitspapiere des ICS, Nr. 14), *https://www.uni-muenster.de/imperia/md/content/fb2/c-*

Segmenten kirchlichen Engagements, z. B. in Bezug auf Geflüchtete und Migrant*innen, aber auch im (kirchlichen) Bildungs- und Schulwesen, wird dieser Anspruch auch in offiziellen Dokumenten explizit aufgegriffen und bestätigt.[84]

Geschlechterordnung als Blockade

Hingegen wird die Aneignung dieses Anspruchs in der Lehre der katholischen Kirche (wenn auch – Gott sei Dank! – nicht von allen ihren Repräsentanten in der pastoralen Praxis) negiert bzw. verweigert, wenn es um die Anerkennung geschlechtlicher Diversität und der mit dieser Diversität einhergehenden Lebensformen geht. Lehre und offizielles Handeln der Kirche binden die Anerkennung der Liebe und Verantwortung zwischen zwei Menschen an die Kriterien *normative Zweigeschlechtlichkeit* und *normative Heterosexualität* – und fassen dies *exklusiv* in die dogmatisch, moraltheologisch und kirchenrechtlich normierte Gestalt der sakramentalen Ehe. Damit werden weite Bereiche gelebter Partnerschaft, sei es zwischen gegen- oder gleichgeschlechtlichen Partner*innen, in kirchlichen Kontexten diskriminiert. Während nach kirchlichem Verständnis als defizient bewertete heterosexuelle Partnerschaftsformen unter bestimmten Umständen als „heilbar" erscheinen, gilt das nicht für die Situation von Menschen, die gleichgeschlechtlich lieben. Sie erfahren aufgrund ihrer geschlechtlichen Identität keine volle Anerkennung, sondern allenfalls Mitleid; ihre Partnerschaften werden diskriminiert,

---

systematischetheologie/christlichesozialwissenschaften/veroeffentlichung/arbeitspapier_ft_gesamt_final.pdf

84 Vgl. dazu: M. Heimbach-Steins, Katholische Schule, Bildungsgerechtigkeit und Inklusion, in: J. Sautermeister (Hg.), „Verantwortung und Integrität heute. Theologische Ethik unter dem Anspruch der Redlichkeit", Freiburg i.Br. 2013, 323–336.

weil sie einer bestimmten Normvorstellung nicht entsprechen *können*. Dem normativen Urteil liegt eine essenzialistische Geschlechteranthropologie zugrunde, die das Wesen des Mannes bzw. der Frau vor allem von einer (heterosexuellen) biologischen Disposition her definiert. Auf die Institution Ehe angewandt, geht diese Geschlechteranthropologie mit einer Vorordnung des Zwecks der Fortpflanzung vor der personalen Qualität der Beziehung zwischen den Liebenden, die einander in Treue und Verantwortlichkeit verbunden sind, einher. Für queere Geschlechtsidentitäten lässt sie keinen Raum bzw. kann in diesem als normativ verstandenen *Ordnungsrahmen* kein Platz ausfindig gemacht werden. Das entsprechende lehrmäßige Urteil ist etwa im Katechismus der katholischen Kirche dokumentiert.[85] Es wurde jüngst durch das *Responsum in dubium* gegen die Möglichkeit der Segnung gleichgeschlechtlich liebender Paare erneut geltend gemacht.[86]

Die Ehe stellt eine wichtige gesellschaftliche Institution und – im katholischen Verstehenshorizont – als Sakrament der partnerschaftlichen Liebe unter dem Segen Gottes einen hohen Wert dar; die Kirche hat gute Gründe, für dieses Modell des Zusammenlebens zu werben und Paaren auf dem Weg zur wie in der Ehe Begleitung anzubieten. Aus theologischer und theologisch-ethischer Perspektive verlangt der Schutz der Ehe aber keineswegs zwingend, diese Beziehungsform der Liebe und gegenseitigen Verantwortung auf eine heterosexuelle Paarkonstellation zu limitieren. Das jüngst bekräftigte Verdikt gegen eine Segnung gleich-

85 Katechismus der Katholischen Kirche, München 1993, Nr.n 2357–2359.

86 Responsum ad dubium der Kongregation für die Glaubenslehre über die Segnung von Verbindungen von Personen gleichen Geschlechts (22. Februar 2021), *http://www.vatican.va/roman_curia/congregati-ons/cfaith/documents/rc_con_cfaith_doc_20210222_responsum-dubium-unioni_ge.html*

geschlechtlicher Paare schließt jedoch weitaus mehr aus als die Ehe für die Betroffenen. Es erscheint aus theologischer Sicht anmaßend, insofern es insinuiert, die Kirche könne über die Reichweite und die Grenzen des göttlichen Wirkens abschließend urteilen. Dem wäre – mit Karl Rahner[87] und anderen – mindestens die Frage entgegenzuhalten, wie es um das Vertrauen auf das Wirken des göttlichen Geistes und um die Bereitschaft einer je neuen Unterscheidung der Geister im Sinne der paulinischen Charismenlehre und der geistlichen Tradition im Christentum bestellt ist.

Theologisch beunruhigend ist, dass kirchliche Lehre und ein Teil ihrer amtlichen Repräsentanten vor allem angesichts der Herausforderungen, die aus der geschlechtlichen Bestimmtheit menschlicher Existenz resultieren, so wenig lernfähig oder -bereit zu sein scheinen. Das letzte Jahrzehnt hat mit den Auseinandersetzungen um die Zusammenhänge von Machtmissbrauch und sexualisierter Gewalt in kirchlichen Kontexten zwar einerseits bei vielen Katholik*innen – auch bei Amtsträgern – eine neue Sensibilität für die Brisanz der Aufgabe hervorgebracht, aber auch die Stärke des Widerstands gegen eine Öffnung auf die notwendigen Lernprozesse hin v. a. in bestimmten klerikalen Kreisen vor Augen geführt.

Plädoyer für einen Perspektivenwechsel

Die Kirche existiert weder neben oder außerhalb der gesellschaftlichen Wirklichkeit, noch ist sie ausgeschlossen vom Zuwachs des Wissens und der wissenschaftlichen Erkenntnis-

87 K. Rahner, „Löscht den Geist nicht aus!“ (1962), in: Ders., Schriften zur Theologie VII, Einsiedeln, Zürich, Köln 1972; dazu: M. Heimbach-Steins/G. Steins, „Löscht den Geist nicht aus!“ Kritik von innen – für eine lebendige Kirche, in: Heimbach-Steins/G. Kruip/S. Wendel (Hg.); „Kirche 2011: Ein notwendiger Aufbruch“. Argumente zum Memorandum, Freiburg 2011, 102–113.

se über menschliches Leben, seine Bedingtheiten und Zusammenhänge. Das gilt auch für das „Geschlechter-Wissen". Sie wird nicht umhinkommen, sich den Fragen um geschlechtliche Bestimmtheit menschlicher Existenz im Allgemeinen, um gleichgeschlechtliche Dispositionen wie um nichtbinäre Geschlechtlichkeit („drittes Geschlecht") im Besonderen auf der Höhe des verfügbaren Wissens zu stellen und ihre – schon längst nicht mehr auf dieser Höhe diskursfähigen – normativen Positionen erschüttern zu lassen. Es liegt nahe anzunehmen, dass es dabei nicht nur um eine kognitive Neupositionierung gehen kann. Wenn überkommene Definitionsansprüche und Mittel der Machtausübung über die Gläubigen grundlegend infrage gestellt werden, fallen Schutzschilde des Klerikalismus, vermeintliche Schonräume werden durchbrochen, auch Akteure innerhalb der amtlichen Strukturen der Kirche werden sich der Auseinandersetzung mit ihrer eigenen Geschlechtlichkeit und Lebensform stellen müssen.

Ein Beharren auf Katechismus-Sätzen allein ist weder *ad extra* noch *ad intra* argumentativ tragfähig. Vor allem aber bildet es keine adäquate Grundlage, um den Lebenswirklichkeiten von Menschen gerecht zu werden, die trotz aller erfahrenen Widerstände und Verletzungen ihr Leben als Schwule, Lesben, Bisexuelle oder Trans*-Personen im Kontext der Kirche verorten und leben wollen.

Theologische Forschung kann einiges dafür tun (und tut es de facto auch), in kirchlichen und theologischen Traditionen errichtete Denkblockaden zu identifizieren und dekonstruieren; sie kann beobachten, beschreiben und analysieren, wie Menschen innerhalb und außerhalb der Kirche ihre Geschlechtlichkeit leben, welche Erfahrungen der Anerkennung und der Missachtung sie machen, und wie kirchliche Verantwortungsträger ihrerseits in diesem Feld agieren. Im besten

Fall kann sie damit Akteure in der Pastoral und in kirchlicher Leitungsverantwortung ermutigen, sich den unerlässlichen Lernprozessen im Hinblick auf Geschlechtsidentitäten, Geschlechterbeziehungen und Lebensmodelle zu stellen.

Eine zentrale – pastoral-praktische wie theologische – Aufgabe besteht darin, die *Verletzlichkeit* menschlicher Beziehungen ernst zu nehmen und eine Sensibilität für die ausschließende Wirkung starker Normierungen zu entwickeln, die sich an tatsächlichen oder vermeintlichen (moralischen) Defiziten des gelebten Lebens abarbeiten und Lebensformen delegitimieren, weil sie einem bestimmten Idealbild nicht entsprechen. Darin spiegelt sich ein Übergewicht sexual- und geschlechtermoralischer Normierungsbestrebungen, das nach biblischem und theologischem Maßstab in keinem irgendwie angemessenen Verhältnis zu den zentralen Themen des Evangeliums steht. Scheinbar unüberwindliche Normerwartungen an sexuelle und geschlechterbezogene Ordnungsmuster sowie deren exkludierende Geltungsansprüche gehören auf den Prüfstand.

Es gilt, die Perspektive zu wechseln und sich der Frage nach den Zeichen der Zeit zu stellen: Wenn, wie eingangs gesagt, das Ringen um einen nicht-diskriminierenden Umgang mit geschlechtlicher Diversität, um die Anerkennung einer Vielfalt von Lebensformen und um die sprachliche und soziale Repräsentation ein solches Zeichen der Zeit ist, steht die Kirche (und stehen ihre Repräsentanten) vor der Aufgabe herauszufinden, was dies für die Verkündigung der „Frohen Botschaft" Jesu Christi bedeutet. Ein solcher Perspektivwechsel nimmt die gelebten bzw. in der Lebenspraxis erstrebten Werte von Liebe, Treue und Verantwortung in verbindlichen Beziehungen in den Blick, kann dem Anspruch der Inklusivität Raum geben und mit guten theologischen Gründen die Anerkennung einer Vielfalt von Geschlechtsidentitäten und Lebensformen ermöglichen.

Menschen, deren Inklusion aus der Sicht der traditionellen Morallehre der Kirche ein unüberwindliches Problem zu sein scheint und die trotzdem ihren Ort als Glaubende in der Kirche suchen, können für die Kirche Prophet*innen der Vielfalt und Schönheit von Gottes Schöpfung und der in ihr lebbaren Liebe sein. Mag dies – wie alle Prophetie – nach den Maßstäben einer Tradition, die diese Vielfalt nicht kannte bzw. ihr keine Sprache zu geben wusste, von manchen als provozierend erfahren werden, so geht doch von einem solchen Glaubenszeugnis eine befreiende Kraft aus. Dies wahrzunehmen und anzuerkennen, ist die eigentliche Aufgabe – theologisch, geistlich, pastoral – und vermutlich liegt darin die Voraussetzung, um in der Konsequenz auch lehrmäßige und kirchenrechtliche Veränderungen herbeizuführen.

49. „Homosexualität kauft man sich nicht einfach im Supermarkt"

Prof. Dr. Ansgar Wucherpfennig SJ,
Professor für Exegese des Neuen Testaments an der Philosophisch-Theologischen Hochschule Sankt Georgen in Frankfurt am Main

„Wenn du denkst, es wäre gut, wenn ich mit euren Studenten spreche, und von meinen Erfahrungen erzähle, würde ich ihnen gern erzählen, dass man sich Homosexualität nicht einfach im Supermarkt kauft." Das hat mir ein Freund mal auf einem Spaziergang gesagt. Für mein eigenes Umdenken hatte er es richtig getroffen: Persönliche Begegnungen haben mir geholfen, meine Einstellung zur Homosexualität zu ändern. Auch sein Satz geht mir immer noch nach: Nicht nur eine sexuelle Orientierung, überhaupt Sexualität ist nichts, das es als fertige Ware in Supermärkten gibt. Sie ist ein Teil des Lebens, der nicht vom Himmel fällt, sondern wie das Leben selbst auch ein Leben lang verschiedene Wandlungen durchläuft.

Die katholischen Milieus waren in der Zeit meiner Kindheit und Jugend über die verschiedenen Ausrichtungen und Formen von Sexualität nicht besonders auskunftsfreudig. Dazu gab es katholischerseits zu viele Tabus. Gesellschaftlich stand Pink Floyds Rockmusical „The Wall" für viele Wände, die in der Pädagogik der 70er- und 80er-Jahre eingebrochen waren. Die nachkonziliare Kirche aber begann, ihrem eigenen Zugehen auf die Moderne im Zweiten Vaticanum nicht mehr richtig zu trauen, und zog alte Mauern wieder neu hoch. Der kulturelle und weltanschauliche Graben zwischen Kirche und Gesellschaft wurde immer größer. Das staatliche Gymnasium in Hannover, auf das ich gegangen bin, war für mich ein Glück: Die konservative humanistische, vorwiegend protestantisch geprägte Bildung war bei den meisten Lehrern mit einer großen Weite verbunden. Aber auch dort wurde über Sexualität und Verliebtsein nicht viel gesprochen, und wenn, dann oft hinter vorgehaltener Hand. Erst Jahre später, nach einer Zeit verschiedener Unsicherheiten und Fragen hat es mich vorangebracht, als ein älterer Priester einen fest geknickten, leicht vergilbten Zettel aus seinem Geldbeutel zog mit einem Vers von Angelus Silesius: „Kein Ding ist hier noch dort, das schöner ist als ich, weil Gott, die Schönheit selbst, sich hat verliebt in mich!" Er meinte: „Schau, auch der liebe Gott hat sich schon verliebt!"

Die katholischen Ausbildungsorte, an die ich nach meiner Schulzeit kam, waren – vom Hörsaal bis zum Priesterseminar – meist in klerikale Lebenszusammenhänge eingebunden, deren strukturelle Vorgaben ein freies Reden über Sexualität nicht leichter gemacht haben. Als Personen gab es beeindruckende Vorbilder unter meinen akademischen und geistlichen Lehrern und leider damals sehr wenigen Lehrerinnen. Gebremst haben die Strukturen. Einschlägige Bibelstellen und Katechismusverse taten das Ihre dazu, den Mut zum offenen Ansprechen schwinden zu lassen. Bibel und Glaube können, wie Walter Benjamin es einmal für alle Dokumente der Zivilisation gesagt hat, wenn sie nicht mit Achtung vor dem Menschen und seiner Würde kritisiert und verstanden werden, auch zu Dokumenten menschlicher Barbarei werden. Zu viele Menschen haben in den Kirchen inzwischen erfahren, dass sie abgewiesen werden, weil ihre Sexualität nicht passt. Es braucht dringend ein Verständnis, das Bibel und Glaube wieder so eröffnet, dass diese Menschen ein Zuhause bei Gott finden, der jeden Menschen so liebt, wie er ist.

Bibel und Katechismus allein haben mich nicht homophob werden lassen, aber sie haben mir auch keinen Weg bereitet, Menschen mit unterschiedlichen sexuellen Orientierungen und Lebensformen zu verstehen. Geholfen hat mir persönlich immer das offene Gespräch. Dort, wo nicht nur über Menschen gesprochen wurde, die sich mit verbreiteten sexuellen Einordnungen schwertun, ging es weiter. Da, wo es möglich war und ist, persönlich zuzuhören und in Ich-Form zu sprechen, haben Gespräche etwas weitergebracht.

Nach der ersten Familiensynode im Vatikan 2014 haben wir an der Frankfurter Hochschule Sankt Georgen einen *Dies Academicus* organisiert. Neben akademischen Vorträgen war dem Organisationsteam wichtig, dass in verschiedenen Workshops – dort, wo es die Betroffenen wollten – auch über die unterschiedlichen Formen offen gesprochen werden kann, in denen Sexualität auf dem Campus der Hochschule gelebt wird. Und das sind ziemlich viele; außer Ehelosigkeit, Ehe und Familie auch: Arranged Marriage, Kinder in nichtehelichen Partnerschaften, Homosexualität in eheloser Lebensform und in partnerschaftlichen Beziehungen … Auch wenn der *Dies Academicus* in den November fiel, war es ein frühlingshafter Nachmittag für die Hochschule. Viele haben lange noch davon erzählt.

Am Ende: Perspektiven für einen notwendigen Wandel in der Kirche

Mirjam Gräve, Hendrik Johannemann, Mara Klein

Am Ende dieses Buches steht ein Anfang: Der Anfang der notwendigen und schon immer überfälligen Abschaffung queer-feindlicher Strukturen in der katholischen Kirche. Viele Prozesse, die sich zum Glück bereits vollziehen, reichen noch nicht aus. Die Zeugnisse, die das Fundament dieses Buches darstellen, stehen repräsentativ für gegenwärtige Lebensrealitäten vieler queerer Menschen in der katholischen Kirche – nicht zuletzt auch für unsere eigenen Erfahrungen auf dem Synodalen Weg und anderswo.

Trotz unserer Bemühungen, ein dabei möglichst breites Spektrum queerer Menschen zu Wort kommen zu lassen, zeigt unsere Auswahl nur einen Bruchteil der strukturellen Benachteiligung und Verletzung an. Neben der Vielfältigkeit queerer Identitäten und damit verbundener Ausschluss- und Gewalterfahrungen muss bedacht bleiben, dass es viele Gebiete der Überschneidung von Diskriminierung in der katholischen Kirche gibt: Menschen, die Queer-Feindlichkeit erfahren, können auch gleichzeitig von Rassismus,

Frauenfeindlichkeit, Klassismus und Ableismus (u. a.) in der katholischen Kirche betroffen sein. Solche Überschneidungen werden in diesem Buch nur minimal abgebildet, müssen aber bei Reformbemühungen immer im Blick behalten werden.

Viele der Perspektiven aus dem zweiten und dem dritten Teil haben gezeigt, dass Betroffenen zuzuhören ein wichtiger Schritt ist, um einen notwendigen inneren Wandel, nicht nur in den Menschen selbst, sondern auch in den Strukturen der katholischen Kirche und der katholischen Verbände zu ermöglichen. Wandel, wie ihn dieses Buch fordert und hofft weiter mit anzustoßen, ist ein schwieriger und andauernder Prozess. Aber es ist auch ein notwendiger Prozess, wenn wir eine Kirche sein wollen, die das Wohlergehen der ihr anvertrauten Menschen vor dem eignen Machterhalt priorisiert.

Wie schaffen wir es gemeinsam, dass sich ein Wandel innerhalb der katholischen Kirche in Deutschland vollzieht?

Für mich, *Mirjam Gräve*, sind es vor allem drei wesentliche Punkte: Bleiben wir auf der Suche nach dem Weg, der sich eröffnet, glauben wir an die Kraft jeder einzelnen Person, etwas verändern zu können und schließen wir uns zusammen. (Das Wirken des Heiligen Geistes, setze ich als vierten Punkt voraus.)

Die Aktion *#liebegewinnt* ist für mich ein solches Beispiel. Wer hätte gedacht, dass der Aufruf zu Segensfeiern für alle Liebenden, verbunden mit dem Aufhängen der Regenbogenfahnen an katholischen Kirchen eine solche Wirkung hat?

Ein persönliches Erlebnis dazu: Wir haben genau wegen einer dieser Regenbogenfahnen, die im Erzbistum Köln an einer Kirche hing, eine Anfrage einer lesbischen Frau an unser Netzwerk bekommen. Nach Jahrzehnten der Kirchenferne hat A. einfach im Internet recherchiert, ob es vielleicht doch noch einen Platz, ein Angebot für sie in der katholischen Kirche gibt. Und sie hat mit ihrer Schwester im Ruhrgebiet telefoniert und gefragt, ob an ihrer Heimatkirche ebenfalls eine Regenbogenfahne hängen würde (leider nein).

Auch in meinem (*Hendrik Johannemann*) Heimatdorf wurden im Mai 2021 Regenbogenflaggen aufgehängt – und zwar an gleich drei Seiten des Kirchturms! Ich konnte es zuerst gar nicht glauben, als meine Mutter mir ein Foto der Aktion schickte. Hatte ich doch in genau diesem Dorf, in genau dieser Kirchengemeinde eine recht schwierige Kindheit und Jugend verlebt. Dort betete ich über fast zehn Jahre allabendlich zu Gott: „Bitte, bitte, mach, dass ich nicht schwul bin.“ Ich war in meinem Selbsthass völlig allein, konnte mich niemandem anvertrauen.

Viel zu spät merkte ich, was für einen Quatsch, was für eine Selbstgeißelung ich betrieb. Die Kirche bot in dieser Not keinen Beistand. Ganz im Gegenteil, sie trieb mich in einer unheiligen Allianz mit gesellschaftlicher Homophobie überhaupt erst in solche krankmachenden Dynamiken. Es bedarf unheimlich viel Kraft, diese Dynamiken zu überwinden. Und die Narben bleiben bestehen, auch wenn ich jetzt weiß, dass Gott mich so liebt, wie ich bin.

Die Regenbogenflaggen am Kirchturm meines Heimatdorfes waren heilsamer Balsam für diese Narben. Sie zeigten ganz konkret, dass ich mit meinem Begehren und meiner Liebe in dieser Kirche willkommen bin, dass man verstanden hat, dass Kirche im Großen und im Kleinen viel Unheil angerichtet hat.

In meiner Heimatgemeinde muss ich keine Angst mehr vor Ausgrenzung und Verächtlichmachung haben. Hier kann ich mich geborgen fühlen und mit Freude und Hingabe meinen Glauben leben. In viel zu vielen Kirchengemeinden in Deutschland und weltweit finden queere Menschen jedoch weiterhin keine solche Heimat. Darum muss der Kampf für eine menschenfreundliche Kirche weitergehen. Es müssen noch viele Regenbogenflaggen an Kirchtürmen und in den Köpfen der Menschen gehisst werden.

Auch an anderen kirchlichen Einrichtungen können Regenbogenflaggen als erstes Zeichen beginnender Offenheit viel bewirken. Im Frühjahr 2021 durfte ich (*Mara Klein*) mein Schulpraktikum an einer Schule in katholischer Trägerschaft absolvieren. Vor Antritt des Praktikums war ich sehr unsicher. Meine große Nervosität galt dabei weniger dem Unterrichten meiner Fächer Englisch und Religion als den Reaktionen der Schule und der anderen Lehrer*innen auf meine Identität und meine präferierte Anrede (ohne „Herr" und „Frau" – einfach Mara Klein). Statt Ablehnung habe ich in diesem Praktikum respektvollen Umgang und Neugier erfahren dürfen. Zu meiner Erleichterung benutzte die Schulleitung bereits gendergerechte Sprache, sodass ich mich bei der ersten falschen Anrede einfach mit: „Ich bin übrigens eins von den Sternchen" erfolgreich outen konnte, ohne viel erklären zu müssen. In einer Unterhaltung im Lehrer*innenzimmer kamen wir darauf zu sprechen, dass es für queere Menschen in katholischen Kontexten nicht selbstverständlich ist, dass wir angenommen werden, wie wir sind. Diese Annahme muss aktiv kommuniziert werden, damit ein Vertrauensverhältnis aufgebaut werden kann – gerade auch für Schüler*innen. Kurze Zeit nach dem Praktikum erfuhr ich durch eine Freundin, dass die Schule die Regenbogenflagge vor dem Gebäude gehisst hatte.

Es gibt kleinere und größere Schritte auf dem Weg zu einer offeneren und sichereren Kirche für alle. Wir als Kirche sind noch lange nicht am Ende des Weges. Wie der erste Teil dieses Buches eindrücklich zeigt, sind aber viele am Ende ihrer Kräfte. Es ist ernst, aber nicht hoffnungslos. So wie dieses Buch eine Einladung ist, sich aufeinander einzulassen, so ist es auch eine Einladung, sich weiter zu begegnen, füreinander da zu sein und zusammen voranzugehen – so wie Jesus es uns aufgetragen hat (Matthäus 25,31–46). Da, wo wir Leid sehen, müssen wir alle Möglichkeiten nutzen, Leid abzubauen. Wo es diese Möglichkeiten nicht gibt, müssen wir sie schaffen und dafür einstehen, dass sie geschaffen werden.

Wesentlich ist, dass wir uns immer wieder bewusst machen – zum Beispiel durch die Perspektiven dieses Buches –, mit wem und für wen wir diesen Weg gehen. Klar sein muss: Die Verantwortung, die Kirche zu verändern, liegt nicht bei den queeren Menschen.

Anhang

Leseschlüssel

Der folgende Leseschlüssel gibt einen Überblick über die Themen, die in den Beiträgen dieses Buchs erscheinen. Dabei handelt es sich um einen Ausschnitt aus noch viel mehr anklingenden Themen. Er hat also keinen Anspruch auf Vollständigkeit. Die Zuordnung der Berichte zu den jeweiligen Themen haben die Herausgeber*innen mit dem Ziel durchgeführt, dass die Leser*innen für sie interessante Themen schnell auffinden und „nachschlagen" können. Dennoch muss klar bleiben, dass jedes Zeugnis, dass jeder Beitrag für sich spricht und auch als individuelle Problemanzeige gelesen und wertgeschätzt werden sollte.

Themen aus den Texten	Kapitelnummer
Erfahrungen von Ablehnung, Ausschluss, Diskriminierung, spiritueller/psychischer Gewalt, Übergriffigkeit in der Kirche	eigentlich alle, aber v. a. 2, 3, 4, 6, 7, 13, 17, 18, 21, 24, 40
Probleme durch ablehnende Familien(mitglieder), Angst vor Coming-out, kirchliche Lehre erschwert Nächstenliebe innerhalb von Familien	12, 14, 19, 27, 39
Gesundheitliche Folgen, psychische Probleme, Depressionen, Suizidalität, internalisierte Homophobie, Minderheitenstress	12, 14, 22, 23, 24, 36
Entfremdung von der Kirche, Glaubensverlust, Verlust von Kirche als Heimat, Kirchenaustritt, Konfessionswechsel	3, 6, 11, 16, 17, 25, 26, 30
Gleichgeschlechtliche Beziehungen, (Verweigerung von) Segnung und Ehesakrament, Spannungsverhältnis zu zivilrechtlicher Ehe/eingetragener Lebenspartnerschaft	3, 5, 6, 10, 16, 18, 20, 21, 24, 26, 32, 42, 44, 48
Kinder queerer Paare, Regenbogenfamilien, Angst vor Zurückweisung bei Taufe, Erstkommunion etc.	7, 8, 35
Katholisches Arbeitsrecht, (Angst vor) Entlassung, Zwang zum Doppelleben, zum Verstecken der eigenen Identität und Partnerschaft, Existenzsorgen, Verweigerung der Lehrerlaubnis	3, 4, 5, 6, 13, 16, 17, 19, 20, 23, 34, 35, 41

Themen aus den Texten	Kapitelnummer
Erfahrungen mit Berufung, Priesterseminar, Priesteramt, Ordensleben, Verweigerung der Zulassung zu Weiheämtern	4, 10, 11, 13, 14, 15, 19, 22, 23, 24, 46
Situation von trans, nichtbinären und inter Menschen in der Kirche	2, 13, 17, 22, 28, 29, 34, 47, 48
Scheinheiligkeit, Bigotterie, Doppelmoral, Verlogenheit innerhalb der Kirche	9, 11, 21, 26
Bestärkung im Glauben, positive Seelsorge, queere Menschen sind Teil Gottes guter Schöpfung	1, 4, 8, 10, 12, 18, 19, 22, 23, 31, 37
Glaubens- und Schutzräume müssen queere Menschen sich zumeist selbst suchen, aufbauen, erkämpfen	3, 4, 7, 14, 19, 26, 40
Wut, Unverständnis, Enttäuschung angesichts des kirchlichen Umgangs mit nahestehenden queeren Personen	25, 26, 30, 43
Emanzipation von kirchlicher Queer-Feindlichkeit, das eigene Kind, die Geschwister, die*den Nächste*n, die Gläubigen im So-Sein annehmen, Erkenntnis, dass Kirche sich ändern muss	27, 28, 29, 32, 33, 37, 38, 39, 41, 42, 43, 44, 45, 46, 49
Sich über Regeln hinwegzusetzen ist ureigentliches christliches Verhalten, aus Loyalität der Kirche gegenüber ungehorsam sein: „Die Liebe macht möglich, was dem Gesetz nach nicht geht." (Nr. 32)	32, 38, 39

Glossar

Zu Begriffen, die queere Identitäten beschreiben, kann jederzeit auf *queer-lexikon.net* weitergelesen werden. Dort finden sich auch Material und Veranschaulichungen, die beim Verständnis helfen, und weiterführende Links.

Ableismus: Ableismus (aus dem Englischen: „able" = „fähig") ist ein Wort für die Abwertung und Ausgrenzung von Menschen mit Behinderung oder chronisch kranken Menschen aufgrund ihrer Fähigkeiten. Ableismus basiert auf der Vorstellung, es gäbe „normale" und damit „fähige(re)" Körper.

Ally/Allies: Allies (Sg.: Ally) sind Menschen, die selbst nicht der marginalisierten Gruppe, z. B. der queeren Community generell oder der trans Community im Besonderen, angehören und offen als Unterstützer*innen und Fürsprecher*innen dieser Gruppe(n) auftreten. Der Begriff kommt aus dem Englischen und wird auch im Deutschen englisch ausgesprochen: [ˈælaɪ/].

Binarität: im Zusammenhang mit Geschlecht die Annahme, es gäbe nur genau zwei Geschlechter: Mann und Frau und die Ausrichtungen aller Normen nach dieser Annahme.

bisexuell: bezeichnet Personen, die sich zu Menschen des eigenen sowie zu anderen Geschlechtern hingezogen fühlen.

CSD: Der Christopher Street Day (CSD) ist ein Fest-, Gedenk- und Demonstrationstag von queeren Menschen, der an einen Aufstand im Juni 1969 in der New Yorker Christopher Street erinnert, bei dem v. a. queere Personen of Color gegen Polizeiwillkür und -gewalt aufbegehrten. In Gedenken daran, demonstrieren queere Menschen und Allies beim CSD für ihre Rechte und gegen Diskriminierung und Ausgrenzung. Die Bezeichnung „Christopher Street Day“ gibt es nur im deutschsprachigen Raum. Im englischsprachigen Raum ist „(Gay) Pride“ oder „Pride Parades“ („pride“ = „Stolz“) geläufig.

cis: Cis, auch cisgender oder cisgeschlechtlich bezeichnet Personen, deren Geschlechtsidentität dem Geschlecht entspricht, das ihnen bei der Geburt zugewiesen wurde. Cis wird als Gegenbegriff zu trans verwendet.

G*tt/G:tt: sind Schreibweisen, die anzeigen, dass was wir als „Gott“ bezeichnen in unserer Sprache niemals vollends erfasst werden kann.

gleichgeschlechtlich liebend: ist eine andere Formulierung für „homosexuell“, das heißt, dass das sexuelle Begehren auf Menschen des eigenen Geschlechts gerichtet ist und Liebesbeziehungen mit Menschen dieses Geschlechts geführt oder angestrebt werden.

Heteronormativität/heteronormativ: In heteronormativen Gesellschaften wird davon ausgegangen, dass alle Menschen entweder weiblich oder männlich, cisgeschlechtlich und heterosexuell sind. Abweichungen von diesen normativen Vorgaben (z. B. transidente Menschen oder homosexuelle Beziehungen) sind in heteronormativen Kontexten häufig unsichtbar bzw. werden unsichtbar gemacht und diskriminiert.

homosexuell: bezeichnet Personen, die sich zu Menschen des eigenen Geschlechts hingezogen fühlen.

HuK: Ökumenische Arbeitsgruppe Homosexuelle und Kirche e.V., *https://www.huk.org/*

inter: auch intergeschlechtlich, intersexuell; bezeichnet Menschen, deren körperliches Geschlecht (z. B. in Bezug auf die Genitalien oder die Chromosomen) nicht der medizinischen Norm von „eindeutig" weiblich oder männlich zugeordnet werden kann.

LSBTIQ+/ LGBTTIQANP+-/LSBTI (u. ä. Schreibweisen): Diese Abkürzungen versuchen die Identitäten von queeren Menschen abzubilden, darunter folgende Begriffe: lesbisch, schwul/gay, bisexuell, trans, transgender, inter, queer, asexuell, nichtbinär, pansexuell. Das Plus-Zeichen drückt aus, dass diese Liste von Identitätsbezeichnungen nicht vollständig ist, sondern auch andere Selbstbezeichnungen von Menschen mitdenken soll.

Maria 2.0: katholische Graswurzelbewegung, die sich 2019 in Münster gründete und schnell ausbreitete. Ziel der Initiative ist es u. a. den Zugang aller Geschlechter zu Weiheämtern zu ermöglichen, den Pflichtzölibat aufzuheben und die Fälle sexualisierter Gewalt in der Kirche umfassend aufzuklären. *https://www.mariazweipunktnull.de/*

nichtbinär: auch nonbinary, bezeichnet Menschen, die sich nicht (hundertprozentig) als männlich oder weiblich identifizieren, sondern z. B. als beides gleichzeitig oder als weder weiblich noch männlich.

niemensch: ein inklusiver Alternativbegriff für das Wort „niemand" – ähnlich wird „jemensch" statt „jemand" und „Mensch/mensch" statt „man" verwendet.

NkaL: Netzwerk katholischer Lesben e.V., *https://www.netzwerk-katholischer-lesben.de/*

queer: Der Begriff „queer" stammt aus dem englischsprachigen Raum und bedeutet ursprünglich „ungewöhnlich" oder „seltsam". Mit der Zeit etablierte sich „queer" als Schimpfwort und abwertende Beschreibung für LSBTIQ+ Menschen, insbesondere für schwule Männer. Heute wird der Begriff von der LSBTIQ+ Community als positive Selbstbezeichnung verwendet – ähnlich dem Begriff „schwul", der sich ebenfalls vom Schimpfwort zur positiven Selbstbezeichnung entwickelte (aber leider auch weiterhin als Schimpfwort benutzt wird). Es ist ein Sammelbegriff für Menschen, die nicht heterosexuell sind und/oder deren Geschlechtsidentität oder Geschlechtsauftreten nicht mit den gesellschaftlichen Vorstellungen, z. B. nicht mit dem bei Geburt zugeordneten Geschlecht, übereinstimmt.

Synodaler Weg: Der Synodale Weg ist ein innerkatholischer Diskussionsprozess in der Kirche in Deutschland. Die Idee entstand als Reaktion der Deutschen Bischofskonferenz auf die bedrückenden Ergebnisse der MHG-Studie (2018) zum sexuellen Missbrauch an Minderjährigen durch katholische Priester, Diakone und männliche Ordensangehörige im Bereich der Deutschen Bischofskonferenz. Der Synodale Weg ist ein gemeinsames Projekt der Deutschen Bischofskonferenz und des Zentralkomitees der deutschen Katholiken, das sich zu Veränderungen in vier zentralen Bereichen berät: Macht und Gewaltenteilung, priesterliche Existenz, der Zugang von Frauen zu Diensten und Ämtern und die kirchliche Sexuallehre. Die erste Vollversammlung des Synodalen Weges tagte Anfang 2020 in Frankfurt a.M. Für mehr Infos siehe: *www.synodalerweg.de*

trans: auch transgeschlechtlich oder transident, beschreibt die Nichtübereinstimmung der eigenen geschlechtlichen Identität mit dem bei der Geburt zugeschriebenen Geschlecht. Da der Begriff Trans*sexualität* aus einem medizinischen (pathologisierenden) Kontext kommt, wird er von trans Personen als Selbstbeschreibung teilweise abgelehnt.

#liebegewinnt: Die Aktion #liebegewinnt richtete in über 100 katholischen Gemeinden in Deutschland Segensgottesdienste für Paare aus, die nicht kirchlich heiraten können und in kirchlichen Kontexten häufig von Ausgrenzung betroffen sind. Die Aktion war eine Reaktion auf das offizielle „Nein" des Vatikans zu Segnungen gleichgeschlechtlicher Paare vom März 2021. *https://www.liebegewinnt.de*

Danksagung

Dieses Buch ist uns ein Herzensanliegen und sicher auch ein Betroffenheitsprojekt. Es ist aber auch profitfrei für uns und alle Verfasser*innen. Umso mehr danken wir allen, die Zeit gegeben, Unannehmlichkeiten auf sich genommen und uns in diesem Projekt unterstützt haben.

Der größte Dank geht an alle, die das Un-Einforderbare geleistet haben, indem sie ihre Zeugnisse zur Verfügung stellen: für euer Vertrauen, euren Mut und das Aushalten dieser Zumutung.

Die Herausgeber*innen